白羽 著

十二金錢鏢

(八) 雙雄鬥技

大結局

白羽

近代武俠經典復刻版

目錄

(八)雙雄鬥技

第六九章　攘臂爭名

飛豹子在台下，看出霹靂手的毒砂掌，凌雲燕必無法應付，他就奮身要上前。他的朋友早跳上一人，向霹靂手請教。鏢行群雄忙看這人，就是七個陪客之一，那位姓許的。胡孟剛打聽同伴：「認識這人不？」漢陽郝潁先、夜遊神蘇建明、馬氏雙雄、夏氏三傑等，都說不認得。

東台武師歐聯奎道：「這位名叫許應麟，好像是潁州潘佑穆的門下。」

胡孟剛道：「他敵得過童二爺麼？」

歐聯奎道：「他也是練五毒紅砂掌的，初生犢兒不怕虎！他敢上台，必有把握。咱們往下看。」

鏢行在台下竊竊私議，台上的人已然甩衣裳，預備動手了。

這許應麟正當壯年，約有三十八九歲；躍上這殘破的舊戲台，長衫一脫，露出一身米色短裝。他大眼睛，高鼻樑，圓顱黑髮，氣象很沉穆，兩臂很粗；令人一看外表，覺得不可輕敵。他把衣袖一挽，衝童老抱拳道：「童老前輩，在下久仰您的掌法，家師也常稱道過。今天我來上場，非為比武，實為請教。童老前輩，請您不吝指點！」

霹靂手童冠英正容斂笑，拱手還禮道：「客氣客氣！閣下貴姓？令師是哪一位？」

許應麟答道：「在下姓許，名叫許應麟，家師是潁州潘。」

童冠英道：「哦，令師是潁州潘佑穆潘七爺麼？那不是外人。」

許應麟道：「是的，我在下只想求老前輩指教，決不是比試，請老前輩手下多多涵讓。」

童冠英笑道：「你太客氣了，我是老朽無能的人。你正當壯年，還盼您手下多多容讓。」兩人說完客氣話，立刻一湊，準備動手。

忽然台下飛躍上一人，橫身一隔道：「且慢！童老英雄，咱們得按規矩走。咱們鏢行承人家看得起，邀來以武會友。咱們應該挨著個兒來，不能總教您一個人釘。剛才您已經跟那位凌爺比試過了。這一位許爺，我傾慕已久，就由我給接接招吧。」

這人是南路壯年鏢頭孟廣洪。許應麟把孟廣洪打量了一眼，看他不過二十八九歲，好像北方人，生著微黑的面貌，通臂長爪，兩眼炯炯有神，額角有一塊很深的刀疤，從前是沒有會過的。兩個人通名拱手，走行門過步，說一聲請，立刻開了招。

霹靂手童冠英含笑下場，幾位鏢客圍上來，跟他說話，問他這凌雲燕到底是男是女。童冠英說：「我可不敢保，你們問子母神梭去吧！」

那破戲台上，鏢客孟廣洪展開了他的「八卦遊身掌」的招術，在台上像紡車似地亂轉。那許應麟展開了他的鐵砂掌，就如老牛破車似的，以遲鈍的辣手，應付孟廣洪的飛速拳招。正是一快一慢，看著令人吃驚。

忽見孟鏢師旋身一轉，左臂虛晃，右掌斜穿，唰地照許應麟打去。許應麟微微一側臉，雙掌一伸，也格格地發響，也虛冒了一招，進步欺身；突然「惡虎掏心」，照孟廣洪打去。孟廣洪急用「斜掛罩鞭」往外一削，硬磕敵人的手腕，故意要給他一個硬碰硬。

許應麟一招走空，早又收回，卻將左掌發出，「金龍探爪」往起一直腰，出二指猛點敵人的雙眼。鏢客孟廣洪似旋風般伏腰一轉，側身前進，左跨一步，破招進招，飛掌橫擊敵肋。未容得許應麟招架，他就一偏身，踢出一腿。許應麟連忙後退，揮毒砂掌往下一切，照敵手的膝蓋切去。孟鏢師縮腿不及，索性一登勁，全身像箭似地斜射出一丈以外，輕飄飄點地站住。許應麟蛤蟆似地橫身追來。孟廣洪旋身一轉，又遊走起來。

兩人連過了二十餘招，許應麟竟撈不著孟廣洪。孟廣洪的八卦遊身掌功夫很熟，抱定主意，要遛乏了敵手，再乘機取勝。往來攻守，總是鏢客躲閃，許應麟追逐，和剛才童、凌的鬥法如出一轍。可是相形之下，孟鏢師不如凌雲燕的輕快，許應麟更不及童老的招術猛練。

台下的人料到二人半斤八兩，一時勝負難分；且有珠玉當前，看著不甚起勁。那九股煙就對人說：「孟爺何必露這一鼻子，不過如此呀！」馬氏雙雄也低聲對蘇建明說：「我們不要一味跟他們打，我們得跟他們講好了；見幾陣勝負，勝了該怎樣，敗了該怎樣？說好了，再打，才能打出二十萬鏢銀來。」

蘇建明道：「剛才你沒聽見麼？姜五爺和飛豹子、子母神梭很咬了一陣子呢。那飛豹子一味要先跟十二金錢動手，他說別人打了不算。他一定要考較考較俞爺的雙拳、一劍、十二錢鏢，必得這三樣全請教完了，他立刻把鏢銀奉還。他的大話是這樣說著，依我想，很可以答應他。只是人家俞氏夫妻倆總說服軟的話，人家是同門師兄弟。咱們看吧，看他們講到底，也脫不了這頓打。」

蘇、馬三人在台下議論。孟、許二人在台上動手，又走了數合，還是不分勝負。忽然，鏢行這面由智囊姜羽沖，豹黨這面由子母神梭，分開人群，走上破戲台，把兩個比拳的勸住。然後，由武、姜二人面衝台下，向大家宣佈道：「諸位賓朋，諸位全是為朋友，為江湖上的義氣來的。今天這事，本是鏢行和線上朋友常有的事，較拳討鏢，也是老套子。不過這一回事稍有不同，因為俞、袁二位早年乃是老同學。我們不願為這小事，教他們二位傷了同門的義氣，總想盡力給他們解開，不比試才好。不過雙方的意思，想到既勞動了這些朋友，也想借這機會，大家湊湊，就便考較考較門裡的功夫。

「現在我們兩面接頭的人，已然替他們二位講好。是先請袁、俞二位的門弟子或邀來的朋友，認準了對手，挨個比試一回。再請俞、袁各試身手，請大家看看。言明只見十陣，只許較藝，不許傷人。比試完了，不論誰勝誰敗，袁老英雄情願將鹽鏢二十萬，放在自己肩上，即時設法代找出來。這是我們接頭的人，剛才商量好的，現在再問問當事人，可是這樣？」

俞劍平、飛豹子分從左右，登上擂台，向大家一舉手道：「就是這樣，我先謝謝諸位朋友賞臉幫忙。」

兩人說完，互相看了一眼，走下台去。遂由姜羽沖、武勝文，分派頭一陣的人。先問孟、許，二人自覺沒有勝敵的把握，知難而退，就此住手。武勝文向鏢行這邊看了看，私和豹黨商量，派出那姓唐的陪客，對姜羽沖道：「貴鏢行有一位飛狐孟震洋孟爺，和我們曾有一面之識。現在我們這位唐爺，很羨慕他的武功，意思要請孟爺先來指教。」

智囊姜羽沖很詫異地打量這姓唐的，年約三四十歲，也像個鏢客，只不曉得他和孟震洋有何碴口。忙說道：「考較武技，也得估量對手，也得求對方同意，我先問問我們孟爺。」

飛狐孟震洋已然聽見，笑對智囊和俞劍平說：「我認識這位，他的名字叫唐開，這還是上回我在火雲莊留下的那點過節。他們疑心我是奸細，他們頭一個就邀我。很好，我奉陪他走一趟。過兵刃，過拳腳，都行！」

子母神梭和唐開一齊說道：「我們是考較功夫，誰跟誰也沒仇，自然用不著動刀。」飛狐道：「隨您的便。」解下寶劍、暗器，脫去長衣，走了過來。唐開也忙紮綁俐落，老早地上台等候孟飛狐。

孟震洋對子母神梭道：「武莊主，我們久違了。上次我遊學路過寶莊，深蒙款待，我先謝謝。這一次是我們屠朋友引見我來觀光，我和雙方都是朋友，沒偏沒向。武莊主和令友既要指教我，索性請武莊主親自登台，倒顯得直爽，何必又驚動唐爺呢？」

子母神梭笑道：「孟爺會錯了意了，我久仰孟爺的拳學，不用比試，我就心折。剛才雙方講好辦法，這一回先由敝友這邊挑出人來，再邀請貴鏢行。下回就該你們鏢行點名挑選對手了。我是中間人，不好由我破例。孟爺要想指教我，請容下次。」

孟震洋道：「那麼我們回頭見。」他分開眾人，從左邊走上戲台，和豹黨唐開抵面。飛狐孟震洋先用猴拳開招，後改醉八仙。這唐開身高氣雄，展開了純熟的劈掛掌，和飛狐對招。

走了十數合，飛狐又改了猴拳，往前一撲，探爪照敵人面前一抓。被唐開閃身一躲，用劈掛掌一掛，竟捋住孟震洋的手腕，疾發右掌，照飛狐劈去。飛狐忙一翻腕，反扭住敵腕。剛剛用力一扣寸關尺，見敵掌劈到；忙將左臂從下一翻，往上一格，把敵招破開了。兩人分往兩邊一錯，唐開陡如旋風一轉，抹轉身來，振臂往外一劈，飛狐橫肘急架；唐開唰地橫腿，照飛狐一蹴。飛狐孟震洋疾急後退一步，伏身作勢，往前進搏。子母神梭陡然大聲喝住，哈哈笑道：「承讓，承讓！唐五哥，請下台歇歇吧。這回該由鏢行派人了。」唐開也昂頭一笑，飛身竄下台去。

飛狐孟震洋氣得雙眼直豎，說道：「這是怎麼講？難道勝敗已分了麼？」

子母神梭武勝文大笑道：「我們又不是報仇拚命，又不是奪彩打擂台；這不過是點到為止，難道非分個誰死誰活不成麼？這麼著很好，功夫也考較出來了，面子也不傷。剛才童老英雄勝了我們一位，現在孟爺又讓了一招。兩邊八兩半斤不輸不贏，正好相抵。現在該著貴鏢行派人了。」

孟震洋忿忿不平。智囊姜羽沖、夜遊神蘇建明忙將飛狐勸下擂台，低聲附耳勸了幾句。智囊早與俞、胡安派好了下撥鬥拳的人。鏢行志在了事討鏢，不在求勝；命人把俞門大弟子黑鷹程岳替換進來。程岳短衣登台，抱拳施禮，往旁一站。智囊代說道：「這位是俞門弟子，我們特意換他上台，請師伯指教。」

程岳立刻報名道：「弟子我叫黑鷹程岳，早先我原實不知是袁師伯，現在知道了。據弟子拙想，袁師伯和家師都是成名的老前輩，真格的還教兩位老人家上場麼？有事弟子服其勞，請袁師伯隨便派一位師兄，由弟子陪著走幾招；師伯和家師可以含笑一觀，指正我們。」

飛豹子正在凝眸觀戰。廟內外佈置著嚴密的卡子，隨時防備意外。他見俞門弟子登場，忙與子母神梭低議。由子母神梭代說：「這位黑鷹程爺，據敝友說，前已領教過了，不必再賜教了。俞鏢頭如願教弟子上場，可否另換一位？」當場把黑鷹撇下來，顯與剛剛定的鬥法不合。

胡孟剛要詰責，俞劍平皺眉道：「隨他們的便。夢雲，你上去替你大師兄。」蛇焰箭岳俊超、沒影兒魏廉一齊忿然說道：「我們上去，我們就說是您的弟子。」俞鏢頭搖頭道：「不用，等一會二位再上。」

二弟子左夢雲領命登台，替下黑鷹來，抱拳施禮，叫了聲：「諸位師傅！弟子左夢雲，是家師的第二個門人，年幼學疏，恐老師們見笑。袁師伯既然不教我們的程大師兄出頭，只可由我來獻醜。袁師伯，請念弟子年幼無知，多多包涵，請您隨便派哪位師兄來吧。」

豹黨立刻派出一個很臉生的人出來。左夢雲才二十三歲，此人足夠四十五六，黑面長頰，濃眉大口，毛毿毿的臉，氣如項羽，猛似張飛。此人便是遼東一豹三熊的第一熊。這人名叫熊伯達，武功堅實，膂力剛強。從前在關東，和族弟熊季遂、好友顧夢熊，霸據長白山金場，威震一時；在寧古塔一帶，有名叫做金沙三熊。等到飛豹子崛起寒邊圍，收買金場，金場三熊抗拒不准入境。飛豹子以武力決鬥，比拳爭金場，由飛豹子將三人戰敗收服，聯成一家，認為師徒。

這次飛豹子入關劫鏢，熊伯達也擔著一路卡子，所以未與鐵牌手遇上。今天他是初次露面，甩衣上場，氣象糾糾，睜眼往前面一望；龐大的身形，比左夢雲高半頭。眾鏢客看到左夢雲細瘦的身材，不由寒心。三江夜遊神蘇建明忙勸俞劍平：「把令徒叫回來吧。比武較拳，必須量力，這一位個兒太壯了。」

俞劍平也不無惴惴，但是不願輸口。智囊姜羽沖也知不敵，正要提出換人。左夢雲把腰一挺道：「打不贏，還打不輸麼？」

熊伯達早已看準對手，抱拳道：「在下熊伯達，我是袁老師的一個不成器的徒弟。今天願跟十二金錢俞鏢頭的高足請教請教！」竟往前撲一步，發拳打起來。左夢雲並不懼敵，潛存戒心，連忙上掌，出力應敵。

熊伯達來勢很猛，竟將左夢雲衝退一步。左夢雲急急一伏腰，欺敵還搏。熊伯達用的是少林拳；左夢雲用的是太極拳；剛柔相碰，迭見險招。熊伯達疾如飄風，衝突上來，被左夢雲軟軟地破開。飛豹子看著兩人搏鬥，不住搖頭：「這麼個小孩子，也會有這一套。不信俞振綱這傢伙門下一個弱手也沒有！」兩人台上疾鬥十數招，忽然熊伯達一個「蟒翻身」，展開「大摔碑手」，照左夢雲胸腹擊去。

左夢雲忙退一步，用「斜掛單鞭」，猛切熊伯達的脈門。熊伯達往上猛一抬腕，硬架硬碰，往外一磕；突又一拳，照左夢雲胸坎搗去。左夢雲倏然閃身避開，倏地又一扭身，「十字擺蓮」，踢到敵人下盤。熊伯達吃了一驚，這一腿來得好快；忙移身換步，閃開左夢雲右腿；兩人成了背對背的樣式。熊伯達就勢進身，展「雙陽塌手」，猛往外一推。

眾鏢客失聲道：「呀！」左夢雲識得厲害，一個「倒轉七星步」，閃開了敵人這一招。左夢雲忙扭身反腕，「噗」的把熊伯達的腕力刁住。太極拳借力打力往外一帶，熊伯達一個踉蹌。豹黨不禁齊驚。但是，陡出意外，起了一陣喧呼。熊伯達雖敗未亂，反腕一扭，倒抓住了左夢雲的手，往下拋，喝一聲：「倒！」

熊伯達直竄出三四步，摔身站住了。左夢雲飛擲出六七尺，竟至於搖搖欲倒，單腿拿樁，方才站住。左夢雲登時夾耳通紅，忙翻身回來尋敵。子母神梭一聲斷喝道：「住！」他又認為勝負已見，不必再打了。

鏢客認為這樣判斷法不公。俞劍平搖頭道：「小徒持久了，終不是這位熊爺的對手。我們認輸吧。」他遂向左夢雲點首。左夢雲負怒帶愧，走下台來。

三江夜遊神蘇建明說：「這回算輸，剛才飛狐孟震洋那回可不能算輸，姜五爺得跟他們再講講。」智囊姜羽沖忙和子母神梭當面說定，判斷勝敗，須由兩家各推局外朋友公議。

武勝文替飛豹子答應了。鏢行公推三江夜遊神蘇建明、九頭獅子殷懷亮公斷勝敗。豹黨到殿後請出兩位面生的老人來。頭一位是遼東有名的武師，叫做「半趟長拳震遼東」神拳沙金鵬；他還帶著兩個徒弟，乃是飛豹子上月才特約來，入關幫拳的。這老人黑面濃眉，年當耆艾，神情威猛，很顯得腰粗手重，料想外功必然很強。

次一個，人矮而胖，比沙金鵬更黑，又穿著黑綢衫，渾身似一塊黑炭。這人名叫啞巴尚克朗，乃是子母神梭特邀的朋友，是冀南的拳師。他嗓音喑啞，武功純熟，在河北武林頗有名望。馬氏雙雄、智囊姜羽沖等全認識他。胡孟剛也曉得此人，忙問俞劍平：「怎麼啞巴老尚也跟飛豹子摻和到一塊了。」

俞劍平劍眉緊皺道：「我和他沒碴，想不到他是為何而來。我們不必管他，打到哪裡，算到哪裡就是了。」

說話間，子母神梭給雙方首要人物引見了。神拳沙金鵬毫不客氣，舉步登台，向鏢行拱手道：「我在下名叫沙金鵬，匪號是半趟長拳震遼東。現在承兩邊的朋友不棄，推我跟尚老兄陪同鏢行蘇、殷二位，給兩家公斷輸贏。其實高低強弱，是有目共見的事。我們四個人總得一秉大公，沒偏沒向，斷出理來，不能教朋友口服心不服。可是我年老眼花，難保有斷不清、看不明白的地方，還請諸位指正我。」說罷，一閃身。那啞巴尚克朗也啞著喉嚨，嘶嘶地說了幾句謙詞，也往旁一閃身。

然後三江夜遊神蘇建明、九頭獅子殷懷亮，也相推相讓上了台，故意地做給豹黨看。殷懷亮請蘇建明發話，蘇建明請殷懷亮發話，分外客氣。然後殷懷亮咳嗽了一聲，抱拳說道：「在下殷懷亮，這一位敝友蘇建明，承雙方朋友推我等做見證。我們自問學藝不精，所見不廣，只怕斷不出好歹來。好在已有沙、尚二位在前罩著，我們斷的是與不是，諸位多多指正。」和蘇建明向台下深深一揖，隨往台邊一站。

沙金鵬拿眼看了他一眼，搖了搖頭，手團一對鐵球，嘩楞楞地響。這邊九頭獅子殷懷亮，也手提一串珊瑚念珠，一個子一個子的撚著。蘇建明湊到啞巴尚克朗面前，很客氣了幾句，又商量公斷之法。四個人異口同聲說：「不一定非見勝敗不可，只是點到為止才好。」

那熊伯達憑恃臂力，較短了俞門二弟子左夢雲，他心中明白左夢雲這小夥子也不太好對付，遂又抱拳道：「剛才這位左爺承讓了，鏢行還有哪位來指教在下？」

黑鷹程岳忍耐不得，忙請示俞鏢頭：「老師，弟子要替左師弟掙回面子來。」俞劍平道：「你忙什麼？早得很呢，只怕他們不教你登台。」

黑鷹程岳怒道：「哪能淨由著他們？弟子要上去試試。」竟一甩衣緊行數步，竄上戲台。程岳先向沙金鵬、尚克朗施禮，跟著說：「這位熊師兄乃是我們袁師伯最得意的高足，剛才我們那個小師弟實在不知自量。熊師兄還在叫陣，我請老前輩准許我跟熊師兄接接招。」轉身又向熊伯達連說：「熊師兄，我叫黑鷹程岳。……」

熊伯達張口笑道：「我久仰鐵掌黑鷹的大名，前次在范公堤，我的二師弟、三師弟已經領教過了。還好，真是名下無虛。」

黑鷹程岳怒道：「不錯，令師弟是賜教過了，我還沒有領教你閣下的拳法。你若是不嫌勞累，不嫌棄我在下，我很願意奉陪高賢，走上幾招。」黃色的鷹眸一瞪，炯炯發光。

大熊未及答話，兩造見證神拳沙金鵬和九頭獅子殷懷亮，一齊搶話。沙金鵬道：「程師兄，話不是這樣講，剛才咱們有言在先，一人只見一陣。……」殷懷亮道：「好好好，這位熊朋友既然叫陣，必然沒累著，你們二位少說話，快動手。」

神拳沙金鵬不悅，提高調門道：「我的話還沒說完呢。我們有言在先，一個跟一個，就是贏了，也不能兩打一。熊師兄，你一個人要跟俞門兩位高足比試，你這不是瞧不起人麼？你可以請下去歇歇，換上別位來。哪怕隔過一位，你再上場，那就沒說的了。我說蘇老英雄、殷老英雄，這樣辦可是對麼？」

九頭獅子殷懷亮倉促答不上來，三江夜遊神蘇建明最能說，立刻道：「程師兄，你聽見了麼？兩打一，就累著了。兩打一，那叫做兵法乘勞。我們比拳，以武會友，可不能把人較短了。你別看熊爺不下台，直叫陣，那叫做餘勇可賈。許人家示威，不許我們認真。沙老英雄，我們這邊程爺是上台了，請你點派另一位上來賜教吧。哪位都行，可得要年輩相當，功夫深淺差不離的，我們不能教一個末學跟您已成名的老英雄打對手。像剛才熊、左二位，就差池些，他二人年歲差大半截呢！」

啞巴尚克朗忿然說：「哪裡是比拳，簡直是門口！」

到底還是熊伯達退下，黑鷹程岳在台上生氣等候。豹黨竟挑出一個勁手上場；此人姓霍，名叫霍君普，就是剛才七個陪客之一。年約四旬開外，神旺氣張，微帶世俗之態，穿一身短裝，一躍登台。俞劍平、胡孟剛只在那次桌面上跟他會過，以前素不相識。松江三傑夏建侯、夏靖侯、谷紹光，卻知此人的底細；他是白沙幫九江幫的幫頭，只聽說他在水路潛有勢力，還沒聽說他會技擊。哪知此人的形意拳在幫中未遇過對手。

霍君普和黑鷹程岳抵面，雙拳一抱道：「程師傅，我們前天見過面了。我名叫霍君普。我和武爺、袁爺都是新交；我和令師俞鏢頭也是慕名的朋友。我這回出場，純為羨慕貴派的太極拳，要想請教三招兩式，此外別無他意。程師傅，你我點到為止。請開招吧！」

程岳道：「豈敢，弟子乃是末學後進，請霍師傅多多指教！」說完門面話，立刻交手。

這霍君普手法非常敏捷，拳發出去，颼颼有風，一招一式既沉著，又有力，並且迅速。黑鷹程岳因二師弟敗在敵手，潛抱決心，必求一勝。太極拳本是以靜制動，他卻凝神一志，一面應敵，一面找漏，想用進手的招術，把敵人打下台去，一洗門戶之忿；更可將范公堤的一敗，借此找回。兩人打得很猛，一開招，彼此都以守為攻，暫觀敵人的路數。走過十幾個回合，彼此漸漸越走越快。等到鬥過二十幾招，黑鷹程岳貪勝過甚，竟連逢兩次險招。台下鏢行都替程岳捏一把汗。

鐵牌手胡孟剛走過來問俞劍平：「大哥，你看程岳形勢上不大得利，我們把他替換下來吧。」

俞劍平躊躇道：「這孩子素日沉著，今天他這是怎麼的了？臨敵換人是不行的，我們袁師兄又該得理了。」

馬氏雙雄道：「他大概是有點怵敵吧？在眾目睽睽之下，一個沉不住氣，就難免失著。」

東台武師歐聯奎聽見了，忙湊來說道：「我看程岳是太貪功了，求勝心切，難免吃虧。」

馬氏雙雄又看了一會，搔頭道：「程岳準要糟，我看我們本來就吃著虧呢。我們的人先上，他們後上；他們先看準了咱們的對手，然後再挑合適的人上台。這樣的比法，我們非敗不可。我得找姜五爺去，他上了當了。」忙找到智囊姜羽沖。

智囊也看出豹黨取巧來，正和子母神梭發話，從下次起，要輪流先登台。不能一味教鏢行先上，那一來，鏢行淨成了挨揍的了，未免太欠公道。子母神梭笑著答應道：「對不起，我們沒想到這一點。」

又走了幾招，十二金錢俞劍平眉心緊皺，凝視台上；忽然放下心，深呼一口氣道：「還罷了，這孩子的確是求勝心切；現在他已知道敵人不是垂手可敗的，他已然改走穩招了。」青松道人、無明和尚也在那裡議論：「年輕人跟中年人不同，總是開招猛，貪功切。現在好了，這位程高足越打越沉靜了，不致有大閃失了。」

黑鷹程岳果不出眾人所料，一起頭恨不得一下子，把敵人打下台去。心一浮，氣一動，未得乘敵，反被敵人連找他的漏招。他至此方曉得這個四十幾歲粗俗的漢子並不是軟手。自知急求一逞，已然不行，他立刻改變鬥法。不求有功，先求無過和敵人對耗起來了。

霍君普素知太極拳專好「以靜制動」，因此暗懷戒心，反得連搶先著，有一次險些把程岳踢著。程岳改走穩招，與敵相持。兩人來來往往，又走了十數招，霍君普漸覺不支。霍本來功夫很好，可惜貪色戕身，沒有程岳健實；耗時稍久，漸漸頭上見汗。鏢行至此放下心來，豹黨倒提起心來了。

忽然間，霍君普使一手「玉女穿梭」，往前一攻，又由「抽樑換柱」改為「白猿獻果」，上奔敵人胸坎打來。黑鷹程岳微微一閃，讓開正鋒，「懷中抱月」，進步前黏，卻是個虛招。霍君普改招反攻，側一側身，倏又「惡虎掏心」，欺敵猛進。黑鷹程岳「嗖」地一縱步，「野馬跳澗」，飛竄到前方。「大蟒翻身」，霍地一轉，掩至敵人背後；趁敵人招勢未收，力上加力，運雙拳照敵人後背，「順水推舟」往外一推。

霍君普覺到銳風貼身而進，要往前竄，怕太極拳就招趕招，再推一下，那麼自己必然被推倒；旁竄也恐被黏上。就在這電光石火的一剎那，他立刻「旋轉乾坤」，回身迎敵，竟不救招，反取攻勢。左掌向外一掛，右拳翻起，惡狠狠照程岳面門打來。程岳「登山跨虎」，斜身錯步，閃開來，攻上去。霍君普也一扭身，避開去，撲上前；兩個人幾乎肩碰肩，正應了拳家那話，「對招如親嘴」。

黑鷹程岳急用太極拳招，不閃不退，依然黏敵前進，乘虛上招。這霍君普也和程岳一樣心思，不退而進，奮力爭先，倏然打出一拳。程岳以毒攻毒，也打出一拳。

兩人來勢都猛，不由各往旁一錯；夠著用腳的時候了，兩人全都是雙拳一晃。程岳偏身用力，右腿飛起，使橫勁一踢。霍君普用直踢，右腿也登空蹴起。忽然「撲登」一聲，兩人同時踢空，同時救招進招，回臂把敵人一推。兩人同時跌出去，背對背栽在硬地上。兩人倏地滿面通紅，一滾身竄起。

兩人用的力都很猛，都以為自己遭敵突擊，以致慘敗；低頭認輸，無以自容。又聽見台下亂喊起好來，兩人越發愧憤，就要擁身下台。台下嘩成一片，好久不歇。兩人忍愧用眼角一掃；程岳看見滿面通紅的霍君普，霍君普看見滿面通紅的程岳。兩人這才曉得自己跌倒，敵人也跌倒了。雙方的中證沙金鵬和殷懷亮一齊笑說：「好！二位勢均力敵，不分勝敗。」

程岳、霍君普一齊失笑，才把難看之情轉過來。拂塵止步，相對抱拳道：「承讓，承讓！」三江夜遊神蘇建明捋鬚笑道：「沒輸沒贏，二位全栽了。哈哈哈，你二位不打不成相識，倒要多親多近。」

黑鷹程岳和霍君普各致敬意，先後下台。飛豹子慰勞霍君普，心中卻在轉念；這位霍朋友連俞劍平的大徒弟還戰不敗，何必露這一手？因為是武勝文的朋友，只好捧著說。

黑鷹到師父十二金錢俞劍平面前說道：「弟子給老師丟臉了。」俞劍平安慰道：「這就不錯。你剛上台，求勝心太切了！」俞夫人丁雲秀也說：「我們這裡直替你著急，你一開頭太慌了，咱們太極拳要持穩。」

頭一場凌雲燕和霹靂手那場比鬥不算數，到此刻共已鬥過四場。第五場由鏢行請豹黨先登。飛豹子袁振武和子母神梭推定一個臉生的人，姓湯名西銘。生得顴高頭大，獅鼻黃牙，本籍鐵山嶺，初次進關。原是飛豹子新交的朋友，現替飛豹子管著一座金場。因他鼻短貌醜，綽號扭頭獅子。

上台報名，扭頭獅子抱拳叫陣：「我湯西銘是山窪子裡的人，頭一回來到江南，要見見江南的老師傅們。我在下學會幾手五行拳，很想陪著咱們五行拳本派的前輩走幾招，一來考較考較南北的手法，二來也認認本門別支的人物。」

俞、姜等連忙酌派人物。鏢行中會打五行拳的倒有七八位，正在爭先恐後地擬議。九頭獅子殷懷亮，人老心不老，興致仍然很高，聽見「扭頭獅子」自報其名，又看了看湯西銘的長相，竟忍不住了。他忙向對方的中證人神拳沙金鵬、啞巴尚克朗說道：「二位，我要陪這位湯爺走兩招，可以換一位替我當見證吧。」遂經俞劍平、飛豹子兩方同意，請松江三傑的夏建侯登台代證。

九頭獅子脫下長衣，交給徒弟，把腰帶緊了緊，重複上台。鏢行因他年高，有的勸止他，竟勸不住。豹黨不知九頭獅子的來歷，也就不知他上場的用意。子母神梭是曉得的，可是沒法推卸，只得暗暗告訴飛豹子：「這位姓殷的老頭子是江南成名的人物，不大好惹。咱們這位湯爺的武功到底怎麼樣？」

飛豹子說：「對付吧，我們不能說了不算。」

鏢行這邊霹靂手童冠英對郝穎先說：「郝師傅你看吧，殷老九一定是嫌這位姓湯的犯了他的聖諱了。他外號叫九頭獅子，就再不許別人重了他的外號。」

郝穎先笑了笑說：「我也聽人說過。」

童冠英道：「他的別號是他包下的。當年有位外號叫玉獅子卓馨桐的，又有位叫九頭獅子桑洪基的，他老人家都找了去尋隙，他若打勝了，一定逼人家改號。」

霹靂手的話並不假，九頭獅子殷懷亮卻是衝著「扭頭獅子」的外號來的。他的專攻並不是五行拳，湯西銘點名要會的是五行拳。這老兒就收起自己專擅的拳技，拿出年輕時兼學的五行拳來，和湯西銘對招。抖擻老精神，走到扭頭獅子湯西銘面前，雙拳一抱，兩眼笑得沒了縫，說道：「湯師傅，在下姓殷，叫殷懷亮，我可不會五行拳，只懂得一點，您多指教。不敢承問令師是哪位？您的大號是叫扭頭獅子麼？您這大號是怎麼個取義？」

湯西銘哪曉得話裡還有故事？挺胸說道：「我們老師也是咱們關裡人，直隸省的，姓黨，我是我們黨老師的小徒弟。我這外號是朋友改著我玩，硬給我安上的；您看我這鼻子，我這脖梗子。」

湯西銘生的是獅鼻，又是滿頭黃髮。殷懷亮瞧他的脖頸，確乎有點向右傾。殷懷亮哈哈一笑道：「原來如此！獅子本是獸中王，您老兄一定也是五行拳的拳王了。您那老師我也聞名，不是大號叫做五行陰陽擋不住麼？」

湯西銘道：「不差，我們老師是文武不擋。」

湯西銘不知殷懷亮這老頭子正是陰損他；他還是正正經經回答，挺著胸口，很不在乎。豹黨證人沙金鵬也弄不清楚關裡的武林情形，但剛才已同殷懷亮互訊姓名，登時猜出來，發話道：「湯師傅，您趁早下台吧。人家這位老英雄是江湖上聞名的九頭獅子殷老師。您這扭頭獅子鬥不過人家九頭獅子。您要知道，您跟人家重了字號了。」

湯西銘道：「哦！」雙眼一瞪，重把九頭獅子一打量，這才注意到殷懷亮額上累累有幾個大包。湯西銘怒了，說道：「我好心好意拿你當老前輩，您問一句，我答一句，您怎麼改我呀？來吧，我這扭頭獅子要領教領教您這九頭獅子。」

殷懷亮笑道：「豈敢，豈敢！我這大年紀，就是不會改人。您叫扭頭獅子，我也不能隨便改您。不過，等一會咱們分了勝敗，可得重講講。」

兩人動起手來。兩人鬥口時，台下聽不見。只有霹靂手童冠英和郝穎先，湊到台根留神聽，就聽了個清清切切。兩人全都失笑，相視會心，於是凝神盯著雙獅的交鬥。

九頭獅子殷懷亮精神矍鑠，老有幼工；而且深通拳法精義，已到貫通神化的地步。五行拳縱非當行素習，運用起來，也不會大差。扭頭獅子湯西銘是一勇之夫，拳招很熟，熟能生巧。一開招，猛力進搏，要把老頭子打得爬不起來。五行拳的拳招，全取攻勢，一招才發，二招又到，一刻也不容緩，要使敵人手忙腳亂。

他運用劈、崩、攢、炮、橫，五行生克，疾如狂風。剛和敵手一接觸，湯西銘便突然發一拳，用「劈」拳，五行屬金。殷懷亮忙用「橫」拳來蓋這手劈拳，橫拳屬土。湯西銘立刻改用「攢」拳，上擊敵面；攢拳屬水，在長拳叫做沖天炮。炮打上盤，九頭獅子殷懷亮急忙「獅子搖頭」一閃，躲招還招，用「崩」拳往外一崩。

兩人閃展騰挪，挨幫擠靠，都採取上手招，硬往上攻。此拆彼架，此打彼擊；縱然是一個老手，一個壯年，行起招來，渾如生龍活虎，猛勇異常；和太極拳的持穩、黏纏，截然兩樣。

九頭獅子卻知自己年長，不宜持久，還是迅速取勝，最為上算。打定主意，故賣一招，用五行拳，往敵手面前一攻。未容還招，陡轉敗式，往旁退下去。倏然地翻身一擰，不知不覺，施少林外功彈腿，疾如駭電，照湯西銘肋下踢去。湯西銘跟蹤進招，微微一讓，直撲到敵手身邊，展炮拳猛打。被九頭獅子殷懷亮暗運內功，借力打力，趁湯西銘猛勇進襲，側身讓招，雙拳順送，照湯西銘背後一推。如倒了半堵牆似的，湯西銘隨手前栽，轟然摔倒。

九頭獅子殷懷亮哈哈一笑，旋轉身軀，面對台下，道：「承讓了，承讓了！這位扭頭獅子湯西銘湯爺拳術上很高，可惜年輕貪功，到底比我這九頭獅子差點。可是用心學下去，一定可以成名。」

又對扭頭獅子湯西銘說：「湯爺，您瞧我這九頭獅子，比您這扭頭獅子怎麼樣？我用這外號夠三十年了，不信閣下會不知道？依我看，這不是好名頭，是栽跟頭的名頭。我就是這樣。我勸您老兄趁早廢了這個外號吧，這外號糟透了。」

扭頭獅子湯西銘負慚竄起，瞪眼把九頭獅子看了又看，雙拳交握，發恨道：「我領教過了，改日我一定再來請教。不過我不服氣，剛才你是用什麼拳招，把我打倒的？」

沙金鵬也代湯西銘評理：「你二位講的是用五行拳，殷老英雄可是外功、內功，全拿出來了。您這雜樣拳，無怪這位湯爺不懂。」

夜遊神蘇建明忙道：「定規的是比拳，沒定下比什麼拳。沙爺若這麼競爭，就沒意思了。」

飛豹子忿然道：「記著這一場！」

第七十章　劍戰飛豹

九頭獅子和扭頭獅子一笑一怒，走下台來。九頭獅子仍對扭頭獅子說：「您再用這個外號時，不要忘了今天這一場：江南還有個九頭獅子呢。」遂穿上長衫，要把夏建侯替回。豹黨發話，這不能隨便換來換去。九頭獅子笑道：「好好好，咱就不換，夏大爺多偏勞吧。」

下一次該由鏢客這邊先撥人上場。十二金錢俞劍平、智囊姜羽沖都知豹黨蘊怒，忙選硬手上場。選了一回，竟找不出妥善的人來。因為這一場既由鏢客先登，豹黨便可量敵而進，針鋒相對，專挑克敵的好手來鬥。所以鏢客的武功即使精妙，若偏擅一技，也必吃虧。須要挑選技搏而能精的人物，才能左宜右有，不管豹黨教哪一派的人物上來，全能接得住。

俞劍平很為難，意欲求青松道人、無明和尚上場。這兩個出家人全想看到最後，方才出頭。姜羽沖想請松江三傑的第二人夏靖侯出頭，夏靖侯負傷未癒，俞劍平以為不可。因為夏氏已是成名的人物，自己邀人家出來幫忙，決不應教人家栽兩回跟頭。

俞、胡、姜三人看了看這位，又看了看那位，心中著急。年輕的鏢客倒願搶先，只是不敢憑信他們；成名的人物又有這些難處。俞劍平道：「索性我上去。」馬氏雙雄道：「不行，俞大哥你還得接後場呢。要不然，我弟兄上吧。」俞劍平又因二馬兵器最精，拳技知道的不博，也怕他應付不來，有累盛名。

最後漢陽郝穎先道：「俞仁兄，不必為難，小弟不才，可以對付這第六場。」郝穎先脫去長衫，悠然緩步，走上比武的破戲台。俞劍平才放了心，知道郝穎先拳精學博，哪一派的武功全都懂得，不會應付不下來。

鏢客這邊幾費躊躇，始定人選；豹黨那邊也是一理。雖然是比拳，好似押寶一樣；而且勝負一分，兩方同下，要換一個硬手，來報復一下，都不能夠。這樣子一對一，比過就罷，固然可免紛爭纏鬥，可也教敗者找不回場來。勝者獲勝而退，對方看著乾生氣，因此雙方挑選對手，越發審慎。

郝穎先來到證人面前，報名求教。飛豹子在台下一看，道：「哦，是他！」就要親自出頭，與郝一戰。郝穎先在探莊時，已在暗中與豹黨伸量過。此時明白出頭，凡會過他的人，都要來會。飛豹子的左輔右弼，那胖瘦二老王少奎和魏松申，也想鬥鬥這漢陽打穴名家。

子母神梭對飛豹子說：「我們先讓讓外邀的朋友。」話未說完，走出一個方面大耳的人物，是子母神梭代邀的一個過路綠林；姓侯名敬綽，向飛豹子和子母神梭說道：「久聞郝某打穴的工夫很有名；現在我們是空手比拳，郝某總不會私帶點穴鐝，暗算徒手的人。你們二位何必犯斟酌？簡直的由我小弟上去，會一會這位。」

飛豹子不知此人實力如何，面衝子母神梭，露出叩問的神氣。子母神梭道：「侯二哥要去，一定可以。不過，你要跟他快鬥，不要跟他久耗。」

侯敬綽道：「行，要別的我沒有，要急三槍，我會。對付他們打穴點穴的人物，我有的是招。」說罷，洒然登台，迅如猛虎，到鏢行證人的面前報了名，次對郝穎先抱拳通名，預備開招。

十二金錢俞劍平一見此人出頭，愕然說道：「西川八臂來了！我們袁師兄從哪裡搜尋來的？這事越鋪展越大了！」

白彥倫道：「西川八臂又是何等人物？」

俞劍平道：「他們一共哥四個，又是合字，又是幫會，很不好惹。」他要湊近戲台，關照郝穎先，又嫌太露形。

沒影兒魏廉忙說：「俞老叔，您交給我。」魏廉湊近叫道：「郝師傅，這位是朋友，您多……喂，這位是朋友。」這一喊引得人人探頭。台上的郝穎先早已展開行門過步，容得侯敬綽一拳打到，立刻開招。沒影兒吆喝的話，他已聽明。

這侯敬綽也看了魏廉一眼，心中納悶：「你們要套交情麼？」當下不遑理論，故意藏拙，連發了三招，意欲先看看那郝穎先的拳法。郝穎先以虛應虛，連讓三招，方才還手。侯敬綽誤認郝穎先是太極門，也就由第六招起，展開本門心法，把雙拳驟如狂風般打來。郝穎先文縐縐的，見招應招，有點應付不暇；一面招架，一面退閃。

侯敬綽且打且攻，欺敵猛進；果然是四川名手，招術不俗。只十數招，便搶招得勢，把郝穎先逼到戲台邊上。再要進搏，郝武師就沒有迴旋餘步了。侯敬綽突然沖天一炮，照郝武師打去；卻暗防他旋身旁閃，兩眼盯住那郝武師的動勢。

果然，郝穎先見招側身，順力一推，倏然伏身，要往左竄；侯敬綽軒眉一笑，拳勢不收，反往旁轉。倏地單腳用力一撚，身如陀螺一轉，恰好遮住郝武師的前路；單拳也隨身改勢，打到郝武師的上盤。郝穎先右腕一繞，微微往上一格，似要一托一捋。忽然腳下用力，也這樣一擰，要往右轉。侯敬綽一下腰喝道：「呔！」用足十成力，錯腳開掌，照郝穎先狠狠一推。他把全身做成了側立的弓形，這兩掌平推如箭，力猛如山，倘若用實，郝穎先必要栽下台去。

哪知郝穎先預料敵招，一旋身，似把背後交給敵人；又伏腰一擰，突然往上長身，輕飄飄拔高而起。不曉得怎樣用力，會拔高斜射，倏然越過侯敬綽的背後。侯敬綽急忙旋身，探臂來抓；又一長身，跟蹤進步，早已撲了空。郝武師箭似地跳落到台心了。

郝穎先擰身回顧，微微冷笑；剛才魏廉喊這位是朋友，既是朋友，為何下毒手？起初郝穎先竟誤會了意，至此方才拿出勝敵之招。那邊侯敬綽始終沒把郝武師放在眼裡，一招未勝，他就霍然疾進，又衝郝武師追來。

郝武師蓄意以待，兩人重新交手。又經過二十幾招，突然聽台上證人哼了一聲，台下飛豹子也「呀」的一聲。眼看雙雄倏然一合，倏然一分，各退出一丈以外，一點聲音也沒有，兩人俱各住了手。

郝穎先往旁一站，拱手道：「承教承教！」侯敬綽也往旁一站，臉向台裡，一言不發；口咬嘴唇，側目瞪著敵人。好半晌，才一轉身，往台下側目一瞥，突然回身，跳下台去了。郝穎先又微微一笑，向證人一拱手致敬，徐步走下戲台。

兩人停鬥，似乎勝敗已分，台下很有些人沒有看明白。但雙方證人已然瞧透。子母神梭武勝文忙迎問侯敬綽：「二哥，怎麼樣了？」

侯敬綽搖手不答，直趨殿內。王少奎、魏松申跟了過來，不好問他受傷沒有，只問道：「侯二哥辛苦了，怎麼樣？」

侯敬綽突然蹲身俯腰，一張嘴吐出一灘血和兩隻牙。原來他受了郝穎先的迎面一拳，強忍著閉口無聲，才免得當場露形，只是瞞不住兩邊的明眼人罷了。他拭去口血，幸無內傷，心中又愧又怒。飛豹子在台下早已看見，也忙進來慰問。侯敬綽的盟兄郁敬恒發怒道：「好好好，打得好，我得會會這位漢陽名家！」立刻出殿，奔赴戲台。

戲台鬥場已賭到第七場，應該豹黨先登。飛豹子追出來，也要登台單挑俞劍平。子母神梭忙攔住飛豹子：「袁二哥，你等一等。」又拉住郁敬恒的手，勸他別忙。郁敬恒已經含嗔脫衣，必欲一鬥；大聲說：「我們西川八臂早要會會江南鏢行，我得再請郝武師指教指教。」

郁敬恒正在怒吼，不意豹黨證人沙金鵬也等不及了。十場決鬥，已過了六場，還得給袁、俞二人留一場，那麼只剩下三場了。這「半趟長拳震遼東」沙金鵬往破戲台口前行幾步，面對台下大聲說：「鏢行諸位朋友，我在下叫沙金鵬，我要會會咱們江南武林人物。我說喂，武莊主、袁老兄！這個證人我先不當，請二位另煩一位朋友替我來吧。人家殷武師剛才不也是這麼來著，我也學學人家；我當證人的也要請教。」

沙金鵬說著，不等人來代替，就脫衣側立，向鏢行叫陣。子母神梭這才鬆手，對郁敬恒說：「得了，郁大哥你別生氣，有人給咱們找場。這位沙師傅經多見識廣，拳術厲害極了，打人只憑三招，你瞧吧。」

沙老白鬚飄灑，意氣軒昂，當戲台一站，等候鏢客。豹黨忙推上一位黑矮老頭兒，替沙老做證人。這人姓胡名朝棟，外號黑胡狐，早年是當鋪老闆，因好拳腳，混丟了飯碗，如今也是江湖上有名的人物了。

胡朝棟替沙金鵬發話：「鏢行諸位好友，哪位上來賜教？」鏢行群雄紛紛議論，料這位金鵬氣度矍鑠，必不好惹。馬氏雙雄告訴眾人：「這位沙金鵬生平專擅一手長拳，練得膂力極強；一拳搗出，緊跟著又是一拳。換手不換招，力量足，招術快；聽說很不容易破解，也不好躲閃。他倒沒有什麼出奇不測的絕招，就是一股子丹田罡氣，有進無退。你別看他老，氣度安閒；可是一開招，準是拚命。我看柔能克剛，俞三哥！要破他這手長拳，非得你親自出馬不可。」

十二金錢俞劍平凝神端詳沙老，確有一派英銳之氣，暗藏在穆然的態度之中。回頭環視鏢行，青松道人仍沒有踴躍上場的意思，無明和尚眼望別處，似正尋視豹黨中的一個中年人。

俞劍平說道：「我就上去。」

俞夫人很關切地說：「台上這位別看上了年紀，你看他那眼神和手臂，再看他的下盤，足夠火候的了。劍平，你要上去，你可估量著；跟這個人動手，決不是三招兩式的事；你還得盯著袁二師兄哩。我看莫如煩夏二哥辛苦一趟吧！」

松江三傑連忙應道：「大嫂放心，我替俞三哥去。」

夏靖侯、谷紹光二人，你爭我讓。青松道人輕輕一拍無明和尚，說道：「明師兄，你看什麼？」

無明和尚矍然回頭道：「我看那邊東看台根下，站在人群中的那位豹黨很面熟，好像是駱定求。……不能，不能，他不會出頭露面，我跟他有約在先。」說時又看，看對了臉，方才說道：「真奇怪，這人不是駱定求，或者許是他的哥們，模樣太像了。」

青松道人道：「算了吧，你不要在這地方訪友啦！現在這遼東沙金鵬正在叫陣，夏檀樾賢昆仲還在謙讓，明師兄，你拿出你的羅漢拳，上去會會這神拳老沙吧。」

無明和尚往台上瞥了一眼，笑道：「我也未必是人家的對手哩，人家半趟長拳震遼東；我這朽僧笨拳一上去，必然挨打。松道友，還是你當先。」

青松道人笑道：「我才真不是人家的對手哩。我學的這門功夫，正好受人家的克制，久聞此老在遼東，半月之間連敗十八家武林名手，連踢六座場子，實在威震長白。只有明師兄的羅漢拳和崩拳、地趟拳，三拳歸一，足可應付得了。這人唯一的辣手，就是迎門三不過，三拳加一腿。無明師兄你拿出你那三禪加一滾，準能把他克住，萬不會輸給他。」松江三傑見無明和尚面露得意色，一齊慫恿：「明師父，教我弟兄瞻仰瞻仰吧！」

無明僧赤面禿頂，胖矮如缸；聽了大家的話，把肚子一腆說：「你們是要看我出家人出醜，好好，我就出一回醜。」脫去僧袍，束上腰帶，從人群中走到台邊；

只一伸腰，便躍登高台。眾目睽睽，一齊喝彩。豹黨尤其驚異；震遼東沙金鵬也吃了一驚，迎上一步，抱拳問道：「大師傅怎麼稱呼？」

無明和尚哈哈笑道：「好說沙老師傅，僧人無明，在揚州因明寺出家。自不學好，教師父趕逐出來，從此遊蕩江湖，濫交些打把式的朋友，胡亂也學了幾手笨拳。他們……」回手一指台下：「他們說沙師傅的長拳打遍遼東無敵手，他們教我上來承招，其實就是教我挨揍。沙師傅手下多多照應，請你發招吧。」

沙金鵬聽了一怔，久聞揚州無明和尚的威名，不料今日在此相會，不禁又把無明打量了一眼。單看外表，竟看不出他有多大能為來；就只剛才登台一躍，顯得身子很重，身法很輕罷了。殊不知這無明和尚性如烈火，手勁猛烈；生平好吃好喝，好交朋友。唯有一樣短處，是喜怒不定，翻臉就打人；在南北江湖上很馳名，也是武林名僧了。現在他拉開架子，要跟半趟長拳震遼東沙金鵬動手。鏢行群雄都曉得他，不由嘻笑私議：「我們多留神，看一看大鵬抓禿頭，禿頭鬥大鵬吧。準有熱鬧看！」

兩人站好腳步，謙讓了幾句，說一聲請，倏然開招。震遼東沙金鵬最厲害的拳招，就是身手極猛極快，力量極強。剛剛一亮招，這老人白鬚一飄，身形一側，左手護身，右手「颼」的當胸搗出。無明和尚早已防備著，見來勢太猛，當即伸臂一格；唰地一聲，僅僅撥開。沙金鵬第二拳突又穿肘打到。一股寒風直撲面門，先天力和功力均有，其剛無比。果然人言不虛。

無明和尚登時覺得難以硬搪，忙一虛架，提一口丹田之氣，突然半轉身，一側肩頭；唰地一下，老拳打在無明的左肩臂上面，這是硬挨。無明霍地轉身，雙拳錯出，要乘勢還攻敵人。哪知沙金鵬的手真快，上盤不動，下盤一換，把無明和尚的拳一架；連架帶攻，唰地一聲，第三招又挾銳風打到。無明和尚忙又一轉，未容招架；果然沙老是「三拳加一腿」，「登」的一聲，無明和尚左胯幸躲開一踢，到底左肩臂又重重挨了一拳。

震遼東這三拳一踢，無明只架住一拳，硬搪了兩拳。這兩拳足有二三百斤的猛勁，換一個旁人，早已應手倒地；可是無明和尚居然能硬挨。豹黨不由出聲道：「這和尚許會金剛力吧？」旁觀者看無明好像沒事人一般。無明早已大嚷道：「好哇，真棒啊！」往後疾一退，撚拳還攻上前。

沙金鵬一聲不響，把敵人一看，拳行如風，不容敵人進招，第四招、第五拳穿梭打出去。無明和尚似招架不迭，又倒步一退，虛身一讓，立刻挺身上前；唰地一聲，疾如駭電，拳打敵胸；未容得沙金鵬招架，又霍地一退。沙金鵬拳已發出，被無明偏身一讓，拳搗一空。

無明軒眉繞掌，似要抓拿沙金鵬的右手腕寸關尺。沙金鵬哼了一聲，見招破招，將計就計；左掌往下疾劈，右手一繞，反咬無明右手。也就是彼此的手剛剛挨著，無明疾右掌一收招，左掌又穿肘抓來。沙金鵬忙收回右掌，改招進捋；左掌竟很快地反挽住無明的右臂，立刻往外一擰，要教他左臂不能相救；再伸右腿一絆，逼住無明的下身。這樣只輕輕一放，便可放倒無明。台下譁然道：「和尚輸了！」

一言未畢，無明用「老僧擺袖」、「雙環套月」一翻，奪出手來；立刻一栽身，胖矮身體似皮球般，滾落台上，一點聲音也沒有。沙金鵬竟倒退了兩步。台下全沒看清無明怎樣破的招，怎樣倒的地。無明和尚竟展開了地趟招。他全身骨碌碌一陣翻滾，肘、腰、臀、肩齊用力；雙腿突伸，似夾剪一般，翻翻滾滾，剪到沙金鵬面前。沙金鵬內力外力混為一氣的拳法，竟無用武之地。鏢客至此噓了一口氣道：「明師傅一準贏了！」

沙金鵬畢竟是斫輪老手，縱沒有制服地趟招的絕技，也會想法子護身防敗。他忙收起自己嫻熟的拳術，改用猴拳，彎腰探爪，來破無明飛登掃踹的腿法。沙金鵬身材很長，白鬚白髮飄飄；這一改招，居然縮成一團，和青年人一樣靈活。

兩個人在台上骨骨碌碌，盤旋繞鬥。地趟招不利於久戰，飛豹子和子母神梭等見沙金鵬只有退閃，不能進攻，還盼望他能持久。哪曉得只走了十幾招，沙金鵬連挨了好幾腿。幸仗他長於救敗，會打人，也善會挨打；縱被踢著，吃虧還不重。饒這樣，這老頭子已經恚怒。一世威名，想不到千里迢迢，跑到江北，敗給禿頭。他恨叫了一聲，竟收起猴拳，改用潭腿，來和無明和尚硬拚。翻翻滾滾，苦鬥二十餘招。

當此之時，十二金錢俞劍平忙對智囊姜羽沖說：「兩虎相爭，必有一敗。我看這位沙老師傅也是久已成名的英雄；我們家門之爭，何必跟外人結怨。姜五哥，我打算上去，把他們勸開，你看好不好？」

姜羽沖道：「好倒是好，只怕你一登台，你那位令師兄立刻要跟你較量。你想立刻跟他比試比試麼？」

俞劍平道：「這個……」一時沉吟無語，台上無明和尚與沙金鵬迭見險招，愈鬥愈烈。

俞劍平道：「不好！」剛要上前，陡見半趟長拳震遼東沙金鵬與無明和尚托地一跳，各往後一退。沙老的兩個門徒如飛地躍上台來，把沙老扶住。沙老一聲不響，面目變色。無明和尚滾成土球一般，敵手才退，便立刻挺身躍起，哈哈地怪笑了幾聲，拍手拂塵，剛說了一句：「承讓！」竟又撲登地坐下了。兩個人大概已經兩敗俱傷。

飛豹子怒吼一聲，飛竄上台把沙老一看。鏢行這邊見豹黨連上去三四人，也忙得各不相問，連竄上青松道人、夏氏雙傑；俞劍平也隨後躍上台去。飛豹子忙命人將沙老攙扶下台，慢慢攙遛；俞劍平也忙看無明和尚。

無明和尚已經立腳不牢，所幸年紀不甚老，又是童工，尚能鎮得住；說道：「青師兄，俞鏢頭！咱們沒輸。」青松道人忙扶著他，暗問是否受了內傷，無明強支著說：「不礙，沒傷。」但是一條腿瘸了。

沙金鵬的弟子個個怒喊：「和尚別走，我們還要請教請教你呢！」

青松道人正攙著無明和尚下台，這幾個弟子截住不讓走。鏢客道：「這是什麼道理？公證人還不給說句話麼？」

三江夜遊神蘇建明、夏建侯一齊向豹黨證人發話。啞巴尚克朗澀著喉嚨叫道：「別亂！朋友，還是按規矩來！」

蘇建明大聲道：「沙老師，你快把你的門徒攔攔吧，這可滿不像那回事了。」喊聲未畢，沙金鵬的大弟子婁延慶和四師弟周金鶴，已經前撲到無明和尚的背後，截在無明和尚的面前，撚掌捋袖，就要下手，又似要圈住無明和尚不放。

青松道人雙目一挑，喝道：「豈有此理？閃開！」一手攙無明，一手指敵，往前一上步。

沙門大弟子婁延慶道：「別走！」把雙拳一提，橫身擋住了僧道。如箭在弦上，不得不發。

青松道人叫了一聲：「師兄，站住了！」雙拳一錯，立刻斜趨開道。婁延慶立刻虛掩一拳，往旁一竄，撲到無明身邊。

無明和尚立不住腳，正搖搖欲倒，看敵拳已到，念了一聲：「阿彌陀佛！」單腿一跳，預備迎敵；青松道人早倏然抄過來。婁延慶回身一拳，青松一架；沙門四師弟周金鶴乘虛而至，猛地一撲，拳照無明打去。

鏢客譁然。飛豹子勃然變色，忙叫：「周四哥，使不得！」如飛般奔來攔阻。情形吃緊，十二金錢俞劍平一股急勁，也飛躍過來，從側面一衝，把周金鶴格開。周金鶴翻身一拳，俞劍平滑步微讓，竟順勢一黏，把周金鶴的手臂托住。未容緩招改式，只往外一送，周金鶴不由斜退出數步。

俞劍平叫道：「對不住！我們要過招，請上台來，正正經經地……」「挨個比試」四字沒說出口，背後冷冷應道：「對！挨著個來，俞鏢頭請這邊來！」一股寒風襲到，其猛無比。

俞劍平大驚，未敢回頭，霍地急往開處橫身飛躍。後面果然是負怒尋仇的二師兄飛豹子，很快地掩來；手指上探，要提俞鏢頭的衣領。那邊智囊姜羽沖、夏氏雙傑，急忙奔來攔擋。俞劍平忙退步叫了一聲：「師兄！」

飛豹子傲然答道：「什麼師兄！俞鏢頭，咱們也無須比十陣八陣，教朋友們比半天，當不了什麼。還是我來請教！」

袁、俞雙雄對面叫陣，自有鏢客把無明和尚救回，同時豹黨也叫回沙門弟子，把沙老攙入內殿，派人去救護。本是兩敗，沙金鵬獨覺愧忿異常；無明和尚跛著一條腿，倒很得意。俞門五師傅跛子胡振業說道：「得了，明師傅跟我一樣，成了單腿虎了！」

無明和尚道：「那不見得。五師傅，你別說閒話了，快看看你們俞師兄吧，他跟豹子動手了。」跛子胡振業忙叫著九師弟蕭振傑，一同奔到台前。

十二金錢俞劍平已被飛豹子逼上擂台。飛豹子因自己這邊末幾次連敗三場，怒氣甚盛，面對台下說：「剛才比了好幾場，彼此都差不多。我姓袁的此刻不再教朋友替我拔闖了；我要親自會會俞鏢頭。我的功夫自然不行，可是我本無心求勝，只是虛心求學。俞鏢頭，咱們比拳、比劍、比鏢。你只要三樣勝我兩樣，我就認小服低，立刻把鏢銀替你代尋回來。現在我要先請教俞鏢頭的……」稍稍一思索，說道：「比拳沒意思，索性我請教俞鏢頭的劍法，劍裡夾鏢，你打我挨，倒直截了當。」

子母神梭武勝文、尚克朗一齊說：「好！我們都想瞻仰瞻仰二位的兵刃和暗器。」

俞劍平說：「這個……」陪笑對子母神梭說：「武莊主，剛才講的是以武會友，十場為定。」

飛豹子大聲道：「不錯，我知道，我這是破例的。但是俞鏢頭，別位朋友就見一百場，也不如你我過三招乾脆。你不必多說，我姓袁的千里迢迢奔來，為的是什麼？俞鏢頭，請上！」又回頭吆喝道：「喂，過來！」

袁門弟子熊季遂忙走上台；飛豹子立刻甩衣，露出一身短裝，手裡仍拿著那根鐵桿菸袋。俞氏弟子左夢雲也忙捧劍上來，要給師父遞劍。跛子胡振業和蕭國英守備嘀咕了一陣，胡跛子突然甩衣上台。俞夫人丁雲秀此時立在台根，很著急地佇足望著台上。蕭國英也追上戲台。

胡跛子跳上戲台，往袁、俞當中一站，喝道：「袁老二，你不用找俞師兄，俞師兄是山東太極門的掌門戶老師，你一個跳出牆外的弟子，你不配點名挑將。喂！我們南北太極門的師傅們聽著，憑他一個山窪子跳出來的人，敢來找太極俞？姓袁的，我胡老五陪你走一趟！你把我毀在台上，你再會我們俞老師。你現在不配！」亮出短劍來，跛著一條腿，看定飛豹子，枯黃的眼冒出火色。

俞劍平只道胡跛子仍要拚命，方要攔阻，蕭國英拉了一把道：「三哥等等，你聽聽胡五哥的。」

飛豹子往四面一看，冷笑道：「胡五爺，你要怎麼樣？你還要替人拔闖麼？」

胡跛子冷笑道：「隨便！你小子有種，你就扎死我。你沒有種，五太爺可要扎死你！」

飛豹子鄙薄道：「我袁承烈還沒學會充混混賣味拚命；我也不會跟殘廢人比武。胡五爺，請你把刀子收起來吧，不要比比劃劃地嚇人。」

胡跛子連笑數聲，翻身對台下說：「好！眾位全聽見了麼？我們從前可是師兄弟，是他自己學不好本門武功，是他自己告退走的，他現在又找回本門來算帳。眾位教徒弟、傳功夫，可多留點神。我們丁老師是死了，我不該埋怨他，他實在是眼瞎心也瞎。他教出來的徒弟，臨到末了，就起內訌，摘本門牌匾，還要毀他老師的門婿和愛徒。」

胡跛子當眾宣佈豹子的罪狀；飛豹大怒，兩人立刻動手。胡跛子一劍刺來，飛豹子將菸袋奮力一削，「叮噹」一響，胡跛子身形打晃，咬牙挺劍，又攻上來。飛豹子毫不客氣，鐵菸管如驟雨急擊雹，把胡跛子打得手忙腳亂。

俞劍平忍無可忍，叫道：「胡五弟閃開，我陪二哥走幾招！二哥，小弟真真沒法了！」綽劍遮在胡跛子面前。飛豹子往後一退，桀桀然大笑道：「好難求教的俞鏢頭，咱就來吧！」

雙雄抵面，飛豹子把菸袋一指，突照俞劍平面門點去。俞劍平擬身仗劍，上盤不動，下盤微挪；連讓三四招，方才還手。飛豹子揮動鐵菸袋，當作寶劍，連走了二十餘招，連換了玄女劍、六合劍、八仙劍、青萍劍、三才劍、白猿劍等六套劍法；避開太極劍，半招也沒肯用。俞鏢頭謹守家法，展開太極劍十三字訣，黏、連、劈、閃、剁、戳、提、撲、速、耘、抹、撩、刺，依然是靜以待動。兩個人拚鬥數十合，未分勝負。

第七一章　雙雄鬥技

飛豹子迫到十二金錢俞劍平的面前，鬚眉賁張，就要動手。俞劍平退無可退，也只得預備接招。俞夫人丁雲秀此時立在台根，很著急地望著台上，蕭國英也追上戲台。

豹黨全疑心俞鏢頭故意遣派有殘疾的人，拿拚命纏窘飛豹。卻不知胡跛子是要當眾宣布飛豹子的罪狀，可又說不漂亮。胡跛子結結巴巴說完這些話，當時喝道：「姓袁的，接招！」把短劍一抬，照飛豹當胸刺去。

飛豹子微微側身讓開，並不拿菸管招架，也不還攻。他手指胡跛子道：「胡五爺，你只管罵我、扎我，我還是要跟俞鏢頭領教。俞鏢頭，你教胡五爺跟我搗亂，你還想找鏢銀不找？」

胡跛子單腿一竄，唰地又是一劍；一連三劍，其快無比。袁飛豹全都閃開了，登時發怒道：「胡五爺，你打算怎麼樣？」胡跛子越怒，第四劍、第五劍，颼颼地攻去。

飛豹子再忍不住，把鐵菸袋一提道：「咳，胡五爺，你太難了！」胡跛子側頭，又遞進一劍。飛豹子倏地用力把菸袋向外一削，硬碰硬，「噹」地響了一聲。胡跛頓覺虎口微麻，心中越怒，一連又是數劍。飛豹子皺眉一笑，就勢還攻，不再讓招，猛往胡跛子面前一逼。

胡跛子微閃，為救全自己的跛腿，單足吃力，往開處一跳，未免跳得遠些。飛豹子喝道：「俞鏢頭，接招！」菸袋管隨身一轉，丟下胡跛子，突打到俞劍平的右側。俞劍平急忙退步，兩手空空；俞門弟子左夢雲忙遞過劍來。見來勢甚猛，左夢雲急划劍一架，護住師父。

俞劍平道：「夢雲，不得無禮！」忙將劍奪過來，揮手命左夢雲下去；蕭守備這時也躍上台來，拔刀跳在胡跛子前面。豹黨一見，蠢蠢皆動。飛豹子喝道：「你們別動！武莊主，攔住他們。我要一個人，會一會少年時的朋友。俞爺、蕭爺、胡爺，你們全來。」豹黨決不容飛豹獨力應鬥；遼東二老魏松申、王少奎忙掄鋼鞭，拔點穴钁，紛紛齊上。鏢客這邊不願把單打激成亂戰；俞劍平連喝胡、蕭二位，快快下台。

俞夫人丁雲秀飛身竄上台，把胡跛子苦苦逼勸下去。俞劍平也把蕭守備攔住。雙方證人各堵住台口，把自己人支使下去。台上台下一陣喧亂，旋即沉定，只剩下袁、俞二人。俞夫人退到證人背後，遼東二老也退到證人身後，站在戲台下場門邊。俞夫人低聲說了一句：「喂！劍平，只過拳，別動兵刃！」俞劍平眉峰一皺，背身揮手，教丁雲秀不要多言。

飛豹子張目一看，冷笑道：「好，只剩俞鏢頭了，請吧！」菸管一提，舉步上前。俞劍平回手插劍，交給左夢雲，陪笑舉手道：「師兄一定要拔扯我，我只能拿雙拳奉陪，我不敢動兵刃。我和師兄是嫡親同門，我不說我兵刃不行；就說了，師兄也必不信，以為我是客氣。可是，論情論理，我們怎好動刀？」肅手一站，等候發拳。

飛豹子舉著鐵菸袋，搖頭道：「我不會把拳。俞鏢頭想拿太極拳贏我，未免取巧。我只拿這傢伙，給俞鏢頭接招；我也決不傷人，這還不行麼？」又對左夢雲道：「少鏢頭，請把劍遞給你師父，別客氣！」

俞劍平咳了一聲。豹黨證人發話道：「俞鏢頭就不用客氣了。你二位先試兵刃和暗器，隨後願意比拳，再接著比。這也很好，兵刃、暗器和拳法，正好三陣見輸贏。俞鏢頭，請你不要謙辭，趕快發招吧。」

飛豹子道：「這話很乾脆，來吧！」一進步，立即開招，鐵菸袋登時照俞劍平面門一點。

俞劍平微微一退，弟子遞劍，他竟不去接。飛豹子往前趕了一步，菸管一指，照俞劍平胸乳部「靈台穴」打去。俞劍平又往旁一閃，連讓三招。

飛豹子大怒道：「好！俞鏢頭不屑指教，這不怨我，我們弟兄告退！」回身要下戲台，鏢行證人蘇建明連忙攔勸道：「袁爺，你忙什麼？」

俞夫人丁雲秀也從證人背後走出來，叫道：「袁師兄，你是師兄，劍平他不能不讓個禮，跟您客氣，您還怪他麼？」

飛豹子道：「是是，我不知好歹！可是三招一過，俞鏢頭還不用劍，豈不是太瞧不起我袁某了！」

俞劍平雙眼霍霍放光，竟一言不發；接劍一抱，衝飛豹子一揖，又衝台上證人、台下群雄一揖；這才發話：「我非退避，無可奈何！師兄一定以劍術逼我獻拙，我只得從命。諸位朋友請原諒我不得已。」十二金錢俞劍平將青鋼劍「懷中抱月」一抱，仍等候敵手發招。

飛豹子把鐵菸袋一舉，虎目一瞪，暗用青龍劍法，趕步發招；「猛虎擺頭」，照俞劍平前胸刺去。劍尖快刺到敵身，又變成點穴鐝，改打俞劍平的穴道。俞劍平略略退步，這才施展開太極十三劍劍法，往外一揮便停。飛豹子早將菸袋收回，「白蛇吐信」又照俞劍平攻來。

俞劍平立刻「左右描掃」，將來招破開，用十三字訣，黏、連、劈、閃、剁、戳、提、撲、速、耘、抹、撩、刺，把門戶封得很嚴。飛豹子袁振武用青龍劍十字訣，托、摸、撥、點、卷、刁、掛、拆、刺、黏，專取攻勢。兩人由緩而疾，慢慢地過招，慢慢地往一處鬥起來。

台下群豪見雙雄已然會鬥，都提神細看著。有那沒見過俞鏢頭的劍法的，更是仔細旁觀，盯著一招一式。年輕的人見二人打得不快，還以為二人持重不發；學精年長的已看出兩人已拿出十分的精神，一面應敵，一面防身。兩人不僅注意在台上，還防備著台下萬一的不測，以及旁觀人的放冷箭。幾招過去漸漸展開功夫。

子母神梭武勝文對遼東二老說：「袁大哥真不含糊，今天一定掙得回面子來。」

馬氏雙雄對童冠英說：「俞三哥吃虧不了，你瞧夠多穩多準！」

童冠英道：「你再看看夠多狠吧！」

果然，俞劍平應招很穩，讓招很謙；可是力量發出去，決無點到為止、用力落空之處。

飛豹子連試數招，軒眉一昂，唰地一退步，展開了另一套劍法。「猛虎入洞」，突刺下盤；用擊、刺、格、洗四字訣的第四字，揮菸袋一掃。俞劍平輕輕順劍往下一蓋，忽往上一翻，不救下盤，卻揮劍用「白虎攪尾」一格飛豹的鐵菸袋；立刻「魚跳龍門」，往開處一退。

袁飛豹跟蹤而到，「仙人指路」，直點俞鏢頭的後背「志堂穴」。俞劍平「鷂子翻身」，回身發劍，用太極十三劍的黏字訣，往飛豹子右腿上一點，說道：「師兄看招！」

飛豹子道：「不勞指教！」往回一帶兵刃，「鳳凰單展翅」，往左邊瞄準，展「小魁星式」，「燕子入巢」、「靈貓捕鼠」，連發兩招，緊跟著用「等魚式」，展「左右挑簾」，猛挑對手的兩肋。俞劍平忙用「巡風撣塵」，略架一招，抽身而退。飛豹子「忽星趕月」、「青龍探爪」，又將菸袋一伸。十二金錢俞劍平「野馬跳澗」又一躲，勒馬式一收，用「指南針」還擊一劍。突然間袁飛豹又把招術一變，改用六合劍，緊緊迫來。

俞劍平不動聲色，仍用太極劍法，黏、連、劈、閃、躲、戳、提、撲、速、耘、抹、撩、刺，一招一式沉著應戰。飛豹子袁振武把一根鐵菸袋桿使得呼呼風響，以為俞劍平有意鏖戰，便也狠打穩走，一步不放鬆，可也不急於求勝。心裡說：「耗一耗吧，先比一比氣力，也教俞老三嘗嘗。」可是為欲驚動俞氏夫妻，他一退一進，又換了一套劍法；片刻之間，竟連用了青龍劍、六合劍、八仙劍、峨嵋劍、青萍劍、三才劍、白猿劍、九天玄女劍，計共八套劍法，他偏不用太極門的十三劍。有時進招得便，就將菸管一伸，暫當點穴鐝用，或當做判官筆，真個運用得神出鬼沒。

台上台下，鏢行諸友，豹黨群豪，眾目睽睽，都盯著台上的雙雄。各各關切著自己人，暗防著對方的人。究其實這都是多慮，誰也不肯施詭計，挾詐求勝，貽笑方家。

袁、俞雙雄，進攻退守，連鬥了二十餘招。飛豹子的鐵菸管，不拘一格，變化無方，融合了各門各派的劍法，猛攻俞鏢頭的太極劍。忽然猛刺來，不容招架，突又撤回；忽然發這招，未等送到，半途又改施別的招，力量既猛，手法又快，目力尤其穩準。

俞劍平凝神應戰、欲制先機，乍交手竟測不透飛豹子的來招。飛豹子的菸袋若不發出來，便揣不透他要奔何處；等到招勢發出，又迅若飆風，再來應付，已嫌遲誤。俞劍平起初本打算只守不攻，現在已覺得這辦不到。袁師兄武功精純，已入化境，若一味讓招，顯然不利；若要救敗，只可迎攻。再打算以逸待勞，以守為攻，對別人施還行，對袁師兄顯然做不到了。

飛豹子招術儘管猛，可是半點不慌；儘管欺身進攻，可是身邊不留可乘之隙，果應了那句話：「善者不來，來者不善！」

不但俞鏢頭這樣想，台下鏢客也已看出。跛子胡振業更急得叫嚷：「俞三哥，可讓才讓，不可讓就趁早還招啊！別自找虧吃，跌倒了，可是自己爬呀！」

蕭國英守備忙道：「俞師兄連這點還不懂麼？五哥你沉住氣。」

果然俞劍平遇上一個險招，被飛豹子揮動菸管，合身一衝，不由往旁閃動了半步；才要還招，飛豹子刷刷刷硬砍實鑿，一連三下，硬磕俞劍平。俞劍平抽劍避實，不跟飛豹子硬碰；登時被逼得連退出兩步，方才展開手腳。

台下登時一陣大嘩，豹黨歡聲雷動；鏢行發出吒叱之聲。豹黨一個老人搖頭對子母神梭說：「這不見得是姓俞的不濟。我們袁大哥連換了八套劍法，忽前忽後的攻擊。你看人家上盤紋風不動，下盤腳步一點沒亂。剛才雖然往後倒退，可是一點沒有漏招。」

子母神梭道：「十二金錢到底名不虛傳！」

俞夫人丁雲秀也大大吃驚。袁二師兄竟不知從何處學來這些劍法？最可怪的是連走十幾招，竟沒有偷用太極十三劍半招。豹頭虎目，凝神進撲，屢次猛衝上來，銳不可擋。難為他偌大年紀，六十來歲；更難為自己的丈夫，怎麼竟會舉重若輕地招架來，竟十分如法。所慮者是功夫能抵得住，不知氣力能否持久！

霹靂手童冠英對夏氏三傑道：「太極十三劍以黏連取勝。你看俞三爺用起劍法，好像不很吃力似的；其實他很用力了。你看飛豹子亂撲亂搶，好像把內力發洩無餘；其實他外表出力很猛，骨子裡還留著後勁呢！」又搖頭道：「俞三爺若是耗久了，怕不是飛豹子的對手。」

馬氏雙雄道：「不然，不然，你老往後看吧。我們俞大哥有名的是後勁長。」

袁、俞在台上拚鬥。台下各宗各派的武師，紛紛議論。有的說袁飛豹可操勝劵；有的說俞三勝可壓倒飛豹。各觀一點，各看一步。雖然這些老武師個個都是老法眼，竟也看不透徹。

袁、俞二人的功夫，均到了精純的地步。飛豹子顯然是把各家劍技的精蘊，冶為一爐。俞劍平顯然是恪守本門心得，不雜他派法門。

俞劍平一面動手，一面想：「要打一個不傷體面，又能對袁師兄稍讓一步，這可是真難！」俞劍平深知袁師兄的能力，現在他的打算，是要掩己之短，避敵之長；用己之長，攻敵之短。袁師兄的武功已到精純的地步，他的唯一短處就是年紀稍大，自己比他小著三歲。俞劍平認準這一點，與飛豹子苦苦地周旋。他只求暗暗壓制他一下，再明明輸給他一招，當場示敗，再退而求鏢。當下連鬥數十合，不分勝負。袁飛豹一面顧敵，一面也在仔細審視俞鏢頭的氣魄與劍招。飛豹子屢用各派劍法，來試俞劍平。俞氏執定太極劍法來應付，精熟無比，居然應付裕如，內中毫不摻雜他派的劍招。俞劍平的太極劍，已與三十年前不相同，這必是自己負怒出師後，太極丁另將秘訣傳授給他了。

飛豹子把一支鐵菸袋倒提著，往來突擊。俞劍平力封門戶，不讓得手。飛豹子奮力猛撲，接連也打進去數招，意思是要硬碰硬，考考俞劍平的膂力。可是不論他發招如何變幻不測，要想碰俞劍平的劍刃，竟不可得。

俞鏢頭劍是一塊精鋼，但是運用起來，宛如皮鞭掛麵條那麼軟，任憑你用多大猛力，也砸不出劍嘯的聲響來。俞劍平的劍竟捉摸不著，打擊不上。俞劍平不止有內勁，他的兩眼朗若雙星，顧盼竟這麼快。他的眼、手、劍，和全身身法，和下盤步法聯成一氣；如同這把劍已經變成俞劍平的一肢體，如同從俞劍平身上生出來一隻長手，又如長蛇吐出來的舌。明明是三尺二寸長一把銳劍，居然有軟有硬；有時菸桿打到，他竟會疾接疾擋，猛退猛縮，緩緩地一黏，把鐵菸袋桿的直力硬勁化解開；再往外一拖，軟軟地拖出，狠狠地蕩去，使得鐵菸袋的大力置於無用之地。這是太極十三劍的唯一秘要。俞劍平居然把它神化；好像閉著眼也會應敵黏敵，閉著眼也會攻敵自救。

飛豹子用盡各招，未能得手，覺得求勝漸難。同時他未免「賊人膽虛」，還慮著鏢行群雄另有不測的舉動。飛豹子料敵量力，心知以兵刃壓倒太極十三劍，恐怕不易。飛豹子頓時想在兵刃交鬥之下，兼用暗器。飛豹子的暗器是鐵菩提子，但是他的本意並不想用鐵菩提打勝俞劍平。俞劍平既以拳、劍、鏢三絕擅長，既以錢鏢善攻穴道成名，那他必是善打善接。飛豹子苦苦精練的乃是「夜接錢鏢」，他打算誘引俞劍平，發錢鏢來打自己。

他又一攻一退，唰地往圍外一跳，也不知用了一個什麼暗號，豹黨證人立刻過來說：「二位兵刃俱各高明，不必再比了。我們要請俞鏢頭把那久負盛名的十二金錢鏢施展出來，給我們開開眼界。」

飛豹子也舉起菸桿喝道：「俞鏢頭，我要請教請教你的暗器！」一指胸膛，教俞劍平照這裡打。

俞劍平抬眼一看，閃身一退。日前在鬼門關夜戰，已足證明自己的十二金錢鏢不能傷飛豹分毫。今天當面再打，又在白晝，萬無獲勝之理。俞劍平乘勢抱拳拱手先向證人說：「笑話，笑話，我的暗器更是丟人！」轉對豹子道：「師兄，小弟薄技不過如此，已經遵命獻醜了，我們就此為止吧。」

豹黨證人尚克朗細看飛豹子的神色，精力依然瀰漫，毫無疲容；啞聲道：「俞鏢頭不要謙讓，你的三絕技，才試了一種，你們二位接著走暗器啊！教我們也瞻仰瞻仰。」說話聲中，飛豹子早已抬手，叫道：「俞鏢頭，你吝教，我來獻醜！」倏翻身，唰地打出一粒鐵菩提子。

俞劍平凝立不動，眼看這一粒鐵菩提子直如一條白線，奔自己咽喉打來，他就微微側臉，鐵菩提掠空打過去了。「嗖」的一聲，飛豹子又打出一粒；俞劍平又一閃，飛豹子直撲過來，身隨彈進，鐵菸桿也撲面打到。俞劍平疾劍招架，兩人又打到一處。

這一回再鬥，是兵刃夾暗器。飛豹子連發鐵菩提，鐵菸袋也乘隙進攻。俞劍平連閃連退。鏢客大嚷：「怎麼不發鏢？」

俞鏢頭仍不發暗器。鐵菩提子圍著他身體上下飛馳，打得空中嗤嗤發響。台上台下各各提神，只恐流彈誤傷。飛豹子的暗器竟不知有多少。人影亂晃，鐵彈連發，鐵菸袋也亂晃。人們只看見俞鏢頭左閃右躲。

霹靂手童冠英獨到這時，方才吁出一口氣道：「俞爺真行，真難為他！」忽然情形一變，飛豹子往開處一竄；俞劍平也往開處一竄。台下沒看清，台上證人已看見俞鏢頭讓過六七招之後，已然探肘發鏢。飛豹子恰恰掄菸管桿打到，俞劍平外跨一步，抽劍一揮，就勢劍交左手，右手撚起一枚錢鏢，非為擊敵，只是阻攻。只見他右手扣定一枚錢鏢，大指、中指平端一撚，「錚」地一聲輕嘯，未見使力，暗器突然出手。果然見飛豹子應招往後一閃，菸袋鍋往前一扣，「噹」的一聲，錢鏢墜地。飛豹子的攻勢頓破；俞劍平已然轉退為守。

飛豹子厲聲喝道：「好！」這邊立刻「錚」地又一聲，同時那邊也「唰」地一響。兩響相觸，又「噹啷」一下，一粒鐵菩提，一枚金錢鏢，同時往回一爆，掉在台上了。袁、俞二人一齊側身，一齊凝眸，注視敵人的右手。寶劍和菸管一交一退，跟著錚錚、唰唰，掠空交錯，台上的銅錢和鐵球亂滾；武林雙雄此退彼進，各各展開暗器的襲擊。台上證人急忙退騰地方，躲得遠遠的，怕的是錢鏢、鐵菩提崩撞到頭上。

袁、俞二人倏分倏合，只一分，暗器便出了手。錢鏢到處，直指穴道；菩提子到處也直指穴道。兩人隨著暗器伺隙進攻。台上台下的人仔細打量二人的手法；俞劍平發鏢的姿勢穩而有力；飛豹子的鐵菩提，發出來很準，似乎力量未必勻。但飛豹子竟能揮動菸管；扣接俞劍平的錢鏢，只聽得鏘然一聲，一枚錢鏢已被取去；俞劍平似不能接取飛豹子的鐵菩提。兩兩相比，正是難分優劣。

俞夫人丁雲秀暗捏一把汗，到此固知自己的丈夫，論技功火候，均不至於敗；但此鬥有如賭博，誰也保不定會沒有意外的閃失。丁雲秀很盼有人勸開，又恐勸開後，討不出鏢銀；正是雙眸凝注，心緒沸騰，打不定主意。胡跛子和蕭守備也躍躍欲試，打算借二人相持不下，再來強攔強勸。

那一邊子母神梭武勝文在旁觀戰，不禁心中折服。怪不得飛豹子膽敢劫鏢，與江北鏢行挑隙，如今果然身手矯捷。武勝文可也存著「久賭必輸」的心，私與遼東二老王少奎、魏松申商計：「怎麼樣，袁二哥一定要搶勝招，方才罷手麼？」三人擬議不決，魏松申以為飛豹子未必壓倒俞劍平。那王少奎說道：「你放心吧，我們袁二哥還有絕招沒施展呢！姓俞的不行，你再往下看。再耗這麼幾十招，姓俞的就不是對手了。」

但時機突變，雙方的中證未及商量到止爭的話，突由西南如飛地奔來兩匹馬，轉瞬已迫近鬥場。在廟外，原有鏢行、豹黨分設的巡風人物，望見來騎，一齊上前查看。鏢客正要攔詰來人，豹黨已經辨認出來，忙道：「這是我們的人。」來騎跑得塵汗披頤，滿面驚惶，乃是賀元昆，武勝文莊主的管家，另外還有一人。

豹黨迎住，連問何事？賀元昆，張目四望，不遑回答，慌忙下馬，一直往廟前戲台奔闖。巡風鏢客暗撥一人，也跟蹤過來。

賀元昆一陣狂風地找到子母神梭，喘息拭汗，叫了一聲：「莊主！」子母神梭與遼東二老，察言觀色，一齊動問。

賀元昆氣急敗壞道：「不好了，莊主！」低聲說出幾句話，已經喘不成聲。

那另一人也斷續插言：「他們圍了莊子，找咱們要人！」

二老急問：「現在怎樣了？」

答道：「動起手來了，轉眼就要抄過來。」

子母神梭大駭，忙把賀元昆二人拖住，喝道：「禁聲！」他拖引二人，直入內殿，到無人處，急急盤問細情。遼東二老也倏然變色，踉蹌跟了過來。同時鏢客當中也聽見動靜，你告我，我告你，是：「豹黨那邊來了兩個騎馬的人，神情很急！」

子母神梭在內殿，抓住賀元昆，一疊聲問：「你快說，到底來了多少人？他們怎麼說的？咱們怎麼答對的？」

賀元昆道：「咳，莊主，哪裡容得問話答話呀！他們大隊一來到，突然就把莊子包圍起來。我來時，我們的人關了莊門，在更道上和他們對付。他們已經調起大炮！」

一聽「大炮」二字，子母神梭耳畔「轟」的一聲，道：「好！滿完！他們真個的就不問青紅皂白！」賀元昆按住胸口，原原本本把事情說出來。

就在此時，火雲莊突有一隊官兵開到，老遠地亮開了隊，把村子緊緊包圍，對著前後莊口，各架起四支「大抬杆」，還有一尊土炮。到底也不知從哪裡洩漏了消息，官兵口口聲聲要進莊剿豹。

遼東二老匆匆聽罷，狠狠一頓足道：「糟！我們就知道要連累武大哥。武大哥放心，我弟兄惹的，我弟兄出頭。我叫我們袁二哥去。我們束手歸案，不管怎麼著，也不教武大哥為友燒身！」王、魏二老如飛地奔出內殿，撲到戲台交鬥場。子母神梭一時心亂，未及攔阻。

賀元昆道：「莊主，你瞧！」用手一指王、魏二老的背影。

子母神梭頓足道：「好好好！」立刻滿面熱汗直流。

賀元昆告訴他：「我們的人一面對付，一面已經從地道撤退了。官兵別隊不久也要搜到這邊來。莊主，為朋友也有分寸，你老此刻看活一點。」子母神梭不答，把長衫一撕，抓起兵刃和暗器，暗器就是他那幾副子母梭。

當此時，雙雄還在台上比鬥。遼東二老如飛地奔到人叢中，急急關照同黨。同黨大駭，各抄兵刃，二老道：「且慢，你們沉住了氣，你們聽我吩咐。」囑罷，轉身就走。他們來到台前，大聲疾呼：「台上先別打，等一等！喂，袁二哥，我有話！」袁、俞二人都覺得情形有異。台下的呼聲如在人叢中投擲駭浪。袁、俞二人不由停手，各往後一竄。俞劍平退到自己證人的身後，尋視敵情，忙問何事？鏢行證人夏建侯和夜遊神蘇建明也在詫異，答不出所以然來，只指著遼東二老說：「不知道他們又弄什麼把戲？」

飛豹子袁振武退到自己證人身後，也眼望台下，詢問：「什麼事？是鏢行弄什麼意外把戲了？」豹黨證人尚克朗瞪著眼，發出沙啞的聲音道：「好像聽說……」話未說完，遼東二老從人叢中，往台上跑。台下鏢客連忙截住，剛說：「朋友，這不又亂了？咱們不比拳的，誰也別上台。」遼東二老罵道：「放你娘的屁！你們這群東西，一點江湖義氣也不講。明說好聽的，暗施奸計，給我躲開！」把鏢客罵了個白瞪眼，糊裡糊塗，不知所云。遼東二老就要用武力奪路上台。

那飛豹子還在台上張望，忽然一陣驚風撲來，子母神梭武勝文突從後台奔出。他由內殿繞過後台，他已將長衫馬褂「刮」地一把撕碎，露出短裝，金剛般的偉軀一晃，把他的兵刃、暗器抓起來。賀元昆跟在後面，還在細告詳情。子母神梭已無心再聽，虎似地吼一聲，箭似地搶上前台。

子母神梭已搶到舊戲台上，尋見俞劍平，大罵道：「姓俞的，你不是朋友！你們師兄弟爭強比武，我不過給你們引見。你明面上冠冕堂皇，你暗下毒手！你講的是以武會友，不許勾結官面，你竟支使官兵來抄我的家！我與你何冤何仇，你陰狠毒壞……」

子母神梭氣急敗壞，抗聲厲語。飛豹子駭然恍悟，猛然一把，抓住了子母神梭問道：「是真的麼？他們真敢胡幹，不顧江湖道？」

子母神梭武勝文兩眼圓睜罵道：「就是現在，淮安府整隊的標兵把火雲莊包圍了！好俞劍平，你……」一撥飛豹子的手，往俞劍平這邊搶，叫道：「我姓武的跟他幹！」這一句話是回答飛豹子。右手一探囊，掏出了子母雙梭，要拿雙梭對付俞劍平。

當此時台上雙方證人俱都聽明，人人惶恐。就是夜遊神蘇建明和夏建侯，也不禁動容。他們縱知俞劍平素日的為人，不致有這樣事，可是眼下火雲莊正在被剿。蘇、夏二老不禁回顧俞鏢頭，發出驚訝：「這是怎麼回事？」哪裡曉得俞劍平也是一怔，俞夫人丁雲秀也是一怔，不禁口出詫聲道：「呀，唔？」

豹黨更不用說，憤怒勝過了驚惶。證人尚克朗發出哦哦呀呀的語聲，扭頭看俞鏢頭，蹺著腳看台外曠野，厲聲說：「俞鏢頭，這怎麼講？」豹黨一齊暴怒。遼東二老王少奎和魏松申已秘命三熊遍告同伴，急急地佈置；還想登台私告飛豹，也用陰謀報復，暗算這明比武、暗報官、違規失義的鏢客。但現在，子母神梭已公然喝破，這便只須「明幹」了。

火雲莊既已告警，這古廟相距不過三十里。飛豹子袁振武此時怒火騰胸，既悔且恨。遼東二老前曾勸他留神，不要累害了朋友。飛豹子只是搖頭而笑，以為：「我料俞振綱還不至於這樣洩氣。」而現在，竟不出二老所料。官兵圍莊，直等於飛豹子料事無知，嫁禍給良友。

飛豹子「哄」的一下，面目變色，赤紅臉變得發紫，更一轉，變成死灰色。一側身，他雙手拉住子母神梭武勝文。子母神梭剛把神梭取出。飛豹子吃吃地叫道：「武賢弟，我一萬個對不起你！武賢弟，我一定要對得起你！」飛豹子感情衝動，對子母神梭有無窮的歉疚，苦於無辭表白。

飛豹子說了這兩句，子母神梭哪裡聽得進去？武勝文對俞劍平戟手一指，惡狠狠盯一眼，右手揚起來；在俞劍平面前，隔著證人，他一探身，唰地一聲響，子母金梭一大一小，一輕一重。這神梭發出來時，後發者到得快，前發者到得遲。大梭凌空嘯響，先發而緩進，專惑亂敵目；小梭只「嗤」地一聲響，破空急馳，奔向俞劍平的咽喉。

俞鏢頭急閃，險些中梭，忙叫道：「武莊主，且慢！」剛要開言，遼東二老突然奪路，從後台奔到前台，並不找俞劍平動手，直對台口大聲喊嚷：「朋友，諸位，咱們是比武來的！現在不能比了。姓俞的明面充好漢，在這裡比拳；暗中違約勾結官兵，硬抄人家武莊主的家。人家武莊主與飛豹子有何干？與鏢銀有何干？人家給朋友引見引見，就惹火燒身？姓俞的，你瞧武莊主人家有家有業，你就吃柿子，專抓有把柄的捏。姓俞的，你真光棍！諸位朋友，你們也有向燈的，也有向火的，好漢抬不過一個理字。我們可要對不起了。這不是我們無理；你再想要鏢銀，姓俞的，咱們不用比拳，咱們白刀子進去，紅刀子出來！喂，朋友，抄傢伙吧！」二老說完，亮兵刃，齊奔俞劍平。

子母神梭武勝文一梭未中，立刻亮子母鴛鴦鉞，也奔俞劍平。飛豹子也大發武怒，厲聲喝道：「俞劍平，你教我對不起人，你原來這麼陰險！師妹，你可聽明白，不是我不念舊，是你丈夫不顧江湖義氣，使的招太毒！」一字一釘地說，把雙膀一晃，似全身憑空加高，把鐵菸袋一插，大喝：「季遂，拿我的兵器來！」

三熊熊季遂立刻遞上一支鉤形劍。這劍飛豹子不遇強敵，不肯輕用。鉤形劍掠空一送，飛豹子抄在手中，回頭對子母神梭說：「賢弟，你隨我來，咱們闖出去，趕緊救你府上的人！」

子母神梭怒吼道：「回去做什麼？還用咱們回去，人家一會兒就抄我們來！他們不是派幾個捕快前來要人，他們是大隊官兵。咱們現在就是找姓俞的算帳！」他揮動雙鉞，撲奔俞劍平。飛豹子喝道：「好！賢弟，咱們專找姓俞的！」

豹黨齊聲喊：「打！」飛豹子立刻把二尺六寸長的鉤形利劍往上一揮，探步照俞劍平刺去。子母神梭一擺鴛鴦鉞，先一步攻來；遼東二老更從兩側剪到；俞劍平立刻被袁、武、王、魏四人團圍夾攻。

第七二章　神梭傾巢

十二金錢俞劍平始詫終悟，已料透此中曲折，亟欲聲說這官兵不是自己透信勾來的。但刀劍無眼，更不容他開口辯白，只得提劍自衛。鏢行證人蘇建明、夏建侯，忙橫身來掩護。但證人手中都無兵刃。飛豹子諸人的鉤劍、雙鉞、點穴钁、豹尾鞭，森如密林，迅如電火攻到。

俞劍平叫了一聲：「師兄且慢！」「嗖」的一聲，豹尾鞭突然先到；飛豹子同時抄後路，繞到俞劍平背後。俞夫人丁雲秀看得清楚，救夫心切，忙飛身上台，劈面與飛豹子相遇；竟展開了空手入白刃的功夫，橫身截住飛豹子，銳聲叫道：「師兄慢動手，我有話！」

這時哪容說話？俞夫人忙道：「那官兵我們情實不知道，你師弟不是那樣人。我敢保他。」

飛豹子冷笑道：「你敢保他，誰敢保武莊主的家？誰敢保官兵不來抄拿我！師妹閃開，對不起，我只衝他一人說話。」唰地一展劍，斜取俞劍平。丁雲秀忙橫身一遮。飛豹子不由軒眉，唰地又一展劍，照丁雲秀頭頂劈下。

丁雲秀大怒道：「好！」忙一閃身，又一縱身，竟拖著長裙，動手鬥豹。

但是飛豹子並非真砍，這麼一晃，早收招改式；從斜刺裡，仍衝俞劍平攻來。俞劍平亮劍招架，連叫：「師兄，師兄，你容我問一問！」

鏢行證人也喊：「武莊主、袁二爺！你請住手，這關係著武林義氣。請你容我們查究一下，江湖上自有公道！」

台上台下亂成一團糟，哪裡容得人分辯？但見人影亂竄亂叫。鏢行群雄還在七言八語，互相詢問，惟豹黨先一步得知火雲莊有警。豹黨互相關照，一傳兩，兩傳三；由二老授意，決不任意尋毆，不與鏢客瞎打；只火速結聚在一處，直衝戲台撲來。

豹黨按理說應該逃走，他們竟不走；反要包圍戲台，似跟俞鏢頭拚命。鏢客不容他們登台獨鬥一人，紛紛橫身過來阻截，竟猜不透他們要以攻為退。黑鷹程岳、沒影兒魏廉，首先大呼馳緩。老輩鏢客仍想評理訊情，直等於妄想。見豹黨都動了兵刃，也拔出兵器來，護友防身，只守不鬥。只聽東一處，西一處，一片聲嚷：「別打，別打，怎的，怎的？」這一片空喊，卻不邀而同，各有趨就；豹黨聚在左，鏢行聚在右。並因變出意外，人心難測。

這其間只有智囊姜羽沖、馬氏雙雄、夏氏三傑這些人，敢信官兵剿武宅，與俞劍平無干。但仍納悶，不曉得官兵由何處得信。但是別的鏢客，知俞不深，料事不透，也不免怦然動疑，以為俞、胡二鏢頭，「也許明面鬥劍討鏢，暗中報官捕盜。」因此，雖亂到這樣，仍有人互相打聽。「怎的，怎的？」的探詢聲和「別打，別打！」的勸阻聲，聯成一片。

鐵牌手胡孟剛一見此情，已知大事成空，討鏢絕望，瞪眼大嚷道：「這是豈有此理？我們憑什麼勾結官兵？你們那是放屁！你們又想變卦耍賴！請問官兵在哪裡？空口誣賴人，誰信！」把長衣一甩，把雙鐵牌舉起，一直奔戲台來找飛豹子拚命；登時在台下被豹黨許應麟截住，兩人動手。

那飛豹子、子母神梭武勝文，把俞劍平圍在破戲台上，各動了刀劍，把雙方空著手的證人夾在當中。飛豹子口口聲聲逼俞一同下台，去到林邊空場決一死戰。飛豹子其實意在以攻為退，要借拚命，奪路一走；可也未嘗不想臨走時，把俞鏢頭傷了。子母神梭卻真想拚命，如一團烈火，猛撲到俞劍平面前，將一對子母鴛鴦鉞一展，欺身硬上。

這子母鴛鴦鉞，是一對短兵刃，長不到一尺，形如牛角交叉，一柄兩刃，一短一長。柄有把手，刃形如鐮刀，運用起來，勾挑刺扎，滿是進手招，用的是「一寸短，一寸強」的口訣，尤善剪人的兵刃。

（白羽按：「現在洵陽老武師張玉峰先生客居津門，即精此鉞，張君年逾七旬，精神矍鑠，擅形意八卦拳；其子母鴛鴦鉞，得自董海川所傳授。嘗挾技遊塞外，屢捕大盜、鬍匪、賭徒。近曾下顧，指示掌學，以秘本拳經見示。羽本病夫，既學文不成，更不知武；其撰述說部，多由意構，拳經口訣，徒資點綴耳。而張君殷殷見教，頓開茅塞。張君以形意拳為專門，仍通各家拳學，言之源源本本，如金剛八節、六合、長拳，皆一一精熟。其內家太極拳，則得自鄧雲峰，形意拳得自李文豹，皆晚近名武師也。兵器擅雙槍大戟，於鴛鴦鉞尤具心得。至今年當耆艾，猶能舞動生風，都市少年不能及也。世之談拳學內外功者，間存『入主出奴』之見，語其精微，往往過矜神奇，或涉不經。如輕功一躍數丈，壁虎遊牆功可倚牆懸立數小時，皆傳言過甚，恐不近情。惟張君所言，武術所以強身，亦可禦侮；都無神怪之談，大抵平易近人情，合物理，此最難得。嘗聞某武師未及四十年，乃能遍精各派秘要。某武師之出身，曾為大鷹攫於空中，又於深山為熊所攻，聞之皆令人咋舌。英雄鬥志，古有是說；或畫一鷹一熊，相睨互鬥，以為寓言耳，誠不意見於近世。」宮以仁按：「先父白羽在此後不久，即為張玉峰老武師撰寫傳記武俠小說《子午鴛鴦鉞》；而張武師以後即再未臨舍下，恐已辭世而去矣，家父常為之感歎不已。」）

那飛豹子也將鉤形劍遞上，俞劍平且支吾且退，喊道：「二位住手，你容我問一聲！」鏢客證人見俞劍平只是招架，由夏建侯與夜遊神蘇建明，慌忙各展徒手，橫在當中幫助。豹黨證人立刻也徒手攔住夏、蘇二人。俞夫人丁雲秀見狀知危，急急從門人手中抽取短劍，去了長裙，擁身上前。弟子左夢雲相隨在旁相護。

子母神梭武勝文將一對鴛鴦鉞照俞劍平急遞，左手護身，右手照俞劍平的劍上搭去。才一接觸，連發六七招，銳不可當。俞劍平不容他進身，展劍側步，照武勝文肋下點去。飛豹子的鉤形劍又到，斜剪俞劍平的手臂。王、魏二老的點穴钁和單鞭也打來。俞劍平出招神速，卻也不能獨鬥四個強敵，也就是一輾轉之間，往後連連退閃。俞夫人丁雲秀奮搶到飛豹子面前，斥道：「袁師兄，你太不對了！你不用跟他打，你跟我打。你連教我們說一句話的空也不容？」

俞夫人掩住俞劍平的右面，飛豹子並不回答，退身繞到左邊，狠狠一衝，逼得俞劍平閃身一躲。飛豹子大叫：「武賢弟，快上！」

武勝文跟上一步來，竟敵住丁雲秀。飛豹子邀住俞劍平，拚命猛鬥起來。

台上太擠，飛豹子大喝道：「咱們往平地拚去！」奮力一攻，與武勝文催邀俞劍平下台決鬥。

台下姜羽沖忙道：「截住他，不要教他走！」

飛豹子與子母神梭各展身手，猛攻俞劍平；俞劍平雖抵擋不住。但是武勝文連下毒手，飛豹子也連下毒手，總沒把俞氏夫妻打倒。忽然間，聽得西南方隱隱發出轟隆隆的聲音，紛鬥中全沒人理會，飛豹子卻立刻聽出來了。

飛豹子一面動手，一面傾耳聽、張眼望，他正是等著聽這響聲。飛豹子待此聲一作，臉色一變，知道再不能久戀，喝一聲：「武賢弟，快跟我來。識時務者是豪傑，我們跟他有日子算帳哩！」狠狠往前一衝，猛擊俞劍平，意思是騰出空來，催武勝文走。

子母神梭哪裡肯走，一味要傷了俞劍平，方才甘心。遼東二老預有佈置，向手下豹黨招呼一聲，立刻有一個中年壯士奔上來，伺隙向豹黨證人不知說了一句什麼。證人尚克朗立刻明白，忙費了很大的事，把子母神梭攔住。子母神梭傾身一看，那壯士和尚克朗疾通暗號；子母神梭立刻變計，與尚克朗奪路往台下跳去。臨行喝道：「姓俞的，我不能跟你善罷甘休，你等著我！」

豹黨與鏢客本已激成群鬥，此刻紛紛移動，似要離開戲台空場，撲奔廟門。只有飛豹子與遼東二老尚在台上，左右突擊；死鬥俞氏夫妻。那豹黨證人尚克朗竟與子母神梭率眾奪路，奔向廟外。鏢客馬氏雙雄道：「不好，豹子要走！」忙搶過來攔劫，卻不料智囊姜羽沖已經先一步趕到，橫身把子母神梭一擋。子母神梭唰地一揚手，一對金梭出手，照姜羽沖打來。

姜羽沖揮劍一閃，子母神梭的雙梭本是一快一慢，打出來，又是先發者後到，雙梭看似對著智囊瞄準，梭打半途，會走弧形的路線。恰巧馬氏雙雄馬贊潮奔來，於是金梭斜轉，急閃不及；「嗤」的一聲打在肩頭，傷雖不重，鮮血直流。子母神梭罵道：「教你嘗嘗！」竟抽身退入廟內，鏢客沒有截住。馬氏雙雄的馬贊源一見手足負傷，勃然大怒，揮鞭奔向子母神梭。鏢客奎金牛金文穆喊道：「留神豹子，留神豹子！」眾鏢客忙來堵截戲台。戲台本是四通八達，四十幾個鏢客想牽制豹黨，實在力量不夠。豹黨人數既多，又很有步驟，竟由遼東三熊率領群隊，把住了廟門入口，接應台上的同伴。圍滿戲台根的幾乎盡是豹黨。

飛豹子展鉤形劍連下毒手，俱被俞劍平架住；遼東二老從旁斜攻，又被俞夫人和弟子左夢雲，護住了俞劍平左側，也未能攻進。鐵牌手胡孟剛、黑鷹程岳先後搶攻戲台，被豹黨阻住了，上不去。雙方刀劍一接，立生變化，當時情勢很緊。飛豹子總想用兵刃，給俞劍平留下一兩道傷，可是辦不到。俞劍平想說話，更不容開口。豹黨想發暗器，無奈台上仇友亂竄，實難下手。

那飛豹子怒吼如雷，鉤形劍上下揮舞，到底傷不了俞劍平。

耳聽西南隆隆之聲又起，便不肯戀戰；他猛然照俞劍平刺去一劍，劍鉤直找敵人手腕。俞劍平急展太極劍，貼鉤劍一黏，飛豹子猛又進欺一步。

俞夫人大駭，急仗劍來救。遼東二老乘隙來攻俞劍平，喝一聲：「看傢伙！」俞劍平唰地一劍，照胖老人王少奎上盤刺去；順手一抹，又還了瘦老人魏松申一劍。俞夫人用短劍托架飛豹子的鉤形劍，喝道：「袁師兄！」一聲未喝罷，鐵牌手胡孟剛、黑鷹程岳、沒影兒魏廉從側面先後搶上戲台；同時後面也跟上來幾個豹黨。

豹黨侯敬綽弟兄和沙金鵬的徒弟周金鶴等，不聽三熊的約束，不肯奪路一走，個個銜忿提刀衝出。飛豹子大喝一聲：「喂，別來！」把手一揮，與遼東二老突然撤退，掠空一躍，由戲台左角跳下平地。鐵牌手胡孟剛、黑鷹程岳、沒影兒魏廉，同聲大吼，可惜一步來遲。三人剛剛上台，豹子已跳下台去。

鐵牌手胡孟剛焦急萬狀，衝俞劍平亂嚷道：「打呀，別客氣，不成了！」他又橫身一跳，從戲台二番跳落平地。鐵掌黑鷹與沒影兒也張惶往下跳。胡孟剛首與侯氏弟兄相遇，唰地打來一陣暗器雨。胡孟剛獅子擺頭急閃，剛剛閃開；飛豹子毫不留情，翻身一揚手，胡孟剛「噯呀」一聲，中了一粒鐵菩提。

俞夫人喝道：「好袁師兄！」對俞劍平叫道：「快快，不能教袁師兄走！」把手一撚，「錚」地一聲響，發出兩枚金錢鏢，一個豹黨也失聲敗退。

飛豹子惡狠狠看了一眼，切齒叫道：「好！」竟一長身，用力一抖手，相隔五六丈，居然打出數粒鐵菩提，越過仇友的頭頂，如飛地分奔俞劍平上盤。俞劍平變色張目，躲開頭一陣暗器，不管續發的暗器，奮身迎著往下跳；蜻蜓點水，趕到胡孟剛面前。胡孟剛似負傷猛獸一樣，不顧肩傷，掄鐵牌，依然是奔向飛豹子。俞夫人跟在後面，一齊向飛豹子闖來。飛豹子躍身迎敵，催侯氏弟兄快走。侯氏弟兄怪喝一聲，翻身奪路。

鏢客這一邊，鐵掌黑鷹、沒影兒魏廉緊迫著侯氏弟兄，且鬥且走，繞著空地亂轉。太極門師弟胡跛子和蕭守備各亮兵刃，從人叢衝出，助俞鬥豹。飛豹子擺出拚命架勢，有誰算誰。當下，如電火般地與遼東二老結在一處，互相掩護著，鐵菩提揚手飛擲俞、胡二鏢頭。

智囊姜羽沖結集鏢客，與松江三傑、馬氏雙雄各擺兵刃，襲奪廟門，一起阻截飛豹子的退路。夜遊神蘇建明、霹靂手童冠英，率領門人，奔抄後廟門，料到豹黨不落荒走，反退入廟中，必在廟中另有把戲。於是互相招呼一聲，眾鏢客一聚一散，分兩處與豹黨相鬥，一在廟後，一在廟前。

飛豹子連下毒手，用鐵菩提子打人。鏢客連有數人負傷。立刻惹惱了蛇焰箭岳俊超，把他那藍蛇焰火箭發出來，照豹黨打去。登時有數人，中箭發火，倒地打滾；將火壓滅，竟敗進廟內。廟內還有幾個鏢客，已被豹黨堵在殿內，一攻一守，堵門而鬥。同時，也有幾個豹黨被鏢客圍在戲台旁，也在輾轉突圍而戰。

飛豹子吼叫一聲，奮身過來，破圍而入，把自己的人接應出來，鏢客竟阻擋不住。胡跛子瞪眼對蕭守備說：「我弟兄不能不賣一手！」各擺兵刃，攻到豹子背後。相隔尚遠，飛豹子發出兩粒鐵菩提子，分擊二友。俞劍平大喊道：「袁師兄！」忙撚金錢鏢，嗆然一響，一對金錢脫手，把鐵菩提子打落在地。

丁雲秀俞夫人也掏出金錢鏢，比試著未肯發出，銳聲叫道：「袁師兄，你不能這樣，我們沒有勾結官廳，你不能藉口一走。胡鏢頭的鏢銀到底給不給？」喊聲中，早有一撥鏢客翻身來擋飛豹。飛豹子東攻一頭，西攻一頭；忽然用鉤劍，忽然用暗器，往返衝突，似乎還不肯走。振通鏢局的眾鏢師雙鞭宋海鵬、單拐戴永清、追風蔡正、紫金剛陳振邦，由鏢頭鐵牌手胡孟剛率領；他事不管，捨生忘死，專盯飛豹，以防他奪路逃走。

飛豹子的暗器一發一個準，一打一個著。鏢客不怕受傷，依然苦盯不退。俞氏夫妻與弟子左夢雲，忙各展金錢鏢，專打飛豹子的暗器。原是飛豹子破錢鏢，現在反是錢鏢破鐵菩提。

鐵牌手胡孟剛喊道：「飛豹子，你不是英雄！你誣賴人。你給鏢不給？」

飛豹子大罵：「你們做的好圈套，你還問我！」奮力照鐵牌手一劍，鐵牌手揮牌一磕；飛豹子陡轉身，把從背後掩來施暗算的追風蔡正一劍刺倒。

俞夫人丁雲秀很著急，叫道：「劍平，劍平！豁出去吧！你還不快上？」俞夫人提短劍，臨身奔到飛豹子前面。俞門弟子左夢雲在左在右，保護師娘。俞劍平提劍輕輕一竄，也撲到飛豹子身旁。豹子切齒冷笑，揮劍來鬥。

當此時，子母神梭被豹黨強拖苦勸，早就住了手，把大殿內負傷的同伴引出來，由遼東二老相伴掩護，火速地往外奪路。鏢客堵門而鬥，豹黨二老竟與子母神梭亂發暗器，牽住了鏢客，使負傷的人另從邊處退走。他們還有捷徑，鏢客沒有堵住，忙忙地繞道來追。沙門弟子拚命斷後，且戰且走。

飛豹子在廟前拚命，環顧左右，似已曉得同伴已退。他情知鏢客注意的是自己，故此橫身戀戰。啞巴尚克朗也提兵刃，奔過來與飛豹駢肩拒敵。西川八臂郁敬恒、侯敬綽二人，記恨著墜齒之仇，專奔漢陽郝穎先。郝穎先用點穴钁與二人戰。二人志在雪恥拚命。郝穎先竟似支持不住，且打且退。

西南面隆隆之聲越響越真。豹黨倏鬥倏退，忽然吹起呼哨，都聚在一處。他們預有布置，倏然地亂穿竹林，奔廟東而去。鏢客大恚，決不放他們走。夏氏三傑、馬氏雙雄率十數青年，立刻去窮追子母神梭等。智囊姜羽沖、霹靂手童冠英、夜遊神蘇建明等，從西頭搜廟，把自己人引出來。於是智囊姜羽沖急加指揮，分扼要路口，想把豹子的逃路截住。

飛豹子一面打，一面走。俞氏夫妻緊綴不放，連聲喊叫師兄。飛豹子環顧冷笑，重翻身，竟與俞氏夫妻抵面而鬥。遼東三熊的熊伯達、熊季達、顧夢熊突然奔到，衝飛豹子一喊，於是飛豹子立刻仗劍一衝。

鏢客叫道：「豹子要跑！」果然是挨到時候了，飛豹子喝一聲走，竟與尚克朗突圍猛竄；覓定鏢客稍弱的一方，奮力撲來。眾鏢客叫道：「留神！」飛豹子一暗器打倒了少年壯士孟震洋。遼東三熊從鏢客後面發暗器，鏢客急閃身，也發暗器打豹。飛豹子長笑一聲，飛身急竄，與啞巴尚克朗全都突圍而出。

鏢客大怒，喝道：「你還想走！」唰地一陣暗器聲，俞氏夫妻各發金錢，岳俊超發蛇焰箭。只見飛豹伏身一閃，好像往前一栽，鉤形劍也往後一掃，叮噹響了一聲；飛豹子竟然一挺身，驟然一回手，還打出數粒鐵菩提子。

就在這剎那頃，眾鏢客人人爭先，又趕上前把豹子圍住。豹子目露凶光，往開處一竄，急抬手，鐵菩提連發；容得鏢客微退，他翻身又走。鏢客不捨，俞劍平夫妻一齊叫道：「袁師兄，請你不要走！」緊緊綴豹，毫不放鬆。豹子奮發武怒，揮劍如狂風掃落葉，竟與俞氏夫妻死拚。俞氏夫妻沉著應戰，似乎不肯下毒手又似乎要活擒他。豹子越發惱恨，由大怒轉而酷笑，他張眼四望，蹈虛奪路。在他身前身後，還有十幾個豹黨。

於是迤邐而戰，豹子奔東，鏢客東擋；豹子奔西，鏢客西擋。豹黨人數本比鏢客多，現遼東二老已將子母神梭等送走。大批人離開了飛豹，所以現在只剩十幾個豹黨，分明要吃虧。但是飛豹子悍然不顧，竟敢橫劍斷後。啞巴尚克朗提刀掩護，也無懼色。十數人左突右衝，漸聚在一處，迤邐往西退走。西邊竹林當前，忽然間，聽得竹林內驟雨似地一陣亂響，飛豹子軒眉叫道：「姓俞的，你敢再追？」

眾鏢客喝道：「你不能走！」奮勇追來。飛豹子卻引大眾，穿入竹林。眾鏢客防有暗算，稍稍落後。竹林中僅僅發出幾支弩箭，便見竹葉簌簌地發響，人似穿林往西逃去。眾鏢客忙繞林追抄，林後竟有一道小溪，本有竹橋，已被拆斷，另搭著浮橋。豹黨竟一個個蹈板跳溪而過。鏢客也想跳溪追趕，稍一瞻顧，飛豹子竟先一步得登彼岸，把跳板撤到對岸，將自己的人聚到一處，翩然往西面退去。智囊姜羽沖叫道：「快截住，快堵西面，西面是洪澤湖！」

俞劍平夫妻和夏氏三雄等也都看出豹黨且戰且退，似有一定路線，大家努力地往前追，想把退路剪斷，但是竟辦不到。又轉過一道竹林，前面白茫茫一片，已到北三河交錯之處。一道道淺溪淺灘，崎嶇阻礙，時時有冷箭從竹林劃叢發出；並且竹橋已拆，浮橋已撤，只有輕功飛縱術超卓的能夠掠溪飛渡；飛縱術稍遜的人，立刻被截住一半。夏氏三雄與俞氏夫妻分二路追截。好容易追近豹蹤，突然見北三河上游，一條白線似地飛奔來一夥人，遠遠吹起呼哨。鐵牌手叫道：「不好！」

說時遲，那時快！這一夥約有六七十人，倏然阻林斷路，竟全是弓弩、暗器，把鏢客擋住。飛豹子止步回頭罵道：「俞劍平，我跟你一輩子沒完！」

俞劍平一行愕然注視，率領這一群短衣壯士給飛豹打接應的，竟是那個凌雲燕和白娘子凌霄燕姊弟二人。白娘子引眾拒敵，用強弩、利箭照鏢客攢射。雄娘子接引豹黨，順河邊急走。河邊預先泊著幾隻船，這凌雲燕與豹黨陸續上了船。然後由那白娘子一聲呼哨，也收隊跳上了船，徑往洪澤湖開去。

鏢客紛紛繞道趕到，胡跛子和蕭守備嚷道：「不好，要跑！」有的鏢客要泅水追趕，俞劍平道：「使不得！」

鐵牌手胡孟剛大叫道：「姜五哥，咱們的船呢？」智囊姜羽沖從左翼抄到河邊，左右一望，向大家招呼道：「快順著河邊追，咱們埋伏的船藏在洪澤湖裡邊了！」

眾鏢客除負傷的稍稍落後，餘眾立刻緊追下去。豹黨那邊，白娘子指揮水手，船行甚速；鏢客腳程快的，就有的趕上了船。

船上立刻放箭。十二金錢俞劍平夫妻率俞門弟子也已趕到。黑鷹程岳、左夢雲一齊高叫：「袁師伯留步！」

飛豹子、子母神梭武勝文與雄娘子凌雲燕推開窗，手指俞劍平道：「俞鏢頭，你的假面具全揭開了！還叫什麼師兄、師伯？」

飛豹子把一支箭一折兩斷，叫道：「俞鏢頭，你不仁，我不義！你再叫我師兄，你就是罵我畜生！你我現在是死對頭，不要再裝樣子！」將折箭照俞劍平投去。

武勝文更怒罵道：「俞劍平，我與你何冤何仇，你把我賣了！」

俞劍平欲辯無從。胡孟剛替他還罵：「官兵不是我們勾結的。你們硬誣賴我們，你們好藉端一走。姓袁的，我姓胡的跟你有何仇何怨，你害得我傾家敗產，子、侄入獄？」

轉眼間，豹黨之船馳向湖去。鏢客追蹤急趕，智囊姜羽沖忙叫大眾跟著他走；湖口東面果然有兩艘船停泊，相距還有半里，鏢客蜂擁上船，駕舟追躡。豹黨六十餘眾，加上凌雲雙燕的部下四十餘人，已達百人以上。這百餘人駕四艘快艇，先後如飛地向洪澤湖遁去。鏢客共駕兩艘船，拚命追趕。豹黨的船極快，鏢行的水手駕船術不行；又加上繞了半里路，一共相差便是一里多；因此不大工夫便落後二三里。

鐵牌手胡孟剛急得怪叫：「快追呀！快追呀！怎麼我們就忘了這一手，怎麼就不堵飛豹子的逃路？」話風有點抱怨智囊布置不周。

俞劍平抓住他的手，說道：「二弟，不要急，要沒有佈置，咱們哪來的船？」

胡孟剛道：「追不上，怎麼好！」

智囊姜羽沖笑道：「你別著急。」忙對青年鏢客說：「你們幫著划船。」立時過來幾個青年，加緊划槳。這兩艘船也就箭似地追上去了。

但是，豹黨一開初行船極速，雙方越趕距離越遠；在大湖波上，破浪追逐，瞬間走出一二十里。忽然間，鏢客的船越趕越快，豹黨的船卻越逃越慢。鐵牌手胡孟剛心頭一鬆，大叫道：「好了，好了！再有一里地，就追上了！」

十二金錢俞劍平眼望前面白茫茫的湖波，心情很鎮定。今見要追上豹黨，他忽然顧慮起來，忙與智囊姜羽沖說道：「姜五哥，你來看，前面的船是划不動了，還是故意放慢？」

姜羽沖、蘇建明、九頭獅子殷懷亮、霹靂手童冠英、夏氏三傑、霍氏昆仲、馬氏雙雄一開初窮追尚遠，都很喜歡；此刻追近，也都有點嘀咕。一個個放目察看四周；前面白浪接天，時現沙洲，一片片淺灘草澤，交互掩錯，正不知豹黨奪路而逃，是胸有成竹，還是倉促避禍，還是怕官兵由火雲莊跟蹤前來追捕他們？

還有火雲莊被圍這件事，鏢客只聽豹黨這樣怒罵，究竟此事是真是假，不知是豹黨借口賴辭，還是官兵真個聞訊前來打岔？在剛才苦鬥時，人們都不暇探問，此刻首由三江夜遊神蘇建明向俞劍平詢問：「俞賢弟，剛才飛豹子說火雲莊被官兵圍抄，到底是怎麼回事？是哪一路的官兵？」

俞劍平皺眉長歎道：「連蘇大哥都這麼猜疑，我真是有口難辯了！我情實一點不知道。我既講定和袁師兄較技討鏢，我焉能暗中勾通官兵？豈不亂了江湖道的規矩？我們袁師兄的脾氣，我很知道，好好地按著武林道走，還怕他翻臉，我還敢耍別的見識麼？豈為貽笑大方？蘇大哥，你可以問問姜五爺、胡二爺，我們幾個人始終沒有離開過。」

又轉問胡、蕭二友道：「二位師弟，我可不該問，莫非是你看著不忿，暗中知會官面了麼？」

胡跛子把眼一瞪，蕭守備連忙笑道：「沒有！三哥放心，我們就要這麼辦，總得先跟三哥商量好了。這回官兵抄火雲莊，只怕不是事實，我們不是在火雲莊留下人了麼？」

胡孟剛道：「姜五爺已留下人了。可是的，要真是有官兵抄莊，我們的人怎麼不來送信？哼，我看準是飛豹子扯謊。」

姜羽沖搖頭道：「不過，剛才察言觀色，子母神梭確是神色慘變；飛豹子也是怒中帶懼。」

漢陽打穴名家郝穎先道：「抄莊之事必然不假。我們的人沒有趕來報信，就怕他們幫助官兵，指點攻勢，那就教飛豹子越發抓住理了。這事也怪，官兵倒怎麼得著的消息呢？」

十二金錢俞劍平搓手道：「我們其實瞞得很嚴，官面上一點不曉得。就是官府派來的捕快，這兩天直打聽，也教我拿面子拘，拿銀子買，也跟我們順了吧。他們也說，按江湖道討鏢，比報官拿賊起贓還有把握。我也教李尚桐賢弟、阮佩韋賢弟暗中盯著兩個捕快。二捕快確沒有報官，真不知官兵從哪方面得到線索？只是他們這一剿匪不要緊，袁師兄更不與我甘休，這可是……唉！」

胡孟剛見俞劍平著急，他越發著急，提高嗓音問眾人，是哪位知會官面了？連問數聲，眾人誰也沒有這麼辦。智囊姜羽沖道：「胡二哥不必問了，就問出來，也沒有用。」

夏氏三雄道：「過去的事不用後悔了，現在且顧眼前的。我們快追，這不就追上了？追上他，咱們就抓破臉，跟他們打。今天一定要把鏢銀討出來。」

胡孟剛一聽這話，方才高興。他眼望豹黨的船越追越近，一面拭汗，一面又提起雙牌；他身上挨了一鐵菩提子，卻一點也不介意。

智囊姜羽沖忽然說道：「我們現在不是追，只是綴，我們只能跟住了他們，認準他們的巢穴，現在不能跟他們打。」

胡孟剛回頭道：「唔，那是怎的呢？」

姜羽沖目視前舟，微笑不答。前面豹黨的船，也有人探頭往後面望。武林中人目力都好，遙望隔船人的面貌，眉目都很清楚；這人正是那個雄娘子凌雲燕。他和一個白衣女子並肩而立。那白衣女子正是白娘子凌霄燕。

此時俞夫人丁雲秀坐在船上，雙眉緊鎖，很是煩惱，對沒影兒魏廉說：「想不到袁師兄翻臉無情，鬧到這樣。他們的船一勁往西走，莫非要把我們引入虎口麼？魏賢侄，你可知這洪澤湖有成幫的綠林沒有？這個凌雲燕是湖中潛伏的綠林麼？」

魏廉道：「凌雲燕的底細，小侄不知。這洪澤湖內中島上，有紅鬍子薛兆的一竿子人窩藏在那裡，不過薛兆老舵主實是熟人。」

俞夫人道：「我知道，薛老舵主跟你三叔也認識，我聽說此人不是已經退休洗手了麼？這一回，要是薛老暗助著子母神梭和我們袁師兄，我們可是身臨險地了。我說，喂，劍平，我們直往首綴，到底使得麼？你看袁師兄的船，一開頭逃得很慌；此刻越划越慢，好像有點不在乎，有恃無恐似的。你問問姜五爺，咱們到底打算怎麼樣？我們是不是請會水的朋友預備預備？」

俞劍平未及答言，霹靂手童冠英笑道：「俞大嫂真是足智多謀！智囊姜五爺，你聽見了沒有？」

姜羽沖道：「你看！」用手一指，只見青松道人、孟震洋、霍氏雙雄、宋海鵬、戴永清全走進船艙了。

姜羽沖道：「他們幾位換好衣服，自然要顯顯身手的。」

俞夫人道：「我謝謝諸位，請諸位受累！」跟著歎息一聲道：「劍平，你看，將來的結局，要落到什麼地步？官兵抄莊如是真事，袁師兄惱恨他的朋友被累傾家，必然遷怒到你我身上。我真的不知以後會鬧成什麼局面呢。」

胡孟剛也把雙掌一拍道：「我算倒血楣。這二十萬兩鏢銀，一輩子也討不出來了！」

胡、蕭二友忙勸道：「師姐何必著急？胡鏢頭也無須擔憂，姓袁的既然這麼無情，他不是猜疑我們勾結官兵麼，索性我們報官，搜湖剿匪就是了！」

單臂朱大椿尋問智囊姜羽沖和義成鏢頭竇煥如：「現在我們可是深入虎口。他們的船直往裡鑽，難保沒有別意。蕭老爺的話很有理。我們就是不報官，也該預留退步；萬一我們追進去，若是受了包圍，誰救我們呢？我們也該派一個人，回寶應縣預備援手才對。軍師爺，你預備沒有？」

智囊姜羽沖道：「沿路都有我們的伏線。我告訴他們了，如一見比拳生變，立刻往回報。就是火雲莊，我們也派人手去了。」

智囊的佈置確很周到，並不是一味猛追，沿路全都留下傳信的人了。不過，豹黨遁入湖中的事，乃是變起不測；現在奮起直追，已經顧不得先探道後追趕了；故此鏢行群雄覺著全軍蹈險，實是危招。只是水路不比陸路，除了駕船直追，實無他策。夜遊神蘇建明堅勸十二金錢俞劍平夫妻，把兩隻船的人，分為前鋒、後隨兩隊，一隊在前急趕，一隊在後策應，並勸俞氏夫妻斷後。蘇老自告奮勇，要搶頭陣。

那青松道人至此也振袂而起。對眾人說：「貧道不才，願意在前面替俞鏢頭緊綴豹蹤。不論他上天入地，我決不能把他追丟了。」

當下兩隻船上的人都搶前陣。俞氏夫妻和胡孟剛幾個當事人，都在前船上。眾人勸他到後船上去，俞劍平道：「我深感諸位熱誠，不過我已經在這船上坐了，我們不要再調換了。」反倒吩咐弟子和青年鏢客，取出食物和清水來，勸大家趕快趁這工夫進食，稍歇過一會兒，還得力鬥。大家依言，且食且談。

眾鏢客正在議論時，只見前面那四隻豹黨之船，本走江心，此刻忽然斜趨堤岸。這裡並不是洪澤湖的主湖，只是湖岔子的淺灘。秋天湖水暴漲時，也可以水深數丈，變成一片汪洋巨浸。駕船而駛，隨處可走。若在伏汛以前，又值苦旱，這一片湖灘便成東一堆、西一片的沙洲沙灘，葦塘大澤，隨地皆有；所以洪澤湖才有這「洪澤」之名。在淺灘沙洲中間，處處有寬窄不等的河床，泡在淺水中，何處深，何處淺，全看不出來。行船者稍一不慎，誤入沙灘，必致擱淺；就是誤入河床，也照樣上當。這必須熟練的水手，悉知洪澤湖的地勢，方能通行無阻。

那豹黨的船一路逃走，竟調轉船頭，冒險改趨支岔，船也越走越慢。眾鏢客引目一望，這一帶湖岸高低起伏，亂草叢生，曠無人跡，岸上也沒有農田；揣摸形勢，恐怕已近盜窟。單按地勢看，此地正是水寇出沒最合適的地段。眾鏢客互相照顧，預備進闖虎口。船上的水手卻忽然驚喜起來，對鏢客們說道：「眾位達官爺，這可好了，他們跑不了！」

鐵牌手胡孟剛忙道：「這話怎麼講？」

水手道：「他們走進死路了。這條江岔子，緊接著洪澤湖，可是這裡地勢高，江水全流到那邊東岔子去了。這裡再往前走，頂淺的水，人都可以淌過去；不過不能淌，因為是沙泥底，一下去就陷沒到脖頸，你老看，他們的船直往這裡鑽，一會兒就走不動了。老爺們準備拿活的吧。你老可留神；他們走不過去，回頭來拚命。」

水手之言確鑿近情。鏢客群雄人人大喜，各整兵刃，各托暗器；淨等豹船前行遇阻，回帆奪路時，大家便與他死鬥。還有會泅水的鏢客，也準備下水拿人。夜遊神蘇建明、九頭獅子殷懷亮，更囑青年鏢客，預防豹黨暗遣水寇，不明攻而暗襲，從水底來鑿船。會水的鏢客依然戒備，目注著水波和前面的敵船。

第七三章　援豹傳柬

眾鏢客聚精會神，眼盯著豹黨的船。九股煙喬茂向宋海鵬嘮叨：「宋爺，你水上的功夫很出風頭，你怎麼不下水，過去鑿他們的船呢？憑宋爺你一個人的力量，把豹子的四隻船，全給鑿毀了，於是乎豹子落湖，宋鏢頭立奇功。我說的怎麼樣？」

九股煙的話，似乎是出主意，又似乎是挖苦人。雙鞭宋海鵬把九股煙盯了一眼，說道：「我謝謝九爺的指教。你不是也會狗刨麼？勞你駕，咱爺倆走一趟！」說著一指波心，道：「水很淺，走吧？」

九股煙一吐舌頭，宋海鵬轉對戴永清說：「戴四哥，咱們就下去，也教喬師傅心上痛快痛快。」兩個人全站起來，要往下跳。忽被黑鷹程岳聽見，忙攔住二人，大聲說：「師父、胡老叔，宋師傅、戴師傅現在要下水水戰，使得使不得？」

蘇建明道：「咳，喬九爺，你口下留情吧。宋爺、戴爺，你二位別忙；你先等一等，我們得聽軍師的口令。吆，你們二位快看，他們要怎麼樣？」

當此時，那豹船的白娘子凌霄燕、雄娘子凌雲燕一雙璧人，忽從船艙出來，各捧著兵刃，立在船頭，眼望岸上，一陣風吹過來，似聽雙燕說了幾句什麼話；那飛豹子袁振武、子母神梭武勝文以及二老三熊，紛紛從艙中出現，唯有負傷的震遼東沙金鵬沒有露面。

飛豹子與凌雲燕似有所言，旋見白娘子、雄娘子各取一支呼哨，含在口邊，吱地一陣狂嘯，似有所關照。鏢客忙尋岸上，只見斷岸叢草亂生，河床甚矮，竟望不見岸上到底有何動靜。青松道人道：「待我來。」一面催船急駛；自己徑走到桅杆前，右手單把一提，左手單把一換，嗤嗤嗤，攀上桅杆頂。

智囊姜羽沖在那一艘船上，也攀桅升頂；凝眸望了望，半晌不見動靜，只見一隻豹船忽然落後。智囊遙對青松道人說：「青師傅，沒有什麼埋伏吧？可是他們不能不知道此處是死路。他們既明知是死路，為什麼偏要這麼走，我們……」說時一滑手，唰地落下來。青松道人也在桅上，唰然一墜，唰地又上去。原來有兩支短弩箭從落後的那只豹船上遠遠打到，縱然遠攻無力，卻也不能不躲。

智囊姜羽沖冷笑道：「飛豹子不願意我們登高。」青松道人道：「我偏要看看。」弩箭連發數下，青松道人在桅上撲打閃躲，始終不下。鏢客群雄一齊嘩讚，有的人見豹船放冷箭，也要還擊他，俞劍平道：「師兄，何必嘔這個氣，快下來吧！」俞劍平也攔住眾人，勸其不必還手。因為相距太遠，放箭徒勞無功。

這時一陣風過處，聽見豹船上也有人喝彩道：「好身法，好老道！」青松這才一笑，把身形一側，頭上腳下，唰地下來。穿著他一身道袍，毫不覺累贅。青松道人走到俞劍平身邊，舉手一揚，竟接了七支短箭。這箭全是由豹黨船窗縫射出來的。青松問眾人：「可知是誰放的？」全說：「是一個年輕人，不是豹子。」青松道：「難為他手勁不小。」

落後的豹船又緊划數下，彼此的船又相隔數箭地。曠野聲沉，一陣風過處，才聽見彼此的話聲。武師們目力好，望見飛豹子拉著子母神梭的手，與他喁喁對談。忽然間，飛豹子向岸邊一望，又往鏢客這邊一望，桀桀地大笑起來，跟著高聲叫道：「俞劍平，俞劍平，姓袁的要告辭了！你有本領，儘管來追，儘管來攻湖！」

似聞豹船喝出一聲口號，四隻船順著江函子，一味往斜刺裡開，竟似要開到淺灘上。智囊姜羽沖首先發出驚訝之聲，告訴大家留神。鏢客一齊凝眸。此處河床道邊，寬有六七丈者，窄有三四丈者。豹黨擇了一處最窄的河床，把船開到沙灘。白娘子「吱」地吹了一聲口哨，四隻船一字排開，列成浮橋，阻住了河床；眼見有十幾個豹黨「撲咚撲咚」跳下水去。船上的人也七手八腳，往下投擲連串的草捆。又從船內，搭出長長窄窄的竹筏木板，眼見他們很神速地把草捆墊沙灘，用板筏架草捆，轉瞬做成兩道浮橋。雄娘子一聲胡哨，首先引領飛豹子、子母神梭十數人踏草橋登岸。隨後豹黨眾人也陸續捨舟上陸。眨眼間，豹黨四隻大船成了空船，並且眼見四隻船吃水已淺，往上漂起來。

十二金錢俞劍平、鐵牌手胡孟剛、智囊姜羽沖與鏢行群雄看得清清楚楚，忙說道：「不好，他們真要這麼逃走！」

那幾個青年鏢客叫道：「不要緊，我們過去奪船拆橋！」

俞劍平道：「使不得！」孟震洋、戴永清、宋海鵬等，早已掠波下投，泅入水中；卻是水淺得很，人在水底，歷歷看得分明。船上的鏢客一齊用力，要趕過去把船靠近豹船，就可以借船為排渡。

但未容鏢客的船迫近，也未容泅水的入過去奪船，那豹黨的四隻大船，忽然從艙中冒出濃煙；一霎時，捲出烈焰，燒成四團大火。水中鏢客全都退回，從水底浮出頭來看望。船上的鏢客也都大驚，急忙把船駁回來，恐被烈火延燒。這一把火阻斷了追兵；豹黨發火的船居然在水中搖搖曳曳，做一字排開，塞住江面。而且暗中分明似有人在船底推動，直往鏢客的船奔衝。船勢來得雖慢，卻也怕它延燒過來。

智囊姜羽沖忙喝命撥船倒退，越快越好。鐵牌手胡孟剛急得亂叫：「我們就眼看著把他們放走麼？人家的人會在水中推船，我們的人就不會在水底截住麼？」遂大聲向下水的鏢客喊嚷；下水的鏢客果然不待招呼，已泅水過去，竟欲奪舟救火。十二金錢俞劍平早看見飛豹子一行登岸以後，已然亮出弓箭。忙向孟震洋大喊道：「快不要過去，趕快回來。我們不會從這邊上岸堵截麼？」

飛豹子袁振武、子母神梭武勝文，此時已然紛紛登岸，沒入林中。岸上只剩下白娘子凌霄燕、雄娘子凌雲燕。這雙凌燕子率領部下，用強弩斷後，結成隊伍，忽散忽聚，聲勢很迅速整齊。泅水的鏢客還想與豹黨泅水行舟的人，截舟水鬥；但水中的豹黨並不肯戰，也不再推船；把火燒的船推到分際，立刻泅水退回去，在焚舟的上游一齊露面。白娘子吆喝一聲，泅水豹黨立刻游到浮橋邊，紛紛上岸。臨到末後一人上了岸，岸上人立刻曳動繩索，把浮橋跳板，連抬帶曳，一齊抬上岸邊，也放火燒了。

泗水鏢客孟震洋、宋海鵬、戴永清等從水底潛渡，繞過了焚舟之處，也搶到上風，探出頭來。目睹此情，互相傳呼著，就要展身手奪浮橋、搶堤岸。剛剛往這一邊浮，凌雲燕一聲狂笑，把胡哨吹響。岸上弩箭手奔過來，「唰」的一排箭，照水底水面攢射過去。孟震洋等急忙划水躲避，浮到稍遠處，探頭觀望。眼看著敵人拆橋、放火、整隊，不慌不忙，收拾俐落；又一聲胡哨，白娘子、雄娘子帶隊撤入林中。孟震洋氣得無法可施，回望焚舟，仍是烈焰熊熊；再回看鏢船，竟也在想法，要從別處攏岸。沒影兒站在船上，連連催促。孟震洋一行只得泅水回轉。

俞劍平容得泅水的人退回，立刻催水手划舟往回走。已問明水手，豹黨登岸處是一座淺灘沙洲，實難停碇攏岸。但是這沙洲並不大，要趕緊往回繞，也許從別處登陸，可以追得上。俞劍平與智囊姜羽沖力促大家協力，火速行船。

眾鏢客眼望兩岸，岸上盡是白茫茫的浮沙淺灘，情知沒有下腳處；人既不能登，船更挨不上邊。有的人仍覺不甘心，要施展「登萍渡水」的功夫，先遣數人，掠灘上岸，冒險一試；也學著豹黨那樣，割草墊灘，引渡餘眾。三江夜遊神蘇建明首先發話，向單臂朱大椿說道：「朱四爺，咱們弟兄試一試，怎麼樣？省得往回繞，越繞越遠越晚了。」

單臂朱大椿面有難色，搔著頭轉問孟震洋道：「孟爺、宋爺，你們幾位是泅水的行家，你看這沙灘，能夠對付著滑走不能？」飛狐孟震洋、宋海鵬、戴永清端詳沙灘，說道：「灘太軟，片又不大，輕功高的人也許能夠掠過去。只是你老看，這裡最淺的還有三四丈，沙灘又比土岸矮著好幾尺，踏著軟灘竄高，怕不好冒險吧？」

蘇建明不服老，邀著朱大椿、青松道人，要分一半人，掠沙飛渡。蘇老對俞劍平說：「俞賢弟是頭腦人，可以不冒這個險；我們哥幾位先試試。」

這時候，船還是加緊往回趲行。俞劍平忙攔阻蘇老：「老大哥，這決使不得，千萬不要上去。」

蘇老笑道：「你怕我陷在沙裡頭麼？」

俞劍平道：「那倒不會，我知老哥輕功絕頂，必能上岸。但是你得留神，登了岸還許上當。我們袁師兄，就能這麼好好地走了麼？他在岸上還許有埋伏。我們的人會青萍渡水的並不多，上了岸，人便落了單；算來我們的人能運輕功渡灘的，就只有六七人。他們焉肯容我們上岸割草，接引大眾？」他堅決地攔勸蘇老持重吃穩。智囊姜羽沖也說：「眼看就繞到登岸的地方了，蘇老前輩姑且候一候吧。」

蘇老到底不服，立在船幫上，用一枚蝗石，試往沙灘上一拋，「嗤」的一聲，蝗石掠灘面而過，帶起泥漿來；果然看出灘面太軟，不能立足，不能借力。他這才仰面吁氣道：「豹子這傢伙詭計多端，單擇了這麼一個絕戶地方做脫身處，難鬥極了！」

大家動手，船行極速，用不了半個時辰，已駛到登渡處。這裡仍不是泊舟之所，不過堤岸較低，沙灘面積較窄；岸上有一條汲道，上搭跳板。大家把船駁轉，往跳板旁邊攏靠過去。距跳板還有一丈多，便不能行船了，只好將船泊住。鏢行群雄道：「我們往板上跳吧。」

三江夜遊神蘇建明道：「別忙，我先試試。」他立在船頭，相了相形勢，立刻俯身輕輕一竄，輕輕拔高，輕輕落下，恰落在跳板上。腳只一點，「嗖」地上了岸。這跳板很結實，居然穩穩當當，盡人都可落腳。

蘇建明又搶到岸邊高處，登高往四面一望，這才向眾人招手道：「上吧，沒有埋伏。」說話時，朱大椿、青松道人、夏氏三雄，早已陸續跳上來了。

這跳板確是居民的汲道；豹黨在此並未設伏。其實豹黨這一走，也是變出不測。他們的本意，並沒有打算退入洪澤湖，偏偏發生意外，官兵聞耗，火雲莊被剿。子母神梭武勝文為友受累，竟致覆巢；這才激怒了飛豹子，料到武氏住宅一被圍攻，馬腳已露，決計不能回救；這才倉促變計，強勸子母神梭同往歧路上退去。幸而這一條退路，是事前防備萬一，加緊準備的。當時一共準備三條退路，如今擇取這一條水路。

但是鏢客大舉而來，志在借此一會，務必討回鏢銀，他們焉肯空空放過？且此事既被官兵知道，再想私了，已不可能。更料知火雲莊一變，豹子銜怒，今後已寇讎，鏢行也就不存求和之意，索性苦追不捨，以期到底尋出結果。豹黨鏢行兩方面實逼處此，越來越壞。飛豹子率黨拔身一走，若只憑己力，恐怕也逃不脫。幸而雄娘子凌雲燕失招負愧，奔了回去；白娘子凌霄燕，大舉來援，這才雙方湊巧，把子母神梭引入沙洲，由沙洲退往別處。

這些情形，在豹黨自覺手忙腳亂，頗感狼狽。在鏢行自然並不知情，還以為豹黨佈置周密，處處都有退路；他們既由沙洲遁入湖中，深恐他們在湖內擺佈什麼陷阱。因此，鏢行追趕之際，稍涉顧忌。等到鏢客繞道上了沙洲，豹黨早已退得無影無蹤了。

眾鏢客立刻在沙洲上分撥列隊，要前後策應著，火速窮追下去。智囊姜羽沖忙尋了一株大樹，先登高一望，把長葫蘆似的一座小小沙洲，前後情勢匆匆看明。然後他請大眾稍待，先問水手，後向眾人說：「我望見北邊似有帆影，恐怕豹黨又已易陸而航。我們不能跟在他們身後，一味後趕；我們應當分撥追抄，可是橫抄的人必須會水。並且湖中是不是有豹黨臨時現設的伏樁，他們是否還會藏著大幫的人，我們現在全不知道。可是機會稍縱即逝，我們又不能不追。諸位高朋，小弟的意思，要請大家協力，分水旱兩路，入湖窮搜。我們卻是不免要涉險。……」

大家哄然讚道：「好！我們應當這樣追。我們不怕險，我們為朋友義氣來的，怕險誰還會來呢？軍師，我們誰走水路，誰走旱路？」

當下立刻分路。大家都認為豹黨走得儘管快，此刻也未必離開沙洲，故此只請幾位武林前輩，率領熟洪澤、知地勢的人和全數會水的鏢客，重複登舟，火速地掠湖而去。雖說此舉志在追豹，也等於探道。唯有沙洲這塊地方，由俞、胡、姜等大批的人趕來。

當下，水陸並進，急往前追。在船上只留下三兩個鏢客，守護著受傷的無明和尚諸人。十二金錢俞劍平以下，都不顧勞累，也不怕洲上居民驚訝，一個個拔步趲行，急搜下去。洲本不大，只有六七家漁戶和數處看青的村舍。洲心一片片青紗帳，轉望皆綠。

眾鏢客先趕到豹黨登岸處，往灘邊一望，遺跡猶在，人早沒了影。又折回北頭，分明看見北岸上，有泊舟的小碼頭；舟既可泊，當然豹黨可由此處逃走了。大家立在岸頭，遙望水面，一片汪洋，微見帆影，東一片，西一片，正不知哪一處是豹黨逃走之船。俞劍平、胡孟剛一齊望洋興嘆，恨恨不已。更回望洲心，青紗帳掩映處，似有炊煙，可是看情形，這裡決不像大盜盤據之所。這地方太小，且只有北和南東三處出入口，巨盜實不能在此割據稱雄。

大家悵望良久，不顧勞乏，只得往裡搜；先找到土民，試一打聽。果然此處只是水田漁區，常日很太平，並無匪人出沒。再打聽剛才可有逃走的一百多人，從此沒過；據土民回答說：「剛才確有一大批爭碼頭的人，也不知是在哪裡械鬥來著，剛才倒是奔上此洲。看樣子，人數很多，個個鴉雀無聲，急走不休；又好像是打群架，剛亮隊，還沒有交手似的。我們不敢湊近了看，怕惹出麻煩。後來他們就貼湖邊走了。」

鏢客忙問：「你們看見西湖岔，船上失火沒有？」

土民答說：「看是看見起火冒煙了，可是誰也沒敢過去看。有一個年輕漁人剛跑過去，就被打群架的人硬給擋回來；拿刀動槍的，誰也不敢看了。」據此問答，確知豹黨果然是路過此地，並非借地安窯。智囊姜羽沖說道：「不用打聽了，我們趕快地打水路追吧。」

鏢行大眾火速地退回，且退且搜索兩旁。忽有一個短衣男子，在樹林後一探頭，又縮進去；縮進去，又探出頭來，情形很蹊蹺。好幾個少年鏢客大喝一聲，持刀撲過去。沒影兒頭一個趕到，就要往前猛撲。只見那人連連搖手，似無敵意，同時上眼下眼地打量眾人；眾鏢客豁剌地將那人圍住。

沒影兒魏廉、蛇焰箭岳俊超喝問道：「你是幹什麼的？」這人年約三十多歲，衣衫襤破，分明是窮苦的漁夫，鏢客衝來得凶，嚇得這人縮成刺蝟，連聲說道：「我是老百姓，我是漁船上的。你們諸位老爺可是鏢行達官麼？」

沒影兒喝道：「抬起手來，讓爺們搜搜。」

這人答道：「你老不用搜，我身上有一錠銀子、一封信。這信是給鏢行老爺們的。銀子是我的。」說時，從衣襟下取出一張污穢的信條來。另有一錠銀子，他卻緊握在手中不釋，對沒影兒說：「這個字條兒，剛才有一位碼頭上的蔡頭兒，親手交給我的，教我當面遞給海州開鏢局子的胡二爺。」

此時眾鏢客都走過來，已聽見此人的答話。

鐵牌手胡孟剛道：「我就姓胡，是誰給我的信？」紙條兒早由沒影兒魏廉搶出，自己先看一眼，忙遞給俞、胡二位鏢頭。

胡孟剛最急躁，忙問漁人：「是什麼樣的人，給你的這封信？什麼長相？」口裡問，眼不閑，早將紙條抓過來，展開疾讀。草草一閱，頓足叫罵道：「好豹子，他真就倒打一耙！到底是誰把消息透給官兵的呢？教豹子可捉住詞了！」胡鏢頭如瘋了似的，兩眼通紅，不知要咬誰好。

十二金錢俞劍平接過紙條，見眾人都湊過來看，把漁人遣開，低聲念誦道：「胡鏢頭，我與足下無冤無仇；北三河一會，本可當日了結。詎奈俞某違約失信，明來較技，暗下辣手；膽敢勾串官兵，陷害幫場之人。我友無端被累，所受池魚之殃，恐較足下更甚！足下不過失鏢，吾友則已破家傾巢，吾何以對我友耶！胡鏢頭，此非我無信，汝勿怨我，請質問令友。並煩尊口，轉告令友，今後天長地久，大仇已結，誓所必報。我若不能復興吾友已毀之家業，我若不能為彼雪恨復仇，我誓不與俞某並立於天地之間。別唉，胡鏢頭！請告俞某，從今以後，江南北，山東西，若有大案掀起，即是區區不才報答十二金錢名鏢頭妙計鴻施之計也。」

那信下款沒有留名，照樣只畫著一隻「插翅豹子」，塗抹得亂七八糟。看文筆字體，竟非豹子親筆，不知是何人替他寫的。這只是一張毛頭紙，揉搓成一團了，倒確是剛寫的。

還有第二頁，字跡較少，也無署名，下款畫著一支大鵬，文稱：「無明師傅台鑒，拜領高拳。可惜用暗算，不是英雄。今生不能便休，不出一年，當圖後會。」下款只押一個「鵬」字。

接著後面，另有一種筆跡，也寫了一堆話，上說：「俞鏢頭，不才洗手歸農，賊腔未改。何幸名鏢頭不棄草茅，驚動官軍，破我別巢。我今迫不得已，鋌而走險，又恢復當年舊營生矣。我敬謝俞鏢頭之成全，圖報有日，言長紙短。」下畫雙鴛鴦鉞和一對梭，正是子母神梭的外號。還有「凌雲雙燕」的小印，也鈐在紙尾上，可是什麼話也沒說，只有「請了」兩個字。

俞劍平看完這些留柬，竟有四人之多，不禁怒火上騰，轉成苦笑，對大家說：「好，我就知必落到這步棋。諸位，我夠多冤，官兵剿火雲莊，咱們至今誰也不知道是怎麼一回事。他們硬按在我頭上，說我勾結官兵，真是跳到黃河也洗不清！」

霹靂手童冠英道：「那是脫不掉的了，也難免他們有此一想，眼睜睜官兵把火雲莊圍上了，他們不賴我們，可賴誰呢？現在算是抓破了臉，無可挽救了。我們趕緊快打正經主意，索性我們就請兵清鄉，跟他們死幹。」

胡孟剛道：「不管後來怎麼樣，咱們先管現在的。我們趕快上船，趕快追！」大家又把漁夫叫來，盤問了半晌。漁夫只說是一個年輕人，給了他這封信，還給了五兩銀子，別的事全不知道。倒是看見大批的持短刃的人了，可是他們走得很快，又下卡子，阻止居民窺探，所以他們的詳情，一點也說不出來，這話和剛才那個土民一樣。鏢客聽了，立刻奔到岸邊，登舟啟錨，徑往洪澤湖駛去。

俞夫人丁雲秀在船上留守，和幾個少年鏢客，持劍衛護受傷的無明和尚。見了面，迎問俞劍平：「沒有趕上吧？可淌出痕跡沒有？」

童冠英笑道：「嫂夫人料事如神，這焉能追得上？只得了豹子四個人留下的幾張字條。他們四撥算是連在一起，要專心和我們江南鏢行作對了。」

俞夫人道：「哪四撥人呢？洲上還有埋伏不成麼？」

俞劍平道：「他們只在洲上換舟登陸，再由旱路改水路，把咱們甩下罷了。洲上沒有黨羽，現在是袁師兄跟子母神梭、震遼東沙金鵬和什麼凌雲雙燕，四派歸一，更要跟我們過不去了。他們把剿莊的事，算在我們的帳上。他們說還要在江南江北掀起大案，給我們栽贓搗亂呢！」

俞夫人驚道：「哎呀！這可得想法子，我們可以先一步向官府報案。」

蕭國英守備道：「這事交給小弟，我們可以就近請兵。」大家紛紛議論著，船已悠悠到達沙島前面。不但沒有尋著飛豹子的船，連鏢客綴下去的第一艘船也沒有碰見。大家饑渴難支，雖有乾糧，僧多粥少，一個個眼望湖面，目追往來帆影，心中十分焦灼。

由北三河奔洪澤湖，乃是逆流而上，船行很慢；往來的船連檣結帆，並不算少，可是東來的多，往西去的較少。偏有幾艘在前面行駛，大家便駕船拚命跟追；及至相距不遠，看出不像豹船，便一陣氣沮。如此數次，眼看天色漸晚，必須挪岸。智囊姜羽沖和夜遊神蘇建明，問俞、胡二人：「這不能再往前追了。」

胡孟剛仍不死心，說道：「他們前腳走，我們後腳追，我不信會追沒了影？」

俞劍平見眾人皆有疲色，歎了一口氣道：「又是水路，又是旱路，歧中有歧。我們袁師兄又在事先就有佈置；追不上才是意中事，追得上倒稀奇了。胡二弟，你知道我們袁師兄在船中擺著什麼陣勢麼？萬一追上他，敵眾我寡，又快天黑了，我們還怕入了圈套。我們現在索性上岸投店吧。」

大家把船泊到附近小碼頭上，地名叫星子壩，立刻分覓店房，洗臉進食。幾個年長的鏢客商量著，一面派人折回寶應鏢局，調請幫手；一面打算按江湖道，求請洪澤湖的大豪紅鬍子薛兆相助。此人在洪澤湖，包攬水陸碼頭、車船、腳行，手底下有許多打手和門徒，很可以借重。並且他久居洪澤湖，地理也熟，聯絡官紳也好，可稱人傑地靈。

這個主意，人人都以為然。蕭守備和白倫彥店主，都主張跟豹子無須講面子，應該立即報官請兵搜湖剿匪。並說機會稍縱即逝，須趕快辦理。這樣辦法，鏢行群雄有多半不願意，認為丟人，也怕沒什麼用。倒是圍剿火雲莊之事既屬實情，官軍拿不到要犯，勢必要追趕下來；恐怕不出今晚明早，官兵必要趕到此處。那時候，鏢客忙著搜鏢，官軍忙著剿匪，官私同辦一件聯手的事，最易引起枝節，鬧出誤會，至少也難免互相掣肘，洩漏機關。這件事必須趁官軍未到，迎頭先去疏通一下。俞劍平自然把這件事託付蕭守備。

蕭守備當即應允，臉上不無疑難之色，因為直到此時，剿莊官軍究有多少兵，帶兵官是何人，甚至是漕鏢，還是撫鏢；是練營，還是綠營，目下全未探出，簡直無法迎頭求見。還有火雲莊附近，本有少數鏢客，在藥王廟中算是留守，實是暗窺武莊主的動靜。現在火雲莊被剿，僅從豹黨口中喝出，鏢客自己人至今仍未趕來送信。大家對此不勝嘀咕，而且漸漸起了疑慮，生怕留守人遇著不測。

當時仍由軍師智囊姜羽沖分派，請年輕的鏢客時光庭、李尚桐兩人，火速結伴，坐小船仍順北三河往回裡走。先到決鬥之處；在那借寓的民宅中，原來還有幾個留守的人和二十多匹駿馬。就請李、時二少年，先到借寓處，轉煩留守的人回寶應送信邀助。至於李、時二人，可以改走旱路，把那二十幾匹駿馬帶到這星子壩店裡來。

李、時二人應聲而起，立即駕小船出發。他倆剛走，在北三河留守的鏢客，已將那二十多匹馬改由陸路送來。他們已得知大眾追豹入湖，便自作主張，一路訪問著；尋到此間，李、時二人竟撲了空。幸喜留守的人很心細，還留下一個趟子手和一匹馬，跟房東也留下話。李、時一到，略一尋思，教這趟子手回寶應送信，李、時二人便又往回走。

這邊碼頭上是俞劍平等大眾，因投店已晚，各店客滿；人數較多，一店不能容，就分住在兩店，兩店又隔在兩條街上。俞、胡、姜等住在一處，俞夫人丁雲秀另闢一室；馬氏雙雄引著一些少年鏢客，住在另一處。飯罷吃茶，大家精神又是一振。決鬥的時候，這些人並沒有怎樣交手，只在截豹時，拚了一陣；現在一路窮追，耗時過久，大家未免饑渴焦急。此刻飽餐痛飲，大家又紛紛地出主意，此時不到二更，這些鏢客在店裡哪能坐得住，這個藉口要出去涼爽涼爽，那個藉口要上街買東西，有的說近處有朋友，要去看看。

這時候，鐵牌手胡孟剛屢跌之後，嗒然若喪。平素頂數他嗓門高，現在頂數他沒有話；只有唉聲歎氣，喃喃地罵街，也不管豹子是俞劍平的何人了。倒是振通鏢客沈明誼、戴永清、宋海鵬等，很替鏢頭招待諸友，向受傷的人道勞。

九股煙喬茂只搔頭皮，衝著鏢客們打聽：「我說，你在這湖裡頭，有熟人沒有？」

岳俊超聽了，只微微一笑。追風蔡正就接一聲：「我們的朋友只在岸上有，倒是喬師傅的朋友，許是在水裡頭住吧？」

喬九煙把眼一擠道：「呵呵呵！您別挑字眼，我問的是真的，哪個王八蛋才冤人哪！」

戴永清笑道：「我們喬師傅最有口才，善會挖苦人。」

他們在門口；胡孟剛聽不入，也沒心思勸阻，站起來走到店院中了。院中月影迷離，很有人納涼吃茶。胡孟剛走來走去，獨自沉吟。沈明誼忙跟了出來，暗陪著鏢頭。

俞夫人丁雲秀獨住在一室，此時還未歇息，有她兩位師弟跛子胡振業和蕭守備，以及門下弟子左夢雲、盟侄沒影兒魏廉等，相陪共談。俞夫人對左夢雲說：「你去請你師父來；或者你徑直告訴你師父，請他和姜五爺商量一下，還是趕快找紅鬍子薛兆去吧。這湖太大，我們人少，是搜岸上，是搜湖中？實在調派不開。再說……」面對胡、蕭道：「再說你看袁師兄那意思，跟我夫妻成了仇人了。這件事情的結局，真不堪設想。」

左夢雲應聲出去，胡跛子對丁雲秀道：「師姐，你趁早慫動三哥，就教蕭九弟報官吧，這事決不能夠善了。」

俞夫人浩然長歎道：「真真想不到，三十年同門至好，反顏成仇。我看袁師兄比從前更狠更辣了！」

胡跛子嗤道：「他辣，哼！早晚教他嘗嘗。我說九爺，咱們得替三哥三嫂想辦法。就憑咱們在江北，人傑地靈，還能教他遠來的和尚給較短了不成？」

蕭守備捫著微鬚，端坐思索：自己的假期已迫，應該怎麼幫掌門師兄一下？其實報官正是正辦，師兄、師姐意思猶豫，不以為然，該怎麼辦呢？蕭守備想藉端把胡跛子邀到外面；可是身未動，俞夫人已猜出來了；忙攔道：「五弟、九弟，我謝謝你們的主意。可是你稍等一等，聽你三哥的招呼好不好？為了尋鏢免生誤會，咱們報官託託人情，是可以的，你們可千萬別私下裡請兵剿匪。你三哥請來的朋友，全是些江湖上的武夫，不曉得官面排場，內中又有綠林中的人。五弟、九弟，絕不能不顧慮這一點。」

鏢行群雄全都七言八語議論，十二金錢俞劍平在船上，已與智囊姜羽沖商定辦法，此刻向眾人逐一道謝道勞。末後便由智囊姜羽沖發話：「諸位前輩，諸位仁兄，剛才我們已然商量過了，這湖地面遼闊，岸上湖心全不易搜訪。俞大哥本打算明天備禮去拜訪紅鬍子薛兆。可是轉念一想，稍緩一步，恐怕訪斷了線索。現在我們的馬已然來到，我們此刻就去拜客。諸位在店中千萬小心，此地是紅鬍子薛兆的天下，又有地方巡檢、水師營、綠營駐防。你別看豹子率領大眾可以任意橫行，我們當鏢客的若是三五成群，乘夜亂走，就許碰在釘子上。

「咱們的人個個雄糾糾的，又帶著兵刃；碰見了紅鬍子手下人，就許疑心咱們是來奪碼頭，闖字號。碰見了官人，見咱們人數多，他們把我們當做打群架的；倒可以把頭一扭，把眼一閉，回頭再來尋落子。若遇見三五個人，他們可就要辦案。

這種道理，諸位一定明白，我這是多說，不過給諸位提一個醒罷了。」

少年鏢客聽到這裡，哈哈笑道：「這個我們懂得，請放心吧。我們決不會惹出枝節。不過天氣太熱，我們空著手出去蹓蹓，決不帶兵刃，也不會跟碼頭人物生事。官兵查街，我們決不閃躲，也不硬頂，您只管望安。姜五爺吩咐這話，你現在就動身拜客麼？這位紅鬍子薛老英雄莫非住在此地麼？」

智囊姜羽沖微微一笑，真是光棍一點就透，不勞煩說。他遂與俞劍平穿上長衣，邀同發愁歎氣的鐵牌手胡孟剛，外偕黑鷹程岳、金槍沈明誼，共計五人。俞劍平把夜遊神蘇建明、霹靂手童冠英、夏氏三傑、馬氏雙雄以及青松道人、無明和尚都囑咐了數語；無非煩他們約束少年，不要涉險，不要滋事。然後由那剛送到的二十多匹駿馬中，選出五匹，備上鞍韉，立即出發，奔紅鬍子薛兆的寓所而來。

第七四章　智尋故劍

這紅鬍子薛兆起初本是綠林人物，是川寇羅思才的舊部，專在川邊打劫出塞的行商。等到清兵征討金川時，大經略張廣泗招降土冠，以做嚮導，羅思才就率部歸順清營。大經略札委招降的參將杜鈞聲為翼長，把匪部編為三營；又將鄉勇兩營撥入，就派羅思才為五營統領。那撥人的鄉勇，由兩個精幹的營官率領，明為羅思才部屬，暗中實是監視人。

大小金川之戰，清兵苦戰奪攻碉堡，始勝後敗；大經略也革職拿問，主帥換了別人，那杜鈞聲也被降調。只有羅思才這三營匪部，新換翼長，調上前線，經過一場苦戰，傷亡了一多半；羅思才折了一隻胳膊，到底把敵兵打退，攻占了險要之地。他們不明白當時的兵制，自覺建立奇功，盼望厚賞。等到事定之後，大官封爵，小官晉級，群卒也想高升一步；哪知忽然傳說官家要裁汰老弱，遣兵歸農。

那時候，紅鬍子薛兆正在壯年，已有五品軍功，率領著一百多人。他眼光很銳，在同夥中已露頭角，頗得羅思才的倚重。等羅思才衝鋒受傷，失去一臂；薛兆竟捨生忘死，把羅思才救回。羅思才既落殘廢，在官場已站不住腳；薛兆剛聽見裁兵的謠傳，就跟羅統帶私下商量：「我們不如早走一步吧。現在旗營、綠營、鄉勇，聚了這些兵，朝廷的兵制有定額。我看鄉勇到底必不免一裁，就是改編成綠營，也得編遣一下；我們又跟團練不同。以小弟之見，莫如趁機會，人人還在盼望升官發財，我們就急流勇退，另想辦法。」

羅思才還有些疑惑，經薛兆反覆譬說，方才歇了升官的心。兩人各遞稟「掛號」（清兵以掛號為請短假，以告退為請長假），一個說覓地療傷，一個說回籍葬母。稟帖遞上去，立刻批准了。兩人向舊屬話別，略示愁意，竟遠走高飛了。

果然不久，廷諭寄到，頒賞裁兵。這些遊勇身無一技之長，遊手好閒已慣，既不能拿恩賞做資本當小販，又不能回故鄉扛鋤耙。各領到半年恩賞，竟隨手賭光花淨，又變成空手人了。這些人免不得口出怨言，呼朋引伴，重入山林。結果，在大戰之後，遊勇滋變，又鬧起匪氛。官府重費了一番討伐，很有些老軍伍沒得好結果。那倖免剿誅的，就是不變為賭棍，也必變為混混，總而言之，全難落好。

紅鬍子薛兆早看到這一步，不但自己脫出，還把老大哥牽引出來；事後把個羅思才佩服得五體投地，十分感激。羅思才身落殘疾，無事可做；幸而他埋藏了許多財寶，等到事定，掘挖出來，要分給薛兆一半。薛兆不肯受，兩人就合夥做起買賣來。不過兩個人全是拿刀槍的手，乍改商販，當然失敗；營運數年，兩人又變成窮光棍了。窮極無聊，兩人又打算重整舊業，可是早又混傷了心。恰巧此時有大商販，由內地運貨，往西南雲貴走；為防備路劫，就邀請鏢客護行，也有的常年養著護貨的打手。這羅思才和薛兆既弄得兩手空空，不得已，就幹起這種行業。

二人專持武技，護送行販，由兩湖護送到雲貴。再帶雲貴土貨到兩湖，往返貿易，大獲其利。二人心中生氣，人家就幹得好，自己就辦不成；替人出力，人家就發財；自己親自辦，就要虧本。卻不知他二人大手大腳，又不懂商情，如何能賺錢？可是財東見二人很盡心力，也就多分給他二人股份，也給他們代辦一點貨。積少成多，兩人又富裕了，兩人便想起娶老婆來。這一娶老婆，兩人十多年的交情竟致破裂。

折臂羅思才，聲望大，認識人多；薛兆的武功好、智力高，兩人相濟相成，才有今日。既娶賢妻，女人家不免要看這兩位密友到底誰倚靠誰。比較之下，各覺自己男人吃虧。女人家不免在耳畔嘀咕，兩人交情眼看要破裂；突然又出一件事故，事情驟變。折臂羅思才年將望五，又有殘廢；娶妻年輕，就未免懷疑多妒，怕戴綠頭巾。偏偏他這位太太卻放誕自喜。忽然因一件事情他犯了疑，他天天記掛著捉姦；又嫌丟人，又恐靠不住；因此在事先，也沒有告訴薛兆，獨自一個人暗暗鼓搗，把真情瞞了個嚴實。

紅鬍子薛兆這人年紀輕，眼力準，倒不怕烏龜。這天晚間，紅鬍子薛兆與他妻子已在床上睡了，突然聽見彈窗之聲。江湖上的人耳音很強，立刻坐起，側耳再聽，竟是老大哥羅思才發出的暗號。薛兆十分詫異，暗想自從入伍，久脫賊皮，舊案決不會重提。那麼羅思才夜來叩門，有何急事？忍不住問道：「是大哥麼？」

外面答道：「是我，你快開門。」

問道：「什麼事？」

答道：「你快開門吧。」

薛兆披衣急起，他的妻子也驚醒了，欠身問道：「你做啥？」

薛兆斥道：「別言語！大哥來找我，一定有事，你快起來。」

薛兆起來開門，把羅思才迎入。挑亮燈光，看出羅思才面色慘黃，眉橫殺氣。

這瞞不過行家，他已經殺了人，臉上有兇氣籠罩，衣上左半身沾有血跡；他手中還提著一把刀，血槽依然有血。

薛兆大駭，忙問：「大哥，你怎麼了？」

羅思才頓足道：「我把她殺了！」

薛兆摸不著頭腦，問道：「你把誰殺了？」

答道：「我把他倆。」

問道：「誰倆？」

頓足道：「我的內人和她爹。」

薛兆道：「喲哎……為什麼？」

羅思才道：「你快收拾跟我走！」

薛兆仍要叩問真相，又讓客就坐；羅思才哪裡坐得下來，只在屋中轉磨。薛兆之妻已然披衣起來，聽見了這事，嚇得藏在屋中，沒敢露面。薛兆強把羅思才按在椅子上，一疊聲問道：「你到底為什麼殺她父女倆？」

羅思才道：「你你你別問了，回頭我告訴你。我說的是現在，兩個死人屍首應該怎麼辦？老弟，你得幫我一把，把這兩個屍首先埋了再說。」

薛兆連忙進屋穿襪，薛兆之妻就下死力攔住他，不教他走。說：「你怎麼替兇手埋屍呢？」

薛兆瞪眼說道：「你不用管！」薛兆竟跟羅思才來到羅寓，果然血淋淋兩具沒頭屍，橫陳在內屋慘澹燈光之下，屋裡院內都是血；羅思才這才說來誤殺之故。

這一事乃是羅思才誤捉姦，把他的妻子和岳父，當做夜半幽會的姦夫淫婦殺了。可是這也事出有因，羅妻之父本窮，才肯把自己嬌滴滴的女兒嫁給一個年逾四旬的營棍子，外鄉折臂漢。

這老叟起初常來借貸，來得太勤，招得羅思才不悅；羅犯起了江湖脾氣，大罵老丈人，不准再進門。這個老人性又好賭，每逢沒辦法，還是不斷來找女兒。既不敢明來，就偷偷摸摸地來求幫助；這便引起跟他年紀差不到七歲的嬌客生疑含妒。羅思才性情大暴，當然既敢罵岳父，當然對他妻也數落一頓。究竟老夫少妻，他還很疼愛這個少婦。可是中年娶妻，對太太百般溺愛，單只怕一樣，就是當烏龜。

自罵丈人之後，又過了數月，羅思才見傢俱時有遺失，牆隅有人腳印。他留心暗察，冷言詢妻；見他妻變顏變色，似乎可疑。他就不動聲色暗打主意。

不幸這一天，羅思才佯做外出，夜間暗地回來，在寓所附近潛察暗伺。一連數日，曾見他妻出去串門子，他恨得切齒。又一次，見有一人在他門口路過，仰望門楣，他又恨得牙根痛。到了出事這一夜，他眼見有一個人穿一身短衣，低頭掩面在門口一巡，走到牆隅，似要跳牆而入，羅思才氣得雙眸冒火。

旋見這短衣人居然在牆根鼓搗一回，竟然攀牆而入；「咕咚」一聲，跳進羅寓。羅思才立刻跟蹤，在房頂一探身，一俯腰，眼見這短衣人奔他臥室的房門去了，耳聽他妻在屋中有聲，眼見屋門響。

羅思才怒火萬丈，立刻抖手一鏢，把短衣人打倒，立即割頭；然後持刀踢門，如一陣狂風，撲入內屋。他的妻已聽見外面有動靜，半赤著身子，正在下床。她似已揣知她那沒出息的父親暗借之不足了，又來暗偷了。她就歎了一口氣，把私房摸了一把，正要下床。不料一陣驚風撲入，連看都沒看清，被一把匕首刺著要害，當時便已殞命，血淋淋倒在地上。

羅思才手辣刀速，把這個不幸的女人糊裡糊塗殺了，割下頭來，就把男屍舁入院內；又把男女兩顆頭拴在一處。他還想捉姦要雙，到官自首。

他提著人頭，第一，先要認認這姦夫是誰。他記得他妻常到對門鄰家串門。對門鄰家有個年輕小子似乎不地道，直眉瞪眼總喜看女人，管他妻叫嬸子，可是兩眼卻直勾勾地看他妻的腳；他的妻似乎不介意，居然似乎願意聽。羅思才心想，這爬牆的男子定是這人。他就點著燈，就燈光一照，這才曉得不對。這顆男人頭分明有鬚，乃是個老頭，不是那混賬小子。

羅思才詫異之下，再低頭細看，鬚髮血液模糊之下，這有鬚人頭乃是他的岳丈；女人的頭當然是他的妻。他這才大吃一驚，失聲一叫；他這才知道誤捉姦了，太也莽癡了。可是人死不能復生！

羅思才是強盜出身，殺人不眨眼。但是他殺人越貨，出征戳敵，死多少人，他一點不動心。如今冤殺了同衾妻子，他立刻渾身顫抖，受著良心的懲治；他害怕起來，糊塗起來。他竟丟下人頭，往外面跑，連屋中燈都未熄滅。一口氣跑到街上，受涼風一吹，神智稍微清爽，他就一直找了薛兆來。他如今一籌莫展。

羅思才嗒然若喪，把這事告訴薛兆，求薛兆想法。薛兆「呸」地吐他一臉唾沫，罵道：「你怎麼這麼渾？捉姦也不看看人的模樣，就下毒手？你怎麼也不先跟我商量商量？」

羅思才無可辯，只有作揖，道：「老弟，我沒主意了，我索性投案吧！」

紅鬍子薛兆不搭理他，忙將男屍移入內室，就燈影下細察。好！這老丈人身上竟有小偷的竊具，這無恥的老人居然來偷女兒女婿。但不管怎樣，若換一個人，還能架詞說是捉姦；這已死的男女分明是父女，自首只是找死。薛兆皺眉苦想，咳了一聲；如今救命只有一計。只可把兩具死屍先埋藏了，把內外血跡塗淨，第二步再打算別的。

羅妻家中只這一個無恥之父，此外並無他人，這便沒有苦主。薛兆不遑再責羅思才，就趕緊在屋內起磚刨坑，把兩具死屍深深埋入墊平。然後洗滅院內外的血跡，細檢全屋全院和牆外；都做得毫無破綻，方才命羅思才倒鎖房門，把羅思才帶回自家，預備略看風色，打發他離開此地。這樣似乎可以沒事了。不意薛兆之妻聽出緣故來，今見自己丈夫，把一個殺人兇手留在自家，這如何使得了！而且女人膽小，看見羅思才眉頭上帶有殺氣，又看見自己的丈夫臉上，也帶著一種難以形容的猥相。她這女人嚇得不敢再勸，連大氣都不敢出了。

薛妻只是尋常婦女，既如此膽小，似不至生變。偏偏薛妻之父是個刀筆吏，專吃葷食的黑墨嘴。等到他的女兒托詞回娘家，可就免不了父女之親，說及此事，何況她還害怕？這女人意思之間，要煩她父親設法催勸丈夫，與羅思才斷交，把羅思才攆走。女人家的打算未嘗不對，而且她很謹慎，很有向夫之道。但是她父聽了，起初毛髮聳了聳，繼而眼珠一轉，他要借此生財。

這個老人與那個老人臭味截然不同；那個老人是短衣幫，這個老人是長衫朋友；可是其食黷之情一般無二。不然的話誰肯把少艾的女兒嫁給異鄉光棍？無非是貪圖財禮罷了。這個老人很驚訝地聽完，囑咐女兒：「千萬嘴嚴，這不是鬧著玩的，一個弄不好，就有性命之憂。」他又加細地打聽女兒：「這姓羅的跟姑爺到底是什麼交情？他的家道比你們家如何？也有個上萬的家富、成千的進賬麼？」然後又問殺人捉姦的細情。

這女人忘了她丈夫的告誡，以為最近者莫過夫妻，最親者莫過父女。瞞別人則可，瞞自己的父母，有什麼用？何況自己正沒主意，本為要主意，才細告娘家父母。她就舉其所知，細細告訴了她的父親。

這老人把一切細情打聽在腹內，嚇唬女兒：「千萬別洩漏，一教別人知道，可不得了。你別忙，我去勸勸姑爺，教他把那姓羅的好好送走；你們倆口子就可以好好過日子了。我說的對不對呢？」他女兒道：「敢情那麼好呢。你老不知道，這姓羅的一臉兇氣，每天我給他送飯，只一挨近他，我就哆嗦。」

父女議罷，這老頭子又細細推敲了一晚，次日果然帶一包禮物看望姑爺來。寒喧、探問，漸漸說到正題：要替姑爺除害，要出首殺人兇犯！……口氣很厲害，呈稿也寫好，比比劃劃，做給姑爺看。他的用意，究竟是敲姑爺的朋友羅思才，還是敲姑爺本人，也很難捉摸。他的話卻是一片大義，要替朝廷維持治安，要替人間除掉惡棍，要替屈死的冤魂報仇雪怨，並且還要替姑爺、女兒除去株連的禍患。滿是大仁大義，口縫中微微透露這麼一點小意思：「得錢便完。」他卻不識得紅鬍子薛兆的脾氣。

薛兆乍聽顏色一變，登時又把驚詫之情止住；和老丈人此諷彼試，對付了好半天。老丈人一連站起數次，被他攔住幾次。老丈人一臉的救苦救難：「你夫妻是安善良民，哪裡見過這個！你們無非是怕他，再不然，是怕打官司受連累。你可不曉得蜂蠆入懷，解衣去趕。一個殺人兇手找到你頭上來，你要躲也躲不成，你越怕事越壞。咱們得跟他硬頂，用好言哄住他，不要受他的威嚇。你在這裡，我給你去辦，官面上我有的是朋友，管保你夫妻受不了大連累。……你不要再顧交情了，我也曉得你跟姓羅的交情很深，可是朝廷的王法咱們得遵，咱們不能以私交滅大義。」

這老人非常難纏，幾次將薛兆激得要翻臉，可是薛兆終於咽下去。薛兆分明看出來意，不見得定要出首，無非是詐財。薛兆到底明知上當，勉陪笑臉來上當，千恩萬謝，自掏腰包，拿出五百兩銀子。

這老人一見十封大銀錠，眼珠子幾乎跳出眼眶外。薛兆一伸手攔道：「且慢，老爺子，你聽我說，這姓羅的當年救過我的性命。……」這自然是藉口，其實是薛兆救了羅思才。「他如今殺人犯罪，我也救不了他，可是我不能教他在我家被捕。你老既然是在官面上有朋友，我就拜託你了。這五百兩銀子要是能把大事化小，小事化無，我就甘心認頭。萬一還嫌少，那麼我和姓羅的全認命了。他殺人，他償命；我窩藏兇手，我願打官司。你老先把你的女兒接回，我們情甘願意，自找倒楣。你老先把這呈稿給我，銀子你不妨先拿去，試著辦辦看。若是一定要姓羅的本人前去歸案，到了那時，我們再看。不過，你老可要明白，我這位羅朋友是個什麼人物，不要看錯了人才好，並且他已然不在此處了。你可以問你令嬡。」

這老人滿口答應了，把五百兩銀子帶走。他的打算，這事很有油水，便須慢慢地擠。一下子擠猛了，難免擠炸。哪知道這麼剛一擠，就擠炸了！

薛兆抓了一個空，找到羅思才藏匿之處，對羅思才說：「大哥，我可是護不住你了。你那女人本是好女人，你把她殺了；我這女人卻真不是東西，她唆使她爹來嚇唬我。我這老丈人恐怕比你的老丈人更可惡，他要從我身上發財。我看大哥可以先躲一步，留我在這裡，跟他們對付著看。」

羅思才不是平常老百姓，不等薛兆說完詳情，也不等說出辦法，他就立刻雙眉一挑，哈哈一笑，道：「好！我走！我決不累害了老弟的家室之好。我早知弟妹膽小害怕，婦道人家當然不願在家裡窩藏一個兇手。老弟的岳丈人呢，當然也要保護姑爺。」

薛兆遞給他銀子，勸他立刻投奔某處某人，勸他不要回家，恐怕老刀筆暗中報官，在那裡等候臥底。又告訴他：「不出半月，我必找了你去，那時再商長遠之計。目前之事，卻是太緊急，恐有不測。」

羅思才笑著接了銀子，拔腿就走。薛兆指定教他潛伏某處，他竟口頭答應，實際沒肯去。薛兆本欲略觀風色，只要不生枝節，便找羅思才去。哪知迫不及待，剛剛到了五天頭上，突然發生盜殺巨案。老刀筆之家進去一賊，把老刀筆的頭割去。當夜在薛兆家中，也突從外面擲進好幾塊石子。薛兆奔出一看，在月影之下，階石之上，擺著「蝗石陣」，暗示著「地危勿入」，「時迫速逃」的意思。擲石之人早已不見了。

薛兆很機警，心知有變，急忙追出去。他暫不歸家，到次日竟探悉老刀筆之家遇盜被害。薛兆立刻省悟，一逕找一地方，暫行潛藏。直到入夜，方才試探著回家一看。他自遭岳家訛詐，早已有準備。在暗地埋藏了一包珍物金銀，此刻立即挖出來。帶在身邊；另備一把小刀，就用它護身；像做賊似的，到自家一看。他的妻已然不在家，只有女傭人在廚房，屋中凌亂，似有變故。他欲見妻子一面，此刻已不可得。他歎恨一聲，竟帶了錢，棄家出走。薛兆要追上折臂羅思才。羅思才竟不知已逃往何地。薛兆料到自己的妻子，必將殺父之仇疑到自己身上，那麼自己也就摘落不開。然而因此一出走，又弄到無家可歸。可是此事傳在江湖上，都說薛兆為人有義氣，夠朋友。

最後，有洞庭湖的會幫，把紅鬍子薛兆邀入，不久很為倚重。等到洪澤湖爭碼頭事起，薛兆與同夥前來幫奪碼頭，一戰而勝，再戰又勝；不久，升為副頭目。又不久，當了頭腦人物。

紅鬍子薛兆二番創業，聲望漸高，在洪澤湖立下穩固的基業。人在得意時，往往顧念到舊情，因此想起了斷臂羅思才，便托人設法查他下落，竟一時沒訪出頭緒。這個斷臂漢本有殘疾，似乎易找，可是他竟會走沒了影。薛兆又派二徒弟焦國強回到故居，密訪他那年輕的妻子，今日究竟作何生活，是否已經改嫁？他記得自己臨棄家出走時，他妻已有四個多月的身孕；他還要打聽打聽，臨盆之後是男是女？是否養活？如果沒死，料此時也有六七歲。他還希望把自己的骨肉尋回，不能教小孩子隨娘改嫁，管別人叫爹。

他又想此事過錯，一半在老岳丈身上，一半在羅思才身上，本來和自己無干，在他夫妻倆身上更是渺不相關。只是命案已出，自己涉嫌很重，不得不出來躲躲。現在時過境遷，料也無妨，如果他妻未嫁，他還想覆水重收。他遂命二徒弟帶了錢，專誠去打聽；去了一個多月，輾轉訪求，才知他妻果然未曾嫁人。可是一提到薛兆，因他走得太怪，躲得無蹤，由不得引起岳家的疑猜來。

這女人說起來就切齒痛恨。認為她的生父慘死非命，必是羅思才和薛兆二人通同設謀加害的。若不然，人不虧心，何必避嫌？這女人再猜不到薛兆與羅思才當時已經各犯心思，這女人咬定死人之事，薛兆必然知情。這也是當然的，放在誰身上，也難免有此一疑。

多虧薛兆這回遣人尋妻，預留著退步，派去的這個焦國強也是一把好手，很能見機生情，東說西說，還不曾把實情說破，只拿寒暄話點逗幾句，已經引得這女人流淚不止，恨罵不休。她對徒弟說：「客人你聽見過麼，做女婿的會跟外人勾結，謀害他的岳父，這是人麼？這還有點夫妻的情腸麼？」

這個女人卻真給薛兆生了個男孩，如今已經六七歲了。這女人自經慘變、喪父之後，丈夫又逃，她便痛哭著搬到母家，與老母內弟到官衙申冤告狀。兩件慘案俱發，官府自然要緝拿羅思才，至於薛兆當然也脫不過。這案子始終未能破獲。這個女人等到生產之後，就守著無父孤兒，隨著內弟苦度日月。後來老母去世，母家不能寄居，她就另立門戶；倚仗還有些資財，好生支持著，放賬糊口，兼做活計，居然把孩子拉拔大了。現在她依然度著像寡婦似的生活。

焦國強忽然來訪，這女人勾起舊日苦情，不由罵道：「姓薛的一點夫妻情腸也沒有，他護庇土匪朋友，把先父害死，這個情理太難容。我縱然是個沒有能為的女人，我只要知道姓薛的下落，我必定到官出首。他和姓羅的是一對強盜，全不是好東西，剮了也不多。」

焦國強坐在客位上，老老實實地聽，他眼見這位師娘如此痛恨，吐了吐舌頭，把實話全咽回去。只委婉設詞，留下五十兩銀子，對師娘說：「我也算是薛師傅的徒弟，他可是沒教過我。我們老人家運貨，曾經請過薛師傅押運過貨。我這次來，是想請他老給我們護院，既然你老不知道他的下落，也就算了。這裡是五十兩銀子的聘禮，別看老師沒在家，我也應該孝敬師母的。」銀子掏出來，這女人起初不受。焦國強說：「我這小師弟我得見見。這銀子就算給師弟買書的吧。」一定請師母留下，站起來要走。

這女人很詭，五十兩銀子捨不得不收，可是要見她的兒子，她到底不肯引見。說是：「這孩子給人家學徒去了，窮家苦業，哪能教他在家裡玩？」這小孩子據她說才七歲，七歲的小孩就會學徒，顯見是假話了。

焦國強告辭出來，還是想認一認這個師弟。他想了個招兒，居然從鄰居口中，探出此子的乳名，叫做薛時茂，他設法偷偷見了一面。這孩子是個很胖很黑的小子，看外表似乎很茁壯。看罷，又逗引著說了幾句話，這才回來覆命。

紅鬍子薛兆聽見故妻健在，尚未改嫁，又給自己生了一子，且已能挾書上學了。他心中說不出的感慨，既心痛又悲傷，聽徒弟細說原委，他不由罵了一句：「這女人也不是好女人，天生是刀筆的丫頭，真有個狠勁兒，她還想告我？好老婆，媽拉個蛋的。可是的，我的小子，我不能平白給她。我得弄回來，這是我的種，可不能隨便跟著她，管別人叫爹。我得想法子，女人的事靠不住，人家守寡到半輩子，還有改嫁跟人跑了的呢！」

徒弟笑道：「老師這可能是想錯了。師母這人我看很有骨氣，人家守了這些年，焉能忽然改嫁？你老別看她說氣話，我看你老一回去，準能破鏡重圓。」

薛兆想了想，總是不肯輕離，對徒弟說：「我不能為一個女人，就一去好幾百里，她又記恨殺父之仇；我又不愛見她。你們誰給我想法子，把那孩子給我誘出來。」手下的朋友也笑道：「夫妻沒有隔夜之仇。我想大嫂既不肯嫁人，當然惦記著大哥。大哥索性親去一趟，保管把她娘兒倆全接來了。」

薛兆依然猶豫，過了半個月，到底重遣兩個徒弟，帶數百兩銀子，到他故妻那裡，一面送錢，一面接眷。「萬一這女人不肯來，你們就想法子，把孩子弄來，我還要教訓教訓他，教他將來好接我的攤子。」

兩名徒弟依言前往，果然不出薛兆所料，這女人鐵石心似的，只不肯來。任憑徒弟如何勸說，又聲揚現在薛兆已然混闊了，他老依然紀念著家眷，師母不要辜負了師父的盛意。

這女人道：「我不告他，就是好事。你們回去吧，煩你們告訴他，這輩子別想見面了。」徒弟見不是話，忙又改口：「師母既不願意去，在這邊住也是一樣。可是師父人老思子，他老的意思，是打發我們接師母。師母不能來，可以把小師弟接了過去，教老師看上一眼，他心下也高興。」這女人勃然變色，說道：「不行，你們原來是給你師父領孩子來了，告訴你們叫他等著吧，等我改嫁後，他再來領孩子；再不然，等我死後。」把放在桌上的銀子，全摔在地上了。

這女人不愧是刀筆之女，見事又快又辣；若不然，她也不會獨撐門戶了。兩個徒弟全都紅了臉，可也不由得暗暗佩服：這位師娘軟硬不吃，真跟師父是一對。徒弟忙站起來，好好勸慰。這女人過了一會，也轉嗔為喜，拿出主婦面孔，來敷衍客人；可是到底不放孩子。徒弟無法可施，只得依著老師的話，改用誘拐的方法，要把小師弟盜走。只是這師母很詭，防備很嚴；小孩也不傻，竟不上當。

兩個徒弟去了多日，不能得手。越在附近徘徊得久，越引得師母留神。後來索性弄明了，師母把徒弟的陰謀揭穿。兩個光棍居然鬥不過這一個女人，徒弟當場挨撅，強陪笑臉，向師母再下說辭：「師母你是明白人，我們師父實在想孩子，才打發我們來。你老只把孩子送去，教他看一眼，哪怕你再帶回來呢？你得想想，我們師父現在是發財了，立了根基，這才有接家眷的心。你老一定不肯去，我們師父歲數很大了，有朝一日，一口氣上不來，這份家當平白送給外人，你那孩子可就摸不著了。你老何不打發師弟承受家產去，你別嘔氣，你得替師弟打算。他小小的孩子，跟了我們去，立刻變成了家財萬貫的闊財主少爺。師母你再思再想。」

這師母聽了，忽然堆笑，旋又哼了一聲，道：「我明白，謝謝你二位。姓薛的也許發了財，管保是橫財。我的兒子，我就叫他討飯，我也不教他承受光棍的產業，訛人、詐人、偷人、搶人的家產。」

徒弟相視吐舌，只得告辭，剛站起來，又坐下道：「師母，還有一節，我師父是發財的人了，他至今還是老光棍，別說另娶，連個小老婆也沒有。你不肯把孩子還他，他盼子心切，他要是一賭氣，納寵延嗣。你那時候再替師弟想想：明明正枝正葉，反倒在一旁看著；是小老婆養活的孩子，反倒成了大少爺，承受家當……。」

這師母更聽不慣小老婆三字，一聽這話，大罵起來：「你告訴姓薛的去吧，他只管娶小老婆。他只要娶小老婆，我立刻就改嫁。……」

徒弟笑道：「師母偌大年紀了，別說笑話了。」

師母罵道：「哪個王八蛋才說笑話。我老了，就沒人要了麼？沒人要，我不會倒貼養漢？」

這女人早已不是初嫁薛兆時那樣了。這七八年守活寡，獨撐危局，已將她磨煉成潑辣剛烈的人。她若沒有剛性，決不會替父親申冤，把自己男人告了。自從薛兆派人接眷，她就暗自尋思，早將全域從頭到尾盤算了七八個過。她不是不為兒子日後打算，她心中老有一塊疑團，覺得她父之死，薛必知情；薛之發財，並非正業。

她存了這樣的念頭，又因自己多年來苦度歲月，也積存下一筆錢，數目雖小，也夠助她兒子自立的了。她預備孩子大了，開個買賣，母子平平安安過這一世。她早無破鏡重圓之心了。因為她父一死，薛兆立刻棄家一跑，任何人也要懷疑的。當下這女人瞪著眼，威嚇二人道：「我的話說盡了，咱們今天客客氣氣的。趕明天我再見您二位在這裡徘徊，我可對不住。……」說著從床席下抽出一把菜刀，往桌上一拍，她要拚命。

兩個徒弟牽於師母的名義，飽受了一頓奚落，只得垂頭喪氣，跑回去報知師父；又對師兄弟們講：「怪不得咱們師父夠勁頭，連咱們這位師娘，別看是尋常女人，居然夠厲害的，不亞如粉面夜叉。我們兩個大小夥子，簡直栽在師娘腳下了。」

紅鬍子薛兆二番聽了回報，搔頭罵道：「這娘兒們，我倒看不透她，她還有這兩手，大概是你們屎蛋吧？」又道：「她不給我孩子，我得琢磨琢磨她，娘賣皮的，看看誰行？」口頭這樣說，他心中也不禁佩服，真個的越發激動伉儷之思了。

既然哄不出來，又買不動，嚇不倒，薛兆立刻想出另一種辦法。

擇一日安閒，他率領幾個小徒弟，親自去了一趟。他先到近處，投拜同幫；同幫老大問他何故遠出？他笑說：「接家眷來了。」可是言下求同夥幫忙，給他預備車船等物，還要蒙藥薰香。

同幫老大很覺詫異，等到問出實情，禁不住笑了起來。嘲笑薛兆：「難為大哥怎麼想來，這主意打的不壞。大嫂不肯走，不妨硬架。」跟著拍手打掌笑道：「老大哥，我再教給你一個好法。嫂夫人跟你多年久曠，別看她嘴強心硬，有的地方不能要強。喂，你索性把大嫂薰過去，可別全薰過去，只教她迷迷糊糊的，你就乾脆跑到自己家來一個採花。把大嫂服侍痛快了，她一定要從你的，我說怎麼樣？這法子妙不妙？」

這話說得薛兆也不由臉一紅，他正是打的這個主意，被同夥衝口說破了。他當下笑道：「你別損人了！」

同夥道：「我說的是真的，嫂夫人跟你久別勝新婚，你只勾動她的凡心，管保她好好地上了車，她自然乖乖地跟你走。」

薛兆大笑道：「你把我損透了。你別說閒話，我問你，你得給我預備車船，到底行不行?車上的把式、船上的水手，都得要用咱們本幫的弟兄才好。你不曉得，我那內人是個刀筆的女兒，刁鑽極了。我怕她半路上喊叫殺人了，教官面聽見，又生枝節。這必得上上下下全是自己人。說是說，笑是笑，老大哥，你可得早早給我安排好了。」

同夥老大自然慨諾。於是紅鬍子薛兆暗作準備，先領著徒弟，到他妻子的住處，圍著院子前後加以窺測。第二步，就擇了一天的夜晚，薛兆親率四個徒弟，乘暗襲入己宅，真個的和採花賊一樣。徒弟們忍不住嗤嗤地暗笑，薛兆也忍笑不禁，笑著罵徒弟：「噤聲！」

薛兆的女人獨守空房，居然很有停機訓子的模樣，一吃了晚飯，便挑燈做活，和七歲的兒子在一個桌上。小孩子就燈下讀書，她就運針走線，給人做外活。薛兆先遣兩個徒弟入內，拿著薰香和撥門的小刀等物。這薰香是同夥老大借給的，同夥老大暗開玩笑，把薰香中暗摻了些鼻煙，力量未免不足。薛兆師徒哪裡曉得，直耗到二更以後，女人帶了兒子上床安歇，把燈也吹熄了。

過了一會，聽聲息似已熟睡，徒弟抽身出來，向師父暗打招呼，請師父自己用薰香。薛兆笑斥了一聲，徒弟這才點著薰香，煽起煙來，吹入屋內。約有半頓飯時，聽裡面打噴嚏，徒弟們知道居然把師娘薰過去了。這才又一打招呼，薛兆從房上飄然而下；來到屋前，側耳一聽，又將薰香吹了一陣，然後撬門入室，就用火摺子點亮了屋中的燈。

薛兆持燈低頭，見這個女人風韻猶存，不過三十二三歲，比薛兆小著十多歲，面龐略見黃瘦，似乎帶出寡婦相，此外似與七八年前無異。她此刻擁衾而臥，七歲的兒子傍著她；她眉尖微皺，顯見生活不如意，在父死夫逃之後，飽受憂患挫折了。當年的嬌態，在沉睡中也已消失不見。

薛兆更低頭看小孩子，兩手伸出衾外，圓胖臉，黑眉毛，黃頭髮，活脫是自己的模樣。薛兆照看完了兒子，又照看他的妻子，聽呼吸之聲，知道已中了薰香。薛兆不覺得也大動凡心，低罵了一聲，遂一吹哨，要把徒弟叫入。兩個徒弟偏偏隱在院內，替師父巡風，連叫數聲，不肯進來。薛兆忙出來，笑罵道：「你們怎麼不進來，也太混帳啊！」兩個徒弟這才答應。

薛兆終命兩個徒弟，進了屋內，把小孩連被一卷，立刻背走。只剩下小孩的母親一個人在床上，這四個徒弟居然全要走開。薛兆喝住兩個徒弟，教他二人仍在房上巡風，然後自己一個人重新入室，第一步先吹了燈。

薛兆之妻、孩子的母親，在床上擁衾而睡，睡得很熟。雖然中了蒙藥，可是這藥早已摻了假，力量當然很小。薛兆居然摸著黑，湊到床邊，剛要脫鞋，忽想不對。黑影中不辨面目，也許藥力不濟，被他妻子錯認了人。薛兆忙又下了地，重新點亮了燈。又走到門口，往外一探頭，怕的是徒弟偷聽窗戶，他然後回手閂上門。

紅鬍子薛兆是老江湖了，究竟也有點赧赧然。他情不自禁，先往床上看了一眼，他的妻微有鼻息，一動也不動。薛兆立刻就一點也不客氣，就升堂入室，登陳蕃之榻，作入幕之賓；將脖頸一搬，略施溫存，權行霸術。他妻像死屍似地隨他擺佈，可是薰香力薄，孤衾易驚；這女人睡夢中突然驚醒。這女人自從父死夫逃，守了活寡，早存了自衛的戒心，在她床下有一把菜刀，在她枕畔還有一把剪刀。

這女人突然驚叫，驀地亂推亂抓，竟被他摸著剪刀，照薛兆劈面就刺。面面相對，不能回手，不能施力，這剪刀被薛兆格架在臂外，持刀的手被壓在肘下。薛兆早防備意外，可是她也早防備意外，薛兆的手被她咬傷，臉被抓破。她的剪刀被奪出，拋在地上；薛兆連忙的低聲叫他妻的小名。當薛兆出走時，兒子還沒有生，自然不能指子稱母。他就一疊聲叫道：「小招，小招！是我，我是薛兆！」他妻的小名叫招弟。

但是，他妻此時驚愧駭恥交迸，只當是強盜入室，哪裡聽得出口音來？而且她兩眼大睜，其實還未睡醒，她也認不出是誰。她只知道這是一個野男子，被他得了便宜去。她瘋了似的要拚命。她是一個小矮個女人，她破出死力來，口咬，手抓，腳踹。薛兆居然應付不暇，受了好幾處傷。

起初他低叫，末後竟大聲嚷罵起來：「小招，小招，你他娘的，別咬！你看看我是誰？哎呀！你鬆手，你撒嘴……哎呀，哎呀！你看我是誰？」他的太太倒一聲不響，沒有喊殺人，也沒有喊救命；薛兆倒怪叫起來。房上徒弟沒聽見，院中的徒弟聽見了，忙奔到窗前，只聽屋裡「劈噼蓬隆」響作一片。他的師父和師娘在床上亂滾亂打。跟著房上的徒弟也跳下來，兩個徒弟偷聽不足，竟撕破窗紙偷看，兩個徒弟全笑得打跌；可是竟忘了奔入拆解，情實也不好意思進去攔勸。

紅鬍子薛兆志在破鏡重圓，胳臂上已被咬傷一大塊，未忍下毒手。這女人咬住薛兆的胳臂，任薛兆呼喊拆奪；她狠極了，居然不作聲，不鬆口。薛兆實在忍不住疼痛，忙用辣手，一托他妻的咽喉，狠狠扣喉一托，施「黃鶯托脖」。他妻不覺鬆了嘴，又伸手抓搔薛兆的臉。薛兆無法，突然捋住了他妻子的手腕，就勢一摔。在床上不得用力，竟沒有摔出去。這女人像雌虎似地又撲過來。薛兆被迫連叫「小招」，兩個人在床上又滾成一團，撞得床吱吱格格亂響，靠床的桌上擺著的瓷器也叮叮噹噹摔落好些。

這女人豁上性命，不依不饒，沒完沒散。薛兆把她一推，她仰面跌在床上，半截身子落在床下。薛兆這時從床上站起來，把衣服理好。哪知這女子好像是摔昏了，其實依然要拚命；又被她撈著席下那把菜刀，她爬起來，掄刀就砍薛兆的腿。薛兆正站在床上，卻幸燈光輝煌，一看刀到，吃了一驚；也就顧不了許多，忙展開拳技，一側身，突然飛起一腿，「噹」的一下，把刀踢飛。女人大叫一聲，持刀之手受了重傷。武力不敵，她這才大聲喊叫：「殺人了，有強盜！」

薛兆一疊聲地罵：「小招，是我，你娘的別嚷！你看看我是誰！」這女人充耳不聞，依然怪叫。兩個徒弟實在不能坐視，萬般無奈，明知人家是兩口子，一個師父，一個師娘，沒有徒弟橫加參預之理。到此也只得彈窗推門，連叫：「師娘，師娘，你老別嚷！那是我師父，你別打了，你快穿上衣服，我們好進去。」兩個人且說且著急，一使力，門扇喳的一聲，被推裂了一條大縫子。

這女人回身一看，到此方悟，又低頭一看，駭呼一聲，連滾帶爬上了床，拿被來亂掩一氣。倒惹得紅鬍子薛兆哈哈大笑，一跳下地，過去開門。兩個徒弟一擁而入，給師娘請安，替師父道歉請情。這女人一隻手臂被踢得奇重，頭時驚急，也沒覺出疼痛，只一聲不響，忙忙地穿上衣服。

薛兆跳下地來，把燈移到床邊，忙忙地先將剪刀藏起來；這才對他妻說道：「喂，小招……」當著徒弟不好再叫小名了，改口道：「我說喂，你真夠可以。你倒看看我是誰，你怎麼就動刀？你回過頭來，你仔細看看，是我，是我回來了。」陪笑站在他妻身旁，好像替娘子做肉屏風，好教他妻穿衣服。

徒弟們進來了，只遠遠地站著，七言八語幫師父說話。這女人擁衾穿衣，好好歹歹地登上褲衣，把眼揉了又揉，側眼凝視薛兆。「果然是他小子回來了！」她又往四面偷看，還有兩個生人，內有一個就是上次誘拐她兒子來的那個光棍。她明白過來，又盯了薛兆一眼，縱然久別，面貌未改，她認出來了。她忽然把嘴唇一咬，恨罵道：「好！你這東西，原來是你！賊骨頭，賊眉鼠眼的不學好！你剛才那是幹什麼？你這小子天生賊胚子，跟你自己的老婆也來這個。不用說，你在外頭玩這把戲玩慣了，不知道多少女人毀在你手裡呢！」

兩個徒弟一聽要糟，這位師娘心思一歪，歪到這上頭了。兩人相對無計，看這塊爛泥，師父怎麼糊弄。這女人又說道：「不行，你給我滾！你跟你自己的妻子施這個，你跟別的娘兒們也一定這樣。我不能跟採花賊，你給我快滾！你……」嗓子越說聲音越大，似乎要大嚷。

薛兆左一躬，右一揖，滿臉陪笑道：「娘子你也鬧夠了，你別往歪處想。我現在發了財，要接你娘兒倆上那邊享福去。我怕你戀著老家不肯去，所以才偷偷地進來哄你。」

娘子罵道：「放你娘的屁！你那麼樣地哄我，你一聲不響，硬闖進來，跟我動手動腳！」這女人居然拉下臉來，挑明了說，一點也不害臊似的。其實她此時滿臉通紅，早已羞愧難堪，她口頭上依然倔強。

兩個徒弟進來的不是時候了；可是徒弟不進來，師娘必然還嚷。薛兆倒背手，往後揮他兩人出去，二人悄悄地退出門外。薛兆看住了他妻的兩隻手，提防她再動手動刀；身子卻直往前湊，靠著妻子身邊坐下，再好言相哄。

兩個徒弟退在門外，貼在窗前，替師父巡風望。這小院鬧得不算不凶，幸虧是獨院無鄰，又在深夜，居然沒有驚動四鄰。兩個徒弟齜牙咧嘴，暗說：「師娘好厲害，看師父怎麼耍叉吧。」側耳傾聽，師娘還是高一聲、低一聲地罵。

紅鬍子薛兆道：「得了，娘子別罵了。我現在發財了，我沒有忘了你，我派了兩次人接你享福去。如今我又親自來請你，你消消火吧！外頭有車，咱們走吧！」師娘啐罵道：「你這東西不用哄老娘。你有無窮的富貴，老娘偏不去享。老娘與你仇深似海，你乘早留著話，打點閻王爺去吧！你這東西太毒，一點夫妻情腸沒有。你跟姓羅的通同作弊，害了我爹。我問你我們老爺子到底是死在誰手裡，你說！」

薛兆連忙辯解：「那自然是老羅幹的。實對你說，我就為了岳父的事，才追了姓羅的去；一追追出百十里，也沒有捉住他。你想，他跟我從前是朋友，我再也想不到他會殺害朋友的親戚，而且還是長親。你的父親，你自然骨肉關心；我的岳父，我就會忘了不成？咱們是夫妻，和姓羅的不過是朋友。他犯了殺人罪，我可以護庇他；他害了我的岳父，我還能饒恕他麼？我是要追上他，把他活擒住，教他給岳父抵償。不想沒追上，半路上聽說舅爺連我也告了，我才嚇得不敢回來。姓羅的害得我夫妻失和，傾家蕩產，我恨不得吃了他。你怎麼反咬我和姓羅的通同作弊呢？你太屈我的心了！我敢對你起誓……」

二徒聽到這裡，屋內咕咚一聲，他們的老師給師娘跪下了，居然對燈發誓：「殺老丈人的不是我，我也不知道。我要是跟姓羅的通同作弊，幫著殺老丈人，教我活著當一輩子王八，死後再接著當。」

這樣的起誓，勾得薛娘子也忍俊不禁，「嗤」的一聲笑了。拿腳踢薛兆道：「好東西，你是起誓，你是罵街？你別忙，老娘也想開了，總有一天，教你當當活王八。」這工夫緩過去了，薛娘子手臂灼痛起來；一陣掙扎，渾身也酸疼，連骨頭都發酸。恨得她罵道：「你小子夠多狠！你看看你踼得我手腕子都要斷了。」薛兆順坡而上，笑著站起來，道：「我看看，我給你吹吹吧。」又把腦袋送過去，迎著燈亮晃給薛娘子看，說道：「你也看看我的臉，讓你抓得稀爛八糟。你們老娘們就是會搔臉，跟貓似的。我的胳臂也教你咬掉一塊肉……」

話沒容說完，「刮」的一聲脆響。薛娘子好不溜撒，一揚手，一個耳光正搧在紅鬍子薛兆的赤紅臉上。

薛兆道：「好打，好打！打完了這邊不算，還有那邊呢！勞你駕，一邊一個。」又把左腮送上來。薛兆滿不在乎，一心要誘走這一妻一子。

薛娘子竟被鬧得磨不開，這隻手揚起來，打不下去了，劈面啐道：「老沒正經的東西，想不到你是這麼一塊貨！我怨那死去的爹，不睜眼，毀了我一輩子。什麼人不能嫁，偏偏嫁了一個活土匪，死不要臉的東西。」說著又當地啐了一口。薛兆越發大笑起來。

兩人越說越不帶氣，話聲越來越低，兩個徒弟反而後悔剛才冒昧進屋，多此一舉……。果然師父的主意不錯，「夫妻沒有隔夜之仇」，師父這兩個耳光沒有白挨。兩個徒弟是這麼想，殊不知薛娘子雖然有心和好，仍無意同歸。她心中仍有疑慮，猜不透薛兆今日作何生涯。二徒弟估量時候不早，就要進去，催師娘上車。

不知怎麼一來，又說翻了。突然聽師娘嗷嘮一聲大叫道：「哎喲，我的孩子呢？我的孩子呢？」像瘋了似的，往床上一尋。孩子早教薛兆那兩個徒弟盜走了。因為蒙藥中摻了鼻煙，減了麻醉力量，這小孩子被背到半路上，便漸漸甦醒；還沒到同幫家中，小孩子便大哭大鬧。這工夫在同幫老大家中，也正撒潑打滾，鬧得不成樣子，和現時他的娘一樣。

薛娘子全副心神都在這一個嬌兒身上，嬌兒不見，她立刻又翻了臉。薛兆正挨著她坐著，本已快和好了。現在動了她的心肝；她立刻張眼四尋，尋之不見，立刻伸手一抓。薛兆早提防著，看事不好，忙用胳臂一擋。薛娘子往床裡一栽，她立刻一滾身，探手一撈，只撈著一個枕頭；拿這枕頭，照薛兆劈面砸去。薛兆登時又跳起來了。……兩個徒弟沒聽出所以然，看情形都知要糟。師娘一疊聲地叫：「你還我的孩子，你還我的孩子！」

孩子早就丟了。薛娘子孤衾獨宿，突遭丈夫夜襲，一時驚愧忘情；直到薛兆講起攜子一同北上的話來，她方才想起。屋中鬧翻了天，小孩子怎麼會沒醒？急急地一看，方才省悟；剛才孩子睡覺的窩兒，被孩子他爹占了去。孩子的窩早已沒有孩子了。她登時急怒，孩子就是她的命。她的後半輩子全依靠這個孩子了。這不用說，她丈夫兩次派人明拐，今次親來夜偷，目的也全是衝著孩子而來。

旁的話好說，要教孩子離開娘，簡直不行！薛娘子竟又跳下床，衝薛兆撲來；可是勁頭已差、銳氣似消。剛才她錯當是野男子，為了全貞保節，豁出死命來拚，故此銳不可當。如今被薛兆踢了一下，覺得她丈夫果然是個把式匠；乾綱一振，自己不是敵手。而且舊日女子即講三從四德，一向是怯著丈夫；況且這個丈夫不是尋常人，是耍刀把的傢伙。剛才她鬧得那麼猛，此刻竟不能再接再厲。

薛娘子一跳下床，撲勢很猛，來勢實慢。被薛兆輕輕一閃，快快一拿，把兩手捉住，就勢一抱，給穩穩地抱到床上。她無可奈何，又要大喊；復被薛兆輕輕一按，把嘴給掩住了。然後藹聲哄說道：「小招，你又要發瘋！孩子，你只管放心，此刻早走出五六里地了。你老老實實跟我走，母子照樣可以見面。不然的話，娘子，我可對不起你；我甩袖子一走，你們娘倆一輩子，再也別想見面了。」

薛娘子的弱點被抓住了，再強硬不起來，就縱聲哭泣，且哭且罵，要死要活：「姓薛的，你在我們娘們身上缺德吧！我的爹教你的朋友生生給害了；我的孩子又教你們師徒生生拐走。你想盡法子算計我，孩子就是我的命，你竟要我的命。剩下我一個孤鬼，我也不活著了。那不是刀麼？你索性殺了我吧！」

薛兆笑道：「我不殺你。你剛才可是真砍我。」

薛娘子哭道：「你不殺我，你就走吧！閃下我一個人，我也不要孩子了。你是我前世的冤家，我是命裡該當，你給我走吧！」她口氣中似要尋死。

第七五章　網搜豹蹤

紅鬍子薛兆見她真個動了心，哭成淚人一樣，不由動起憐惜之情。他忙側身安慰道：「你這不是傻了，我不是只要孩子不要大人，我是連你一塊接。我怕你戀著故鄉不肯走，所以把孩子先抱走。這孩子你親生自養的，也是我親生自養的。我也偌大年紀了，人老思子，我焉能不疼？那孩子跟著爹跟著娘，都是一樣的。在你這裡，不過是窮疼；在我那裡，他就是闊少爺了。

「我告訴你，我幾次三番打發人來，就為的是接大人、接孩子，孩子、大人我全都要。你快起來，收拾收拾。我都預備好了，巷外停著車呢。你快跟我走，管保你母子見面。不但你母子見面，在我也是父子相逢，夫妻重圓。咱們三口人，現在就算是大團圓。你不用胡思亂想瞎猜疑了。我現在混得很好，你跟我走，到那裡一看，就知我不冤你了。咱們有福要同享，我不能一個人享。那邊現成的新房子、新傢俱，現雇的丫頭老媽子一大群。你一到家，你就是大奶奶，你還戀著故土做什麼？」

薛娘子仍然嗚咽道：「你做的事太絕了，我可得信呀！你誆我娘倆，我知道你現在是當強盜，還是要胳臂當老百姓呢？你們全不是好人！你說得好聽，你們專講究闖江湖，拿刀動槍，為非作歹。」

薛兆笑道：「我拿刀動槍，你可是拿刀動剪子，還不是一樣麼？得了，別哭了。你只一去，包你母子團圓；你要是不去，你想想吧，剩你一個人在這裡，我們父子可就享福去了。」

薛娘子哭道：「不行，你得還我孩子。任憑你怎麼說，我也不跟你去。」說著用手推薛兆道：「你們把我的孩子藏到哪裡去了？你快給我。」

薛兆道：「不給！不但孩子不給，連你大人我還要呢。別麻煩了，趁早上車吧。」

薛娘子似乎覺得動硬的不行，她就拿出女人的本領來。站起來，哭泣著，往屋中尋找，尋了一圈，似無所得。轉回身來，衝薛兆叫道：「你把我的剪子藏到哪裡去了？快給我。」

薛兆早已自笑存之，拿眼睛盯著她，笑道：「你還要剪子扎我麼？對不起，我怕！」

薛娘子道：「扎你幹什麼？我扎我自己！孩子就是我的命根子；你把我的孩子抱走了，你索性要了我的命吧。你不給我剪子，你掏出你的刀子來，給我一下子痛快的。」

她把脖頸伸得長長的，遞到紅鬍子薛兆面前；薛兆笑著，反要摸嘴巴，施溫存。薛娘子無計可施，恨了一聲，罵道：「我是命裡該當沒兒子，你把我孩子弄走，看這樣子，一定不還我了，我也不要了。」她面向窗外，對徒弟們說：「我算毀在你們爺們手裡了，你們請吧！只剩下我一個人，你們反正得教我安生了吧。」

說到這裡，她連孩子也不要了，還是不肯跟薛兆走。她自然是口頭上如此說，她心中作如何打算，紅鬍子薛兆一時也猜不透。可是薛兆在當時離家出走，固然可以棄妻子如敝屣；此刻看見他妻子面目清瘦，孤衾獨守，居然把孩子扶養大了，他心中自甚感動。見他妻連孩子也不要了，他越發不忍。真個的，娘子未動凡心，他倒動了伉儷之情。他遂又向太太花說柳說，一定勸她跟己同赴洪澤湖碼頭。夫妻倆直折騰了半夜，兩個徒弟在當院聽窗根，太覺不像話；又看出此事非今夜所能解決，兩人一聲不響，溜回去了。

恰巧此時薛兆之子小鬧（乳名），正在薛兆同幫家中哭鬧。二徒回去，同幫老大笑得拍掌打跌地問：「你們老師跟你師母怎麼樣了？那薰香裡，教我給摻了些鼻煙，估量著大生效力了吧？」二徒笑道：「好麼，師叔！你老這一招真損，我們師父的臉都教師母抓了。現在我們師母還是不肯跟老師回去，你老有什麼好的主意沒有？」

這同幫老大一指鼻樑道：「有何難哉？就憑我這兩片嘴，準保把她一個老娘們說上轎。上回有一個寡婦，不肯改嫁，我老人家一陣哄勸……」說著大笑起來，道：「何況這又不是勸你師娘改嫁別人，還是嫁你師父，我就不信勸不走她。」同幫老大是個半瓢子，立刻要看笑話；自告奮勇，穿長衫，要一直找了去做說客。命大家慰哄著那正在哭鬧的小薛，並逗他說：「小侄兒，別哭了，我去接你娘去。回頭準把你娘和你爹爹一塊接來。好小子，你乖乖地等著吧！」

同幫老大笑嘻嘻地命二徒引路，一直尋了下去。不一時，來到薛娘子家門口。同幫老大用手一推街門，沒有推開，眼珠一轉，問那兩個徒弟道：「你們哥倆臨走時，關門沒有？」二徒會心一笑道：「哪可怎能倒上閂？」兩人溜出來時，不過將門扇倒帶，門扇原是虛掩著，這工夫可是推不開了。裡面早已加閂緊扃。

老大對二徒越發嘻嘻哈哈地調笑道：「好了，你師娘跟你師父這工夫一準團圓了。」

說著，同幫老大掄起拳頭，蓬蓬哄哄一陣砸門。半晌，才聽紅鬍子薛兆含嗔帶笑地跑出來，且行且罵道：「你們這兩個東西抽什麼風？教四鄰聽見，什麼樣子？」

同幫老大在門外一晃腦袋，立刻接聲道：「老哥別罵！是小弟我，給大哥道喜來了。」跟著嘩啦的一聲，薛兆從裡面開了門閂。同幫老大登登地往裡跑，拉著薛兆的手說：「大哥，我得見見這位會咬人的大嫂子。……喂，大嫂！您老好！你老才睡麼？」

薛兆果然是掩襟倒履出來的，隨著同幫老大往屋裡走，笑罵二徒道：「什麼咬人不咬人的，你這兩個東西，加枝添葉，你們倒會改你師父了。」隨著大聲叫了一聲道：「我說喂，來了朋友了。」這分明是通暗號，越發招得同幫老大笑聲不住，直往裡面闖。

四個人上了台階，屋中燈光明亮，薛娘子慌慌張張由床下地，把被褥一掀。同幫老大先盯了薛娘子一眼，隨後打躬作揖問好：「大嫂子，我給你老稟安了。大嫂子，今天破鏡重圓，大喜事價，我得賀賀。可是的，大喜事價，大嫂怎麼還哭得兩眼通紅？我們大哥欺負你老了吧？不要緊，他要欺負大嫂，我教小巴狗咬他！」

儘管老大大肆惡謔，薛娘子消瘦的兩腮微起紅雲，反倒拿出主婦的譜來，讓坐問姓。薛兆看著太太的神氣，惟恐她再翻臉，忙衝老大遞眼色。同幫老大毫不介意，仍然賊眉鼠眼，端詳人家兩口子的神氣；又驗看床帳，簡直一臉的淘氣。

薛兆笑著極力用話打岔。薛娘子退坐在一邊。老大對二徒說：「怎麼樣，用不著我勸不是。你們倆怕師娘、師父拚了命，立逼我來說和，我說用不著，你們還不信。」二徒站在旁邊，忙道：「師叔說笑話。弟子擔當不起。」

老大道：「什麼擔當不起，我難道不是你二人催來的麼？」他硬給二徒安上責任了。他為人很詭，一見薛娘子一聲不響，似乎不對勁，便改口道：「大哥，大嫂，你們二位商量好了沒有？打算在哪天動身呢？」

薛兆道：「這裡也得略微收拾收拾，打算後天動身。明天就請老弟費心，給看一乘轎、一艘船。」薛娘子還是一聲不言語。

同幫老大故意引逗道：「好吧，那是一句話，明天準給大哥大嫂預備好就是。可是有一樣，今天怎麼辦？大哥大嫂只顧敘舊，你可不知道我那小侄子，您那小寶寶，這工夫在我家裡可就鬧翻天了。依我看，大嫂不用在這裡上轎，索性到我舍下去吧。你那令郎，這時候只是要找娘。」

薛兆忙揮手禁他勿語，薛娘子果然忍不住出了聲：「不行！那小孩子長這麼大，沒有離開過我。你教他們給我送回來吧。」

薛兆好容易才把娘子對付好，瞪了老大一眼，恨他多口。薛娘子重得丈夫，暫忘兒子，如今又盯住要兒子。老大自悔失言，忙打圓盤，薛兆剛才說門口停著車，乃是哄娘子的話，此時老大忙叫來一輛，折中辦理，把薛氏夫妻全接到他家，薛娘子這才不鬧了。於是連日收拾，夫妻雙雙同到洪澤湖碼頭。紅鬍子薛兆的同幫朋友和地面上有勢力的人，知道他們破鏡重圓，給他大為慶賀，也和新婚差不多，送禮物、送戲，熱鬧了三天。

薛娘子總疑心薛兆幹的不是正業，此日一看，方才安心，前嫌既釋，好好過起日子來。小薛也延師學武修文，儼然是要子繼父業。在紅鬍子重圓破鏡之後不久，洪澤湖突起了奪碼頭的械鬥，又到了英雄用武之時。

鐵舵幫的下江首領趙七松，受人秘約，率眾來拜訪薛二爺。跟著遞過約單，明討好處。紅鬍子薛兆闖江湖，看出趙七松不大易與，就說場面話，自己年老，早想退休：「既有好朋友來訪，足見看得起我。來吧，老弟，我這攤子，你就索性接了去吧！」趙七松是個精悍的矮子，粗如石墩，猛如莽牛。卻也識得場面話，忙道：

「小弟不敢，小弟實是仰望威名，請二師傅當面指教。」

薛兆見脫不開，就又再進說辭。說來說去，漸漸揭開真面目，趙七松要看真章，薛兆又退了一步，索性說四六分成，趙七松不幹。薛兆又說出二五對分，趙七松說不行；竟提出倒四六來，他要橫插一腿，坐享六成。薛兆哈哈一笑，說道：「好吧！朋友攏道吧，小弟擎著。」

登時械鬥開始。紅鬍子薛兆身為四方大長，身先士卒，早把性命看成兒戲。雙方死鬥兩場，勝負難分，不能了事。趙七松就提出惡毒的決鬥方法來，要攏油鍋、架刀山，問問薛二爺幹不幹？薛兆立刻答應：「小弟早想著還是這麼辦，直截了當！」

兩邊的人忙著預備。把熱油鍋燒得鼎沸，把兩串錢用鐵絲穿了，投入油鍋；兩邊對比著，派人探油鍋撈錢。探鍋的人手只一下去，立刻灼焦，這人就殘廢了。趙七松手下頗有狠小子，薛兆的徒弟連有七個人舒爪探沸，敵方也有七個人奉陪。看的人慘不忍睹，當事人面色慘白，還在那裡大笑充好漢。連毀了十四隻胳臂，探油鍋仍不能取勝，中證人攔住雙方。趙七松依然不退。

紅鬍子薛兆黃焦焦的鬍鬚立刻一炸，說：「好朋友！夠味，還是咱們哥倆來吧。」他要親自下場了。

手下人預備刀山。紅鬍子薛兆打量對方。這趙七松像個油簍似的肥而矮，便揣想他的武功，該屬何派。想好，命人架好了刀山圈，自己將黃髮辮一盤，長衫一甩，小衣服也脫了，緊一緊褲帶。赤膊向趙七松一拱手道：「七爺，小弟有僭了。」「颼」地從刀圈中鑽過，身上沒傷，舉止輕捷；回頭來便打量趙七松：「七爺，怎麼樣？」趙七松哈哈笑道：「這一招可不易，小弟胡亂試一下。」也脫了衣服，一挺身，鑽刀圈跳出去，身上也沒一點傷。

薛兆一看，忙又改換笨功夫，擺出石鎖、石墩；這趙七松居然也能舞弄兩下。薛兆急急地又換軟功夫，軟功夫也沒有壓倒趙七松。趙七松這傢伙居然點到哪裡，做到哪裡。來者不善，善者不來！薛兆一切齒，拿出末後一著來。喊徒弟搬來長方木板，板上釘著鐵釘，密如麻林，釘短刃尖。把這釘板鋪在地上，另一頭放一張小桌，桌上一桶水，兩把刀，擺弄好了。趙七松愕然不解。

薛兆看了趙七松一眼，心沉住了氣；走過來，抱拳說道：「七爺，小弟先僭了。」走過去，吸一口氣，赤身往釘板上一躺，就地十八滾；脊背著釘，兩手護兩腹，只一翻滾渾身登時被釘子扎得千瘡百孔，滾身跳起來，孔破處滋滋地往外冒血球。薛兆哈哈大笑，跑過去，到水桶邊，親將一桶水提起，咕嘟嘟喝了下去。然後抄起單刀，嗖嗖地砍了一趟六合刀。然後「噹」的一下，把刀摜在地上，叫道：「朋友，請！」

趙七松吃了一驚，這一招從來沒見過。受了傷，不能喝這些冷水；喝了水，不能帶傷耍刀；可是人家點出道來，不能不走。回顧同夥，看神氣沒有一人敢接碴。趙七松把辮子一盤，突然狂笑起來說道：「眾位，在下可沒見過這一手；我既然來了，也得捨命陪君子。好不好，別見笑！」遂也往釘板上一栽，翻了一個滾，登時也渾身千瘡百孔，往外冒血。也走到水桶邊，提起一喝，登時攢眉，原來是半桶辣椒水。一狠心，也喝了半桶水，也提刀一耍，勉強砍了半趟刀，停招笑道：「這刀法在下不行，改日再會。」竟率領同夥，匆匆退去。

紅鬍子的部下，見首領獲勝，對方不辭就走，登時喝道：「朋友，沒有這麼走的，站住！」齊亮出傢伙，要扣留趙七松；薛兆連忙喝住。徒弟們和弟兄們察看薛兆的神氣，已然不好，立刻不追究對方，忙辦善後。將薛兆扶上暖轎，飛送回家，連同別的受傷人，趕緊的延醫診治。已死的人們具棺成殮，厚恤遺族。

薛兆很快養好了傷。這場慘烈無比的決鬥，偏偏教薛娘子趕上，連炸七個人的事已然哄動當時。薛娘子初來享受這碗飯，只覺得闊綽舒服，享用過於世家，倒也安之若素了。不承望她的丈夫還是沒脫本行，還是玩這一套；長袍馬褂穿得整齊，打起架來，還是光膀子，豁個兒拚命。薛娘子起心眼裡嫌惡；等到伺候病人傷痊，她就說：「這碗飯我吃不消化！」她就要走。

薛兆不教她走，她索性提明：「我沒有大造化，天生守寡的命。你一定教我來享受，你就依我兩條道。」薛兆忙說：「好辦，不是才兩條道麼？什麼道？」薛娘子立刻說出來，第一勸丈夫立刻洗手；第二，不准把這衣缽傳給兒子，教兒子專上學讀書，不再練武。

薛兆想了想，這也很有理，遂又敷衍了半年，暗中物色替人。恰有第四個徒弟近日連擋風雨，口才和膽量都有，心路也快，就是對人稍差。第三徒頗有人緣，可是辦事兒總遲一步。挑來挑去，薛兆把事業漸漸交與這兩個人分掌。

過了兩三年，很覺妥當，薛兆這才聲明退休。在洪澤湖南岸鐵板橋地方，收買了兩處民宅，重加修建，做了自己的別墅。地方上羨慕他有財有勢有人力，懼怕他半強梁半慷慨，全都尊敬他一聲「薛二爺！」薛兆儼然成了地方上的紳士，輕易不再動刀把子了。

薛娘子到了這時，方才安心。至於碼頭上的買賣，經這垂二十年的經營，有兩處船幫、三處腳行，歸薛幫統轄。

水旱兩路本是打通一氣的，沒人來奪碼頭就照常營業，和尋常商人無異。另外還有幾處賭局、兩家戲館、一家飯鋪和兩家大店、一家堆疊，也都有薛兆的股份，人股、財股不等；彷彿地面上像這類營業，沒有薛二爺的胳臂架著，就站不穩當。薛二爺官私兩面全有朋友，內中有本幫上一輩給拉攏的，也有薛兆自己連絡的。

今日的薛兆可以說一帆風順，聲勢大張，在洪澤湖南岸，夠得上稱霸一方；和北岸的顧昭年，把洪澤湖水旱的出產，幾乎完全包攬在二人手中。兩個人起初也曾爭奪過。後經好友和解，二人反倒互相關照著，成了莫逆之交。薛兆在鐵板橋退居兩年多，風平浪靜。他也快六十歲了。

這些事都是舊話。現在，十二金錢俞劍平率鏢行群雄，追逐飛豹子袁振武和子母神梭武勝文，由北三河直趕到洪澤湖東岔；被凌雲燕半路划舟來援；又焚舟斷路，忽水忽陸，曲折奔竄，到底沒把飛豹子追上。

俞劍平見天色已晚，這洪澤湖方圓足夠七百多里，一望無涯，孤舟難尋，只得領大家宿店。自己與鐵牌手胡孟剛、霹靂手童冠英、智囊姜羽沖，策馬備禮來訪紅鬍子薛兆。要倚靠薛兆在此地人傑地靈，替他們設法尋豹蹤。

俞劍平一行先找到碼頭上泰成棧內，跟棧中人打聽了一回，方知薛兆業已退休，他的家離碼頭還有十一、二里地。若一徑找了去，如今天色已晚，按江湖道的規矩說，固然不相干；若按住戶人家講，遠客夜臨，似乎失禮。

泰成棧的掌櫃說道：「俞大爺不用為難，現有薛二太爺的四弟子倪天運倪四爺，就在隔壁。目下幫裡的事全由倪四爺、鮑三爺主持，你老若是有事，跟這兩位談，也是一樣。薛二太爺打由前年，就不很問事了。」掌櫃的且說且站起來，俞劍平等只得跟著去。

他們到隔壁一看，原來是一家大賭局。門開處，一股熱氣撲鼻。六月天氣，許多赤膊的人圍著賭案，大呼小叫地豪賭。那位倪四爺是個矮而瘦的漢子，約有四十來歲；正在櫃房和兩個閒人談話，拿扇子往桌上啪啪地打，且打且罵，好像正議論什麼事。那兩個閒人只說好話：「這不怪他，四爺別生氣。」

倪天運罵道：「說什麼也不行！你告訴他去，趁早把原贓吐出來，彼此面子好看。怎麼一點面子也沒有，自己人倒跟自己人過不去！」

正嚷得熱鬧，抬頭看見泰成棧掌櫃；眼光一掃，看見了俞、胡、童、姜諸人。這倪四爺立刻住口，重用眼光一掃量，回手抓起小褂，往身上一披，說道：「呵！

吳掌櫃，不忙麼？這幾位是……」

吳掌櫃忙道：「四爺，這四位是來拜訪老當家的。這一位就是江寧府鏢局總鏢頭俞……」還沒說完，倪天運立刻大聲道：「喝！四位達官爺，我一瞧就瞧出來了。在下倪天運，家師薛兆，您這是從哪裡來？咱們裡邊坐！」

吳掌櫃把四張名帖遞到倪天運手內，倪天運頭一張便看見俞劍平的片子，一疊聲叫道：「您原來是俞老鏢頭，我可失眼了。您大概是胡老鏢頭，您大概……」他居然把俞、胡、童、姜全猜對了。他手忙腳亂地一路張羅，把四位鏢客請到內櫃房；又請四位寬衣，自己又將長衫披上；又命小夥計打熱毛巾、斟茶。禮貌很熱烈，熱烈之中似乎透出做作來。這就是倪天運做人稍差的地方，由謙虛流入虛聲假氣了。

霹靂手童冠英有些看不慣說道：「倪爺請不要招待，我和令師是多少年的老朋友了。我們此來，有一點小事要麻煩他。」

倪天運道：「哦，是是！我知道您是家師的老朋友。你有事情，晚輩應當效勞。家師現時不在這裡，你有話吩咐小侄也一樣。」

童冠英正色道：「對不住，我們專程來拜訪令師，還有些別的話要跟他秘商。」

十二金錢俞劍平和智囊姜羽沖聽童冠英的話太嫌刺耳，急忙打岔，把來意略表了一表；又委婉周旋了一場。

這倪天運早知師父跟這四人的交情，遂衝著俞劍平說道：「俞老前輩、胡老前輩！上次您二位發的信，小侄這邊也見到了。我們也囑過同幫，遇事留意，可惜沒訪出一點頭緒。現在您既然把飛豹子追到洪澤湖裡來，這很好辦；小侄立刻吩咐他們細細淌。這洪澤湖一向由我們敝幫和北岸的顧昭年顧四爺兩邊平分佔據著。從來無風無浪，只有上年，有個叫什麼水耗子的，打算在這裡拔衝，教我們給趕走了。從來近來簡直說，水旱線上的朋友，還沒有好意思來打擾的。我想這飛豹子也無非門敗被追，逃無可逃，臨時竄到這邊罷了，恐怕在附近未必準有伏樁。」

智囊姜羽沖道：「那個凌雲燕，你老兄可知他在近處有黨羽沒有？」

倪天運笑道：「不怕諸位見笑，凌雲燕這個名字很生，從前我就沒聽說過。你老既想打聽他們，你老等著，我這就教他們來。」

倪天運走到外面，似去叫人；童冠英很不痛快，對俞、胡說：「咱們還是找他師父。」說話時，倪天運同著三師兄葉天樞進來。這葉天樞倒很懇切，以前輩之禮對待俞、胡。俞、胡俱說要面見薛兆。

葉天樞道：「家師退休已經兩年多，可是渴念老友。您四位來了，他老一定歡迎。您四位不嫌勞累，小侄可以陪您走一趟。家師的私宅離此處足夠十一二里地呢。」

俞、胡想了想，還是面見薛兆；遂煩葉天樞陪伴，策馬一直奔鐵板橋而來。到了薛宅，時已夜半。六七匹馬在門口一鬧，未容葉天樞叩門，薛宅司閽便已聽見，忙即開門。由葉天樞引領，把四位鏢客讓入客廳。

紅鬍子薛兆想不到俞、胡二人會半夜來訪，他在自己靜室中，早已睡下了。司閽持帖進入，薛兆一看，說道：「哎呀，這老哥倆上次失鏢，托我代找過，又怎麼會今天得閒，跑到這裡來？莫非鏢銀還沒有下落？」立刻披衣起來；幸喜薛娘子沒有知道。薛兆連衣鈕都沒有扣好，便奔出來。

此時葉天樞正在客廳陪著俞、胡等人。俞、胡、童、姜等看見薛兆居然有這大勢派，客廳內擺設得很闊綽；胡孟剛頭一個心生感慨。人家也是耍胳臂的，自己也是；人家究會功成身退，坐享尊榮。正自想著，聽紅鬍子薛兆在院中大聲道：「四位老哥，有什麼邀會，湊到一塊了？」一挑簾走進來。

智囊姜羽沖跟薛兆是初會，細一打量，是薛兆披衣倒履而來。果然不愧叫紅鬍子，頦下生著很濃的一把黃髯，眉梭高聳，氣勢雄偉。雖逾五十歲，一點不露老態，只看表面，十分粗豪，哪知他跟他妻還有那麼一段覆水姻緣。

薛兆很懇切地與鏢行四友握手寒暄。看到桌上堆的禮物，就叫道：「好麼，這是誰出的主意，還拿我當外人？買這些東西做什麼？」一面說話，一面遜座。吩咐把客廳中的燈燭全點著了，照得內外通明。

這時管事的先生已知主人有遠客到，忙起來張羅，打洗臉水、泡茶，拿出許多芭蕉扇遞給來客。一霎時，客廳中忽忽扇扇，全是扇子搖晃了。

薛兆容來客洗完臉，立逼著寬衣服，脫光膀子。他說道：「天氣熱，大哥，索性涼爽涼爽吧。」命小廝給客人打扇，又叫人到後面取果盤，備宵夜。他自己張羅著，信手將俞、胡送來的禮物蒲包打開，見有水果，笑道：「好好，天正熱，咱們吃！」紅鬍子薛兆另有一種作風，顯得豪放不羈。管事先生命人開了車門，把客人的馬牽到馬號。悄悄問鏢行趟子手，從哪裡來的？還往別處去不？正問著，薛兆把來客安住了，立刻來到外面，對管事先生說：「現在什麼時候了？」答道：「子正三刻。」薛兆道：「客人遠來，住店不方便。蔡先生，你教他們快快把西書房騰出來，再騰幾份鋪板。俞鏢頭帶來的人，就煩你招呼吧。」囑罷，回到客廳，對俞、胡二友說道：「外面叫菜不行了，小地方，太偏僻！我教他們在家裡的廚房，好歹弄點吃食，四位老哥別笑話。」薛兆殷殷地張羅。俞、童二友素知他的為人，倒也不理會。智囊姜羽沖暗暗點頭，莫怪他能成事，的確有與眾不同之處。

鐵牌手胡孟剛首先發話道：「薛老兄台，你不要客氣，彼此都是熟人。現在我們深夜前來打擾，正有一點急事奉求。」

薛兆道：「噢，是什麼急事？」

胡孟剛道：「唉！還有別的事麼？左不過尋鏢，我們現在把劫鏢的點子追到洪澤湖裡頭來了。這沒有別的，老大哥得幫我們一把。」又道：「薛大哥你猜怎麼著？這個劫鏢的就是飛豹子！」

薛兆驚訝道：「你們沒有把鏢尋回麼？這不都快兩個月了。飛豹子又是何如人也？沒聽說過啊！」胡孟剛心急搶話，他的話別人又驟聽不懂。

童冠英忙插言道：「薛大哥隱居自得，大概外面的情形一點也不曉得；這位飛豹子姓袁叫袁振武；原來是俞大哥當年的師兄。是他爭長妒能，退出師門，銜恨三十年，現在才出頭搗亂。

「由打半月內，我們湊了許多人，方才訪出飛豹子的形跡來由；跟他講定，在北三河比拳賭鏢。被我們連贏數陣，飛豹子眼看要認輸。不意橫插一杠子，比得正熱鬧的時候，官兵忽來剿匪。飛豹子藉端撒賴，甩手一跑，一直跑入洪澤湖。還有火雲莊的子母神梭武勝文，也跟豹黨結成一氣；又有一個少年女裝的飛賊，叫什麼凌雲燕的，也勾結在一處。現在他們三個人一夥，越發的如虎生翼，出沒難以捉摸了。

「我們一直追他們，他們忽水忽旱，亂躲亂竄。薛大哥請想，你們這洪澤湖方圓足夠七百里，地方太大了，又是水旱夾雜，實在不易根尋。我們縱然根尋，也怕吃虧上當。我們就想到老兄身上，老兄久霸洪澤湖，可說是人傑地靈，手底下又有許多朋友。此地當真有匪人出沒，你老兄一定不能容他。他們果真在此地潛安秘窟，老兄也必事先有所耳聞。我們專誠來訪，想煩煩老兄，代為根尋，也是一舉手之勞。現在，我們把前後經過細情全盤奉告。我再冒問一聲，這個飛豹子，大概薛仁兄一定不認識他了；這個武勝文和凌雲燕，你老兄可跟他熟識麼？」

薛兆聽罷愕然，搔首說道：「武勝文這個人，我倒見過。這個凌雲燕，還是上年，我彷彿聽誰說過。怎麼著劫鏢的人會是俞大爺的師兄了，你不是老大麼？」又道：「你們老哥四個遠道來找我，一定事情緊急。我自從退休，外面的消息很沉寂。連你們在北三河大舉決鬥，我也是直到昨天，才聽人說起。我這裡正要派人邀你們幾位。」

俞、胡聞言也覺愕然，想不到今天決鬥，人家昨天就知道了。如此看來，紅鬍子的聲勢確乎不小，求他幫忙，必不失望。胡孟剛立刻面露喜色。薛兆接著說道：「他們既然竄到洪澤湖，不管他是借道，還是潛藏，還是另有投托，我全不知。這就是咱們自己的事，我幫個小忙。等我想想……」

薛兆尋思了一回，僕人已將夜肴擺上。薛兆道：「我們先吃。」眾人只感煩渴，倒不覺餓，但有冰鎮的水果、好酒，就隨意用來解熱，且吃且談。薛兆早將主意打好，說道：「我洪澤湖方圓七百里，就屬我和顧四爺分管。……」

胡孟剛心急，忍不住說：「薛二哥，我的話可太冒失，你要有法子，還是急不如快，今晚就辦。他們可是一蹭就又溜了。」

俞劍平笑道：「薛二哥，我們胡賢弟窘極了，你別見笑。他的家眷還在州衙押著呢。」

薛兆忙道：「一定就辦。只要飛豹子、武勝文和什麼凌雲燕，跟北岸的顧昭年沒有干涉，我小弟一定幫忙，把他們三人的下落全挖出來，那時再請諸位看著辦。」

胡孟剛大喜道：「我先謝謝！」俞劍平、姜羽沖卻不由皺了眉。

薛兆先問明飛豹子一行人的相貌、年齡，立刻站起來，說道：「我立刻吩咐他們，教他們大搜一下。」

紅鬍子薛兆到隔壁吩咐徒弟，和葉天樞低議片刻，葉天樞立刻騎馬翻回碼頭，大召同幫，秘密傳令。限在明天午後，要得到初報。

這裡，紅鬍子竟把四位鏢客款留在家，他也不回宅內，特在書房聯榻夜話，各敘舊情。這書房很大，原有高榻，更支板床，五個老頭兒聚在一處。黑鷹程岳與趙子手另由帳房先生邀到外面客廳安榻。

姜羽沖看這個書房，居然擺著二十四史、十三經、三通考，好些大部頭的經史，都用檀櫃錦篋裝著，可是書本嶄新，書架積塵，彷彿沒人動過。另有幾部水滸傳、三國演義、隋唐全傳堆在書架上，頗有手澤，想見書房主人是看過的。

霹靂手童冠英和薛兆較熟，信手把二十四史的木匣打開。上面真是絹面絲訂的精本，下面剩了空匣，內中有寶盒、牙牌，還有一把匕首。童冠英忍不住哈哈地大笑起來。

薛兆也笑道：「我是個俗物，我連斗大的字只認識三升。你別看我這裡擺著玩藝，那跟帽桶、香爐是一樣，擺著好看罷了。我新近得了一部什麼唐伯虎的水火圖，有人說不是唐伯虎，是仇十洲。管他百虎、十洲的呢！只是那些精光的人物太不像樣子，念書的人一口一個子云詩曰，一肚子男男女女。教我太太看見了，給燒了。人家說值好幾百兩銀子呢！」

薛兆還想附庸風雅，俞、胡一心要找鏢銀。童冠英說道：「老兄，我問問你。你怎麼會發這麼大財？我知道我們俞仁兄苦創了二三十年，至多只趁三萬、兩萬。你怎麼只十七八年工夫，會鋪展這一大片片？我說，你都做了多少損陰喪德的事？」

薛兆大笑道：「損陰喪德不會發財；就是發了財，來的容易，丟的也模糊。不瞞四位仁兄，我小弟發財的秘訣，就是不怕死，拿著死的心腸來活。結果，越作死，越不會死；越貪生，反倒難免傾生。我小弟實對四位說，我老早就看破紅塵；多活兩年，又有什麼趣味？少活兩年，倒是少受兩年奔波勞碌。我這麼想，事事全看開了。無論創事業，交朋友，我都願意吃虧，不肯多佔便宜。我可不是傻，吃傻虧的人都是糊塗蟲，一準倒運；人家不想傾他，也要傾他了；那就因為他傻，他不知好歹。

「我小弟不然，我吃虧吃在明處。我從來不藏奸，不耍滑頭，我把人家的事當自己的事一樣看。辦壞了，我也不後悔；辦成了，我也不太高興。對朋友有真心，也有假意；看事做事，從來不耍花招，不肯欺騙人，所以人家也不肯欺騙我。人家騙我，我也看得出來，想得開。老兄，你要問我怎麼發財，我就是這樣辦，一點兒高招也沒有。」

童冠英點頭道：「我明白了！我們俞仁兄一生吃虧的地方就是對友太熱，看事太認真。我們薛仁兄就不然了，想不到你會這麼達觀。」

姜羽沖道：「薛兄可說是視不勝猶勝，視成猶敗，視死如生，足見高明！」

俞劍平微笑著說：「薛二哥還有這麼曠達的高見，竟不像江湖人物，可比隱逸一流了。」

可是人們口頭上的話，未必就是實情。薛兆的話很高，人品不見得準高。老實說，薛兆的成就，多一半還是撞運氣。此外，便是他有人緣，敢死，有狠勁。和飛豹子袁振武很有些地方相像；並且他在地方上所做的事業，也介在良民與強暴之間，可說是不清不濁的人物。飛豹子在遼東長白山，也是為富一方的大豪，也會一樣地招賭分贓。

薛兆捫著黃鬚，自述以往得意之事。末後，又歸到飛豹子劫鏢的話上，薛兆大包大攬，願代尋鏢。可是有一樣，俞劍平早已聽出口風，薛兆和北岸的顧昭年平分春色，割據洪澤的水旱運賑，兩人對兵不鬥。萬一飛豹子一流，竟投到顧昭年那邊去，紅鬍子薛兆就不便出頭了。

到了次日，紅鬍子薛兆陪著四位鏢客，回轉碼頭聽信。內宅出來人，問老爺子上哪裡去？

薛兆說：「這不是來了遠客麼？陪他們進鎮，吃吃玩玩去。」

薛娘子監視得緊；薛兆隱瞞得更嚴。當天上午，幫友們紛紛傳來秘信：昨天有人確見有大批短打的人，駕著大小四隻船，似乎過路模樣，斜穿洪澤湖往西而去。揣摹時候，恐還沒有渡過洪澤湖西岸，因為橫斷這湖，總得一天半的工夫。

薛兆聽罷點頭，說道：「好麼，真有人跑到我的眼皮底下來了。」跟著又有人報說：北岸的顧昭年幫內，昨天確有生客來訪，人數不多，也沒認清面目。又說當天夜間，便見顧昭年把自用的船開出兩艘，全是空載，已經迎投東岸而去，不曉得要做什麼？

紅鬍子薛兆愕然，對徒弟說：「這些情形，我們不必詳告鏢行，我們先探探底細。」遂遣一個能言善辯的幫友，拿著薛兆的名帖，前往拜訪顧昭年。仍命人駕快艇，往東西兩岸搜索下去，把飛豹子、武勝文的面貌一一詳告眾人。眾人領命，急馳而去。胡孟剛要請派鏢客做眼線。

薛兆笑道：「那倒用不著。」反倒要把店裡的鏢客全接到櫃上來，預備大擺盛宴，好好款待。又把俞夫人丁雲秀接來，由女徒陪宴，並且說：「只要飛豹子沒走，你就交給小弟辦好了。」

俞、胡不放心，遜謝道：「人太多，太叨擾了。」仍遣鏢客從旱路向外踏訪，並給鄰近鏢行同業送信，煩他們代為留神，只將水路囑咐了薛兆。

大家加緊地忙，就在這一天，火雲莊的臥底鏢客，急匆匆逐步追來，給俞劍平、胡孟剛來送信。這剿辦火雲莊的官兵，竟是淮海鎮總兵派來的，還會同著淮安府標兵和海州的捕快。領兵官是一位遊擊將軍，得有大府檄調。不知從哪裡探出來消息，得悉上月在范公堤，劫奪二十萬鹽帑的巨匪，現已竄入寶應湖、洪澤湖一帶。大府特此密下札諭，檄調鎮標，會合水師營，前來剿匪、緝賊。這水陸兵捕居然探出飛豹子的綽號來，並且已經勘知大盜飛豹子刻下潛藏在火雲莊附近。鎮標、府標兩邊共派出二百多名兵丁，在當時可算是大舉，並不算拿賊，儼然是清鄉剿匪的派頭了。

官軍一開到寶應縣，便力守機密；大兵屯在僻處，並不進城。寶應縣官在事先也奉到密諭，辦理糧台，府縣得力的捕快改裝秘勘，竟隱隱綽綽勘出飛豹子現時大概隱藏在火雲莊子母神梭武勝文家中。據探確有數十個長工，不時有生客來投，顯見不是良民的舉動。捕快密報委員，委員密報官兵，立刻悄悄進兵。這子母神梭本與地面很有聯絡，也算是地面紳士；可是劫鏢大盜竟在他家，縣官已為他擔著失察大盜的重罪。密札一到，已嚇得縣官親自傳集捕快，嚴加告誡，怕他們洩底，特地嚴告：「劫鏢的飛豹子在不在，我不管；要是跑了武勝文，我可是要你們的命。你們就是私自賄放走的。」

於是，官兵與捕快驟然掩到火雲莊。這帶兵的遊擊將軍很是個幹員，他把標兵藏在僻鄉，只在夜間進兵；又命一部分兵改裝成小販、佃農，在附近勾稽賊蹤。鏢行這時跟豹黨正在暗鬥，偏偏這一來，鏢行把改裝的官兵當作了豹黨，豹黨也把官兵當作了鏢行；兩下錯疑，官兵越發得手。就在豹黨與鏢行決鬥的日子，官兵已然開到附近。忽見有大批的人在火雲莊出沒，這位遊擊將軍說道：「不好，賊人大概得著風聲了！」原定乘夜掩襲進莊，如今來不及了；遊擊將軍親自率領本標兵，便與府標兵同時進發，把火雲莊遠遠圍住。

第七六章　銜毒嫁禍

那官軍似潮水般猝然掩到火雲莊，把全堡團團包圍住；子母神梭本人還在北三河，家中留人不多。幸而莊前後下著卡子，巡風望，官軍大隊一亮，莊中登時得訊。

管家賀元昆慌忙報知舅爺謝同亮；謝同亮大駭，趕緊應付。第一步先曳起護莊壕的木橋；第二步把前後莊門掩閉上鎖；第三步遣賀元昆趁官兵未到，火速飛馬奔出，給子母神梭送信；第四步派管帳先生長袍馬褂，登上更道，和官軍答話。跟著火速地打定了棄家逃走的主意，打開地道，命人保護姊姊，攜帶細軟，先一步脫走。

子母神梭窩藏飛豹，他妻子和妻弟早斷定有今日，如今悔不可追，擇緊要物件，該帶的帶，該燒的燒；遣走全部女眷。這舅爺便率護院打手，在堡內火速佈置，陰作抵禦之策；非敢抗官，為的是擋上一陣，好容家眾逃跑；更堆積火種，檢點違禁之物，萬不得已，就縱火燒莊。謝同亮二目如燈，滿臉大汗，竄前竄後地奔忙。

那管帳先生，也是子母神梭的死黨，站在更道上，借垛口護身，探出頭來，下望官軍，假裝不懂，詰問來意：「你們是幹什麼的？青天白日包圍村莊，你們要幹什麼？」明明望見官軍旗幟，故意懵懵懂懂；他說，官軍也能假冒。

縣裡的捕快夾在眾中，此時也變了神氣，搶出來大聲吆喝：「呔，縣太爺駕到，快教你們莊主出來接見！」

縣令、縣尉和委員、遊擊將軍，都在陣後，策馬督隊；只由捕快和這小兵官先鋒當壕呼喊，催令立刻鋪橋開莊：「縣太爺這是來清鄉！」

管帳先生瞠目支吾，漸漸搪塞不開。先鋒官變顏呼叱道：「訪聞大盜飛豹子，現時窩藏在你們火雲莊附近；本標奉命清鄉，快快開門！你們莊主避不出面，你們又落橋關門，你們要造反麼？」

管帳先生忙道：「你老爺貴姓？你們真是鎮標麼？」

群卒喝道：「你瞎了眼不成！還不開門，該當何罪？」紛亂聲中，官軍已然佈陣架炮，正堵堡門，安下四支抬槍，一尊火炮，鎮標火炮手要放未放。縣官還怕誤傷良民；官兵步步逼緊，已然劍拔弩張。由先鋒督率，就要搶攻土堡；卻依然威嚇著，催堡中開門。

管帳先生急出一頭汗，回望堡內，仍恐沒有預備好，忙叫道：「真是老爺們到了，我們一定開門。請稍候候，敝莊主這就出見，他正穿靴子呢。」

話還未了，堡中忽浮起一道濃煙。舅爺謝同亮容得姊姊逃走，立刻焚毀違禁諸物。火煙一起，官兵大嘩；遊擊將軍策馬掠隊，來到陣前一看，將令旗一擺，吩咐一個字：「攻！」先鋒得令，拔刀指揮；群卒越土壕，搶堡牆；大炮「轟隆」一聲，先發了一聲空炮，震得堡牆簌簌墜土。

管賬先生連連擺手說：「這就開門，拿鑰匙去了，老爺們稍等等！」不意日光下，更道垛口後，已露出火槍口；刀光矛影，映日發亮，也被官軍看得清清楚楚。先鋒官立刻認定堡門一隅，喝令部卒：「搶！」同時一指火炮，喝一聲：「放！」

火炮裝上炮彈，拉開火門，群卒已攻過壕溝。堡中陡然投下矢石。官軍大叫：「火雲莊拒捕了！」火炮登時連發了三炮；「轟隆，轟隆！」堡上的望台立刻塌下一角。

官兵奮勇攻莊，管帳先生倏然退下，換上兩個短衣壯士，是子母神梭的死友，竟領護院打手，據堡牆更道，和官兵對抗。殺聲大振，大罵官軍全是土匪，膽敢攻莊。

兩邊一上一下，一拒一守。官軍放箭，護院投石；官軍開炮，護院放火槍。火槍不敵大炮，官兵打開一道堡牆，從破缺突入。圍牆上的鄉丁、壯士急打一聲暗號，抄近道撤到武勝文宅中，立刻登更道再行防守。

官兵跟蹤追到，一面分兵搜莊；一面由一員守備親自督隊，把宅子也包圍起來。裡面還是抵抗，膽大妄為已極；遊擊將軍發怒，懸賞奪牆，以為這一下，把匪窟堵住，飛豹子也一定跑不掉。

突然宅中起了火。縣官、委員和遊擊將軍，越發證實，武勝文必非良民。宅內賀元昆和舅爺，率家中人已先一步陸續逃走；只留下武勝文兩個死友，守宅斷後。武家犯禁之物極多，全聚在佛樓，付之一炬，這樣就可以銷贓掩跡。那佛樓正是地道的入口，屋焚樓塌，餘燼熊熊冒煙，正掩住隧道。子母神梭宅中老弱逃得一個不剩，只留下斷後的死友還在拚命。

官兵步步逼緊，攻入武宅。武家斷後之人眾寡不敵，全宅頓破。官軍長驅而入，宅中只剩空房。各處搜捕，只擒住三四個本村佃戶。那兩個斷後的死友，竟在鄰院房上搜獲。宅中器物翻得很亂，各處冒煙。

遊擊將軍與委員督兵救火，一面由守備、把總到莊中各處，搜緝嫌疑犯。把火撲滅之後，就在武宅拘審四鄰。

武勝文的兩個死友，神情模樣，顯與農民不同，而且身上負傷。經人指認，「這是武莊主的朋友。」

委員遂嚴加訊問。兩個死友忽然心一動，當官問到黨羽時，他就供說：「藥王廟還有朋友。我們不是歹人，我們不過好武罷了。」拒捕之事，抵賴不承認，說是誤會。他們把官軍當做股匪，故此抵抗。

官兵據供，急撥人到藥王廟。這藥王廟正是鏢客留守之處。哪知官兵趕到一搜，鏢客已先一步覺察，不知何時離廟他去了。官兵撲了空，又審問武勝文的下落，輾轉嚴訊，竟究出武勝文現在北三河的確訊。遊擊將軍立刻把犯人交給委員和縣官，自己率兵，往北三河一帶，拉開撥子，排搜著追緝下來。

藥王廟的鏢客因身臨異地，時時刻刻防備飛豹子和武勝文的暗算，所以倍加小心。當官兵來剿莊時，他們正藏在暗處，監視武勝文來來往往的人。他們瞥見數十名化裝的生客，繞道分奔火雲莊。鏢客就聳然詫異，互相警告道：「飛豹子許是又邀人來了。」官兵攻莊，鏢客十分惶惑。直等到官兵留少數搜莊，大隊出緝；鏢客便設法刺探。這一刺探，險些吃了罣誤官司。鏢客看出不妙，這才耗過緊急時候，抽空拔身，也往北三河，給俞劍平送信。一路上躲著官兵，以防誤會。故此遲到了一步。

官軍剿豹，空打破火雲莊，毫無所得。當下，藥王廟留守的鏢客且繞道，且掃聽，且來追尋俞、胡諸鏢頭的蹤跡。直趕到洪澤湖南岸碼頭，才得在紅鬍子薛兆的鐵錨幫公所內，和俞劍平相會。

俞劍平聞耗詫然歎道：「咳，這事越發糟了！不知武勝文的家全剿了沒有？他的家眷究竟有多少人被官兵拘捕？」

四個留守鏢客實不得其詳。俞、胡二人躊躇道：「想法子掃聽掃聽才好。不曉得我們比武賭鏢的事，官兵探出來沒有？」

義成鏢店的總鏢頭竇煥如道：「這事好辦，縣裡的縣尉和小弟認識，我們托他打聽打聽。」紅鬍子薛兆在旁聽聲，插言道：「那麼一來，竇爺還得回寶應縣，莫如由我這邊托人探探吧。其實官兵剿他們的匪，我們尋我們的鏢，我想不致掣肘吧。」

薛兆這話只是勸慰俞、胡而已。官兵剿匪，和鏢客尋鏢，全都是衝飛豹子、武勝文兩人來的。一官一私，一按公事辦，一依江湖道走，哪能不牽掣抵觸？頭一樣，武勝文因此傾家，當然疑心鏢客賣底，把種種怨恨都放在俞、胡身上了。飛豹子因自己私事，連累了好友武勝文，對俞劍平，正是前仇未了，新怨又加。起初不過想窘辱俞劍平，此時恨不得跟俞劍平拚命。

紅鬍子薛兆、竇煥如和俞劍平自己，各自托人掃聽火雲莊的案情；一面大舉搜湖，勘尋豹蹤。

鬧到第三天上，官兵先鋒隊已到洪澤湖，淮海鎮遊擊將軍旋即帶領全隊二百多名官兵，盤搜著也趕來。一到湖上，立刻札知洪澤湖水師緝私營，一體令緝逃匪。官兵行軍比鏢客尋鏢慢得多，可是二百多官兵齊到，向各處征船征車，地方官自然來找薛兆；薛兆登時得信。

那洪澤湖的水師營，不過五六十人，有四艘快艇，名為緝私，實與當地紳董，及顧、薛二豪互相結納。水師營的管帶已然吃飽餵肥。那淮海鎮乃是海口久練之師，紀律嚴明。鏢客想探他的剿匪實績，竟而一點也訪不出來。末後還是薛兆人傑地靈，由水師營的管帶口中，鉤出消息。

緝私營管帶一奉檄調，說是有匪竄入他的汛地，教他率艇截剿；他就嚇了一跳。當天便暗暗給南北兩岸的船幫首領送去秘信，反倒邀船幫給他幫忙；又打聽船幫，近日水上是否太平？紅鬍子薛兆由此得了線索，忙轉告俞、胡。那洪澤湖邊的驛丞，也忙忙地給官軍備辦軍糧運輸等事，跟薛兆再三接頭；從這裡也撈著官軍的動靜。

淮海鎮標兵到達第四日，淮安府的府標兵也開到，水師營的老營也開到，並開來幾艘戰船，名為堵截逃匪，實似會師圍攻。直等到各路官兵會齊，這才分水旱兩路，開始往洪澤湖搜去。

紅鬍子薛兆，和北岸的顧昭年，也被帶兵官傳了去，由地方官陪著。大府委員和遊擊將軍召見薛、顧，請地方紳士幫忙；又打聽洪澤湖近日梟匪、水寇是否斂跡？可有大幫匪人由他處竄入此地？

顧、薛二人袍套靴帽地見了官，回稟了，旋即退了下來。顧昭年一把將薛兆拉住，說道：「老大哥。我請你到舍下談談去。……有點小事跟您商量。」

薛兆心中明白，忙道：「好極了。可是，咱們能在近處找個小酒館談談，好不好？」

顧昭年道：「好，我這裡有一個朋友。」

薛兆忙搶著說：「我的盟弟老謝就在近處，咱們上他家談談，就便擾他一頓飯。」顧昭年笑了。兩人竟投謝某家中，屏人密談。

顧昭年比薛兆年歲小，長身瘦頰，通眉大眼，像個文墨人；哪知他手下率領皖北好幾百船幫。他為人很機警，看外表似比薛兆高，可是辦出事來，總比薛兆差一招。獨有這一次，他倒比薛兆顯出機靈來了。

顧昭年道：「老大哥，您昨天打發人找小弟，小弟已把心腹話全告訴他了。我和這個點子，素不相識，我只認得他罷了。」拿手一比，做成投梭之狀，意指子母神梭武勝文。

顧昭年接著說：「他們只是過路，找我借船。我事先不知何事，哪能不借給？現在他們早擦著湖邊，走到遠下去了。這裡面曲折太多，公說公有理，婆說婆有理。現時您宅中候信的那位俞某，我也早已慕名。若據小弟看，你我弟兄莫如全不得罪，全給他一個袖手不管。袖手旁觀固然不像話，可是水往平處端，也只有這一著。他們師兄弟鬧彆扭，教他們鬧去；咱們弟兄往後長著呢，犯不上淌爛泥。」

薛兆道：「這話怎麼講？他們鬧到咱們家門口了，咱們能夠裝聾作啞麼？」

顧昭年道：「不裝聾作啞，又該如何？現在大兵又追上來了，已經驚動官面。我們就想為朋友私了結，也不能夠。」

薛兆道：「著哇，在下就是這個意思，官兵已經尋上來，我們趁機給他們私下一了，比較好進說辭，這是一。再說，我們能看著他們驚動官府，往盜案上問去麼？這事情已經鬧大，弄不好，官老爺嘴一歪，匪案就變成叛逆案子。真個的，你我弟兄還怕盜案牽連不成？倒是他們當事人，吃不住這麼大的罪名。我們為朋友，大事應該化小，小事化無。」

顧昭年歎道：「老大哥心腸熱，你是不怕事了；可是大哥再想想，如今大兵雲集，我們怎給他們私了？」遂又將自己的意思密說了一番；薛兆聽了，也不覺面有難色。

顧昭年道：「您再想他們全是武林人物，腿腳很快，官兵沒來，他們早得信了；官兵一到，他們早走得沒影了。我們就想給兩家拉和，也碰不上頭。碰上頭，還怕官兵搗亂。所以小弟我勸大哥設法把鏢行勸勸，把他們對付走了，離開洪澤湖，他們愛上哪裡去，就上哪裡去，反而沒有咱弟兄的事了。」

薛兆笑道：「老弟，你太滑了。」

顧昭年笑道：「不滑，又該如何呢？」

兩人嘀咕了整個下晚，這才吃完飯告別。

薛兆一路細想，顧昭年大概是因官兵追來，不敢掩護飛豹子和武勝文了。自然，據他口氣來揣度，飛豹子、武勝文二人，此時必已遠走高飛。那麼，自己當真袖手，不給鏢客幫忙，傳出去恐教這裡人笑話自己滑。他暗想：「顧昭年有顧昭年的打算，我何必學他？他顧昭年已然宣言不管了；我自己倒可以出力幫鏢客一下。」

薛兆打好主意，回轉碼頭，正要找俞、胡二鏢頭商量。那俞、胡諸人所邀的朋友，這幾天也逐漸都聚攏來；在寶應縣留守的人也都趕到，立刻人數增加，聲勢大振。就是官兵的底細，火雲莊被剿的情形，以及飛豹子逃竄的去向，經大家分頭緊搜密訪，也已獲得大概的線索。薛兆一回來，俞、胡、姜、童諸人立刻來見，面向薛兆借船借人。

薛兆道：「怎麼樣，實底已經訪出來了麼？」

俞、胡道：「剛才聽鏢行朋友說，飛豹子一行已然離湖投北而去。我們打算立刻追趕。」

薛兆道：「你們可訪出詳細地名沒有？」

俞、胡道：「還沒有，洪澤湖地方太大，我們不過只得著一點影子罷了。不知官兵也探出他們的去向沒有？」

薛兆笑道：「大概沒有吧。他們正預備明天大舉搜湖盤岸。不過我倒從老顧口中，套出一點消息來。真假難說，你們幾位斟酌。」

俞、胡二人忙道：「有消息請說。」

薛兆道：「聽顧昭年的口氣，子母神梭武勝文一行，大概真找他借船了。不過只借了兩隻船，恐怕是專給武勝文的家人用的。那個飛豹子和凌雲雙燕，他們早已連夜遁走，約莫方向，多半是逆流而上，奔宿遷徐州一帶去了。不知這話是真是假。可是窺探官軍的動靜，他們極力徵調船隻，打聽北路，恐怕也要往北搜。賊人的蹤跡，官軍大概也有耳聞。再說那個雄娘子凌雲燕，不正是在淮北盤據麼？」

俞劍平、胡孟剛聽了，面面相覷。想劫鏢大眾竟會逆流北上，實出情理之外。逆流逃走，腳程必慢。飛豹子、子母神梭全是老江湖，似不會作這樣拙算。可是他們也不會南下，因為官軍正打南來，並沒碰上。揣情度理，飛豹子應該往東西兩邊逃竄才是。可是據鏢行自己訪來的，和薛兆告知的消息，豹黨竟真個逆流北上了。

俞、胡大眾，個個灰心喪氣。一方海州勒限催賠的信，一天比一天緊；而豹黨蹤跡得而復失。如今又驚動了官軍，辦事愈加掣肘。若教官軍捉住逃賊，起獲原贓，鏢客的臉面簡直到了沒法收拾的地步了。但是現在這丟臉的情形，已然擺在面前；胡孟剛尤其窘得要命，幾乎要自戕。

俞劍平提起精神來，一面勸慰胡孟剛，一面趕緊想辦法。他與智囊急急議定，即刻登程追趕。官軍既然徵調船隻，估量什九要走水路；鏢客便改走旱路。把鏢行群雄分為六撥三路，以前下卡子的人，也全撤回，改做後路。立刻按「山」字形，渡過洪澤湖，直往淮北追趕下去。

唯有丁雲秀夫人乃是女眷，胡跛子是有殘疾的人，蕭守備是官身子，他們隨同逐豹尋贓，多有不便。這幾人就同黃先生先一步返回寶應縣聽候動靜。

紅鬍子薛兆只做了一會子居停主人，未得幫忙效勞，自覺說不下去；便命四個徒弟，率二三十位會水善駕舟的人物，也加入尋鏢大幫內，一來做嚮導，二來通航運。

一群鏢客或騎或步，火速北行。俞劍平、胡孟剛、姜羽沖等，仍居於中路。左一路是夜遊神蘇建明為首，右一路是霹靂手童冠英為首，各率了一二十人，直尋出一百幾十里地。官兵在後面佈置什麼，還沒有登程。鏢客一路急馳，一路打聽，賊蹤仍然乍明乍昧。到第二天夜間住店，已入宿遷縣界，地名牛角灣；俞、胡二人和姜羽沖都翻覆不眠。……

突然聽見外面馬蹄聲，驚破長夜。姜羽沖翻身跳起道：「不對，這馬蹄是奔這邊來的，恐怕是尋咱們的人。」

胡孟剛苦喪著臉道：「也許是驛差，哪有那麼巧事呢？」又過了一會，蹄聲漸近，已入街裡；跟著聽見砸店門，打聽人。十二金錢俞劍平仍在店床上，閉目而坐，屏息納氣，默運內功；可也不由得心氣浮動。傾耳聽來，隱聞外面說道：「喂，這裡有保鏢的住店沒有？」

聽店夥答道：「這裡沒有鏢車。」

又問：「有鏢客住沒有？」

店夥答道：「也沒有，店裡沒空了。客官另投別家吧。」

胡孟剛道：「不對，真許是找我們的。」因為他們宿店時，沒有自承是鏢客。

胡孟剛忙開屋門，姜羽沖忙說：「胡二哥且慢，等我去看看。」

還沒容他們去看，那鐵掌黑鷹程岳早已在別屋聽見，先一步趕到店門。外面的騎馬人正要改尋別家，被黑鷹程岳喚住，問了一聲：「你找誰？」兩方抵面，不由「哎呀」一聲，道：「是你！」來的是兩個人，一個是右路尋鏢人追風蔡正，這不足怪。那旁邊還站著一個人，竟是初出尋鏢，在漣水驛宿店，半路失蹤的俞門四弟子楊玉虎。

俞門四弟子楊玉虎和六師弟江紹傑，同時被俞劍平的老友黑砂掌陸錦標誘走。俞劍平於月前率友偕徒，趕奔范公堤失事之處，當夜在漣水驛商議分路；他的老朋友黑砂掌陸錦標獨出己見，要匹馬單槍，自擔一路，當時被俞劍平攔住。

陸錦標為人好事，就鼓惑俞門弟子，獨擔一路；結果，楊、江兩個小孩受他慫恿，趁五更跟他一塊跑了。一去至今無耗。這其間俞劍平很是著急。因楊、江二徒都是富家子弟，千里獻贄從師，怕有不測，無法向其家長交代。但因尋鏢，比尋人更急，又料二徒隨陸錦標，或無閃失，就顧不得了，卻也時時懸繫。

現在，楊玉虎突然回來，又居然尋到這裡；程岳心一動，失聲喊了一聲。借燈影一看，楊玉虎形容憔悴，可是滿面喜色。未容程岳來問，搶先叫道：「哦，是師哥！」忙即請安道：「師父呢，住店中麼？教我好找，若不是您答聲，又錯過去了。這店家真可惡！」

店夥就在旁邊，說道：「您瞧，您又不說找誰。」

楊玉虎無暇跟他頂嘴，扯著大師兄程岳，就往店中走。程岳詰問黑砂掌現在何處，楊玉虎還沒有回答，鐵牌手胡孟剛已經開門出來，一疊聲問：「是誰找鏢行？」

追風蔡正在黑影中，忙道：「老鏢頭，是我。是俞鏢頭門下的楊四師傅找到我，是我陪著他來的。」

鐵牌手胡孟剛滿盼失鏢之事續有佳音，哪知只是失蹤的人回來罷了。不由又把一團熱望壓了下去，哼道：「是誰，是楊玉虎麼？江紹傑他們呢？」

楊玉虎忙答了一聲道：「老叔，是我。」且答且行，抵面行禮，問道：「我師父呢？」

鐵牌手料事不透，殊不知這失蹤之人，正帶來失鏢的確信。楊玉虎隨著鐵牌手胡孟剛匆匆往屋裡走。屋中人全都聽出聲來，姜羽沖已走到門口，俞劍平已然下床，把燈剔亮，老練的心強往下按，只淡淡地問道：「是玉虎麼？你們這些孩子真會跑！你們上哪裡去了？我在這裡呢。」就一轉身，眼望門口。

楊玉虎搶上一步，給師父叩頭，轉身又給姜羽沖行禮，再給胡孟剛行禮。然後喜孜孜的叫了一聲，他怕師父當著人責備他私逃之罪，立刻說：「師父，胡老叔，我給您道喜，咱們丟的那二十萬鹽鏢有了下落了。好了，咱們趕快去，伸手就把它取出來，可得吃快。」

這一句話，在場的人聽來，恍如驚雷；十二金錢俞劍平也不由全身一震。可是胡孟剛還當是說從別處勘得豹蹤呢，喪聲喪氣地說道：「我們也得著下落了，都見過面了，可是他們又跑了。現在我們這不是又重追重綴麼？」

智囊姜羽沖把楊玉虎從上到下打量幾眼，忙催胡孟剛坐下，「咱們先聽聽玉虎的消息，你先別打岔。」

楊玉虎忙道：「師父！」又轉臉向胡孟剛道：「老叔！您猜鏢銀現在哪裡？原來連地方都沒動，還在范公堤西北……埋著呢。我陸四叔……」

說到這地方，鐵牌手突然叫起來，道：「什麼？在哪裡埋著？」

十二金錢俞劍平喝道：「噤聲！」再沉不住氣，急一指門窗，搶一步到門口一看，命程岳出去巡風，便返身掩門。

俞劍平一拉楊玉虎的手，把他拖到離窗遠處，往木床上並肩而坐，低聲道：「你從頭到尾，仔細說，小聲說！你跟你陸四叔，這一個多月，到底上哪裡去了？你們準知道鏢銀沒走麼？你且平心靜氣，仔細告訴我。」

姜羽沖、胡孟剛全湊過來。又把夏氏三傑、馬氏雙雄等要人都找來。楊玉虎瘦臉冒汗，胡孟剛忙給他斟來一杯水。

楊玉虎搖頭道：「我不渴，我也不累。」這才說道：「師父，這一票現銀二十萬的鹽鏢，被這群蠻不講理的惡賊把它劫走之後……」

馬氏雙雄忙道：「劫鏢的就是你從前的師伯飛豹子袁振武，莫非你還不知道麼？」

果然楊玉虎很詫異道：「是我師伯麼？我跟陸四叔只探出劫鏢的賊是塞外寒邊圍來的！倒是叫飛豹子，姓袁，從前跟師父有碴，怎麼還是您的師兄，我的師伯？」

俞劍平道：「你不用問了，你快說吧，到底鏢銀現在何處？」

楊玉虎道：「鏢銀現在……」用極低的聲音，說出這三個字的地名，只末尾輕輕道出一個「湖」字。

俞、胡、姜忙問：「沒有離地方麼？」

楊玉虎道：「沒有。他們劫了鏢，想是因為全是現銀，沒有往遠處運，就近埋在了。適逢湊巧，被陸四叔訪出來。您猜怎麼樣？陸四叔不是有一個大兒子，在十幾歲的時候，因為父親要娶後娘，他一怒離家出走了麼？現在他和陸四叔父子重逢了，是他泄的底，他當時正跟凌雲燕打交道。」

俞劍平恍然大悟道：「哎呀，不錯，你八師弟是陸四爺的次子，本是繼室所生，他的長子叫陸什麼，……陸嗣源。哦，是了，是了。陸嗣源竟跟凌雲燕那個男扮女裝的青年怪物打交道，真是出人意外。可是鏢銀全沒出境，你陸四叔怎麼不動手起贓？莫非有人監守著？你陸四叔現時又在哪裡？他怎麼不來？莫非他還在盯著了麼？」

楊玉虎道：「正是。不過陸四叔只由他兒子口中得了一點線索。真正的實跡，乃是陸四叔無心巧遇，得著劫鏢人的兩封密信。」

俞、胡、姜一齊問道：「信在哪裡？怎麼得到的？」

楊玉虎道：「信早教陸四叔扣留下了。他打發我來，就是催師父趕快去起贓，遲了恐怕別生變化，更怕飛豹子又改主意。師父能夠現時就走才好。」

胡孟剛到此大喜，忙問：「到底信上說些什麼？豹黨打算怎麼樣？可是要移贓他去麼？」

楊玉虎道：「陸四叔得的密信，沒給我們看，連他怎麼得的信，也都不肯說。他拿著當寶貝。連他兒子都不肯告訴。問他，他只說是賊人埋贓之地已然訪得，埋贓的地圖也被他獲到，催我快來請師父去。」

馬氏雙雄道：「黑砂掌一向就是這麼鬼鬼祟祟的。那地圖也沒有給你看麼？」

楊玉虎道：「沒有。師父，我們今晚能動身麼？」

俞劍平和姜羽沖商量，姜羽沖也主張立刻動身。胡孟剛連受打擊，心氣甚餒，說道：「萬一又是謊信，豈不糟糕。」

楊玉虎忙道：「消息決不會假。」俞劍平笑了，對胡孟剛道：「二弟，你得揣情度理。黑砂掌一去月餘，若是毫無所得，他就夾著尾巴溜回家了。」轉身衝門叫道：「程岳，程岳！」

黑鷹程岳應聲進來，俞劍平道：「你快請大家起來，我們立刻就要奔寶應縣。」把密信略告程岳。程岳大喜，忙去叫眾人。夏氏三傑攔住道：「且慢，我們三路人全奔寶應縣麼？」俞劍平點頭稱是。

俞又問：「玉虎，他們埋贓之處，是在湖內，還是在湖外？守贓的人多不多？」

玉虎答道：「大概不多，可以說沒人看守。埋贓的準地方，陸四叔也沒有告訴我。」

蘇建明吸了一口涼氣道：「這事未免懸虛吧！」

俞劍平低頭尋思道：「懸虛也得去。不過我們大眾一擁而去，似乎不妥。而且我們三路人全已散開，如今突然收回，改往回去，把豹黨逃蹤放棄不追，他們必然動疑。我們真得留一些人，假追假訪，混亂他們的注意才是。」

馬氏雙雄道：「大哥主意真妙，正該這樣。」俞劍平遂又與姜羽沖等斟酌誰去誰留。所有三路追緝賊蹤的鏢行，東路已與陸錦標相遇；那西路原人不動，仍教他們散開了到各處去訪。中路的人只帶走一半，留下一半另推首領，照常往北搜尋，教豹黨測不透。卻暗囑能手，設法秘密抽身回來，以備起贓萬一動武。紅鬍子薛兆派來的幫手，也都留在此路。仍密告中路的首領，此番行止，不必守機密，越虛張聲勢越好。

計定，命程岳暗將應去的人喚醒，略告大意，立即登程。就留下追風蔡正，給各路首領送信。

這頭一撥只十個人，全都騎著馬，一路急趕，未到五更，便趕出百十里地，投店打棧，給牲口上料，人也歇息一會。遂又往下趕，旋即來到寶應縣城。

入城到鏢局，義成鏢局的管帳先生迎出來道：「二位老鏢頭回來了，事情怎麼樣？聽說不大順手，諸位這是從哪兒來？我們竇鏢頭沒回來麼？方才我們剛收下一封信，是給您的。」末句話是對俞劍平說的。俞劍平道：「先生多辛苦了。是哪位給我的信？」

管帳先生由帳桌裡把信找出來，遞給俞鏢頭，道：「送信的人說是海州趙鏢頭帶來的。」

俞劍平急急地將信拆開，竟不是鏢行催問之信，也非豹黨挑戰之書。這封信很怪，劈頭一句就是「府台大人」，乃是一封告密書。

「府台大人鈞鑒：具書人小民無名氏，小民不幸陷身綠林，苟延殘喘，無非劫富濟貧，不敢戕害良民。今有海州鏢行，奉鹽道札諭，押運鹽帑二十萬，明為保鏢，暗通巨盜，所以鏢行中途，無端被劫，乃鏢客勾結綠林之所為也，明眼人一見可知。小民亦是綠林，但劫奪官帑，罪同叛逆；小民不得已，畏罪出首。

「彼等劫鏢，目無王法，小民不敢過問；今從無意中訪獲彼等陰謀。據聞該鏢行與當地綠林，秘密勾結，已將該所劫之大批鏢銀，埋藏於○○○，並在附近撥人潛守。一俟時過境遷，鏢行即與綠林偕往起贓，共同分肥矣。彼等自以密計陰謀，無人識破，故看守人寥寥無多。往來傳信，均有暗號，以金錢鏢旗為憑，見旗提贓，設計甚巧。今幸小民萬般設法，竊得金錢鏢旗一杆，另繪埋贓地圖一紙，隨稟獻呈鈞座，請大人火速派員持旗前往，按圖起贓，舉手可得。唯時機緊迫，望大人萬勿遲疑，請派員迅往一試。若稍延緩，恐彼等運贓出境，則鏢銀永無完案之日矣。小民只在贖罪，此心皇天可表，若有虛言，天誅地滅。」

看到此處，恰滿三頁半，下半頁撕去了。埋贓地名三個字也被挖去，教人看了乾著急，不知署名人是誰，不知埋贓地何在。翻檢信封筒，所說的地圖只是一張白紙，所說的鏢旗也沒附帶在函外。信皮寫的是「專呈胡孟剛鏢頭台啟」，下款「自海州雙友鏢局發」。

俞劍平、胡孟剛全都惶駭，這分明是一封嫁禍告密的黑信，寄給府衙的，不知怎的會投到這裡？這究竟是什麼人弄的把戲？是仇，是友呢？是威嚇，是警告？是抄本，是原信？眾人齊問那管帳先生。據說是兩天前，午飯後在櫃檯上發現的。

俞劍平出了一頭冷汗，連說：「不對，不對！這必是袁師兄和我作對，真信必已投到府衙……可是他這樣一來，抄個副本嚇唬我，豈不自露馬腳？」

智囊姜羽沖瞠目尋思，忙把楊玉虎叫過來道：「玉虎，你來看一看！」

楊玉虎擠過來，念了一遍道：「呀，這許是陸四叔半途獲得的那封信吧？」

一言道破，大家擁過來，十幾雙眼睛全盯在三頁半信紙上。信中所講，「以金錢鏢旗為憑」，信外附上金錢鏢旗。俞劍平越想越危懼，想不到飛豹子劫去此物，竟這麼用來栽贓加害自己！

此時俞夫人丁雲秀和胡、蕭二友已先一步到寶應，住在店中，也被鏢局請來。大家共同尋繹這封黑信，俞夫人也變色道：「袁師兄倒跟我們結仇了！」

胡跛子罵道：「結仇就結仇，怕什麼？」

蕭守備道：「三哥三嫂放心，他的陷害計無效，這封信當真是他寫的，我們可以先一步報官備案，就不怕他反噬了。」

胡跛子道：「對！還是九弟有高招，這封信要好好留著，這信就是老大憑據，三哥可以拿這個洗刷誣害。」

智囊在旁聽著，默默點頭；對俞、胡說道：「這信，哼，恐怕得問陸四爺！」

智囊猜對了，這封信確是黑砂掌陸錦標看見過的那一封，確是飛豹子幹的把戲。

飛豹子袁振武手腕狠辣，此刻把俞劍平恨入骨髓。他不怨自己設謀之疏，更不信官兵訪盜緝賊，也自會獲得線索。他一味痛恨鏢行群雄違約背信，明面定期較技賭鏢；不該暗地勾結官軍，嫁禍給好友子母神梭武勝文。他連累了武勝文，致使傾家敗產，他認為這是俞劍平違犯了武林成規。

飛豹子夜渡洪澤湖，棄舟登陸，又棄陸登舟，輾轉退下去，退到預定地方；立即由淩雲燕姊弟幫助，設計應付官軍的追緝；同時派人接救子母神梭的家眷。

子母神梭武勝文之妻謝娘子，當日收拾細軟，逃出重圍，在她的胞弟謝同亮妥密護持之下，一氣逃到洪澤湖。尋找北岸的大豪顧昭年，借來快艇，絕蹤飛逃。直到第二天，和子母神梭相遇。

謝娘子很動怒，一定要找飛豹子談談，訴一訴委屈。謝娘子對武勝文說：「我得謝謝袁大哥。我們隱遁了這些年，平風無浪，這場禍事可是袁大哥給我們找來的。我勸你，你不聽；現在怎麼樣？你那兩位盟弟也教官軍拿去了。你跟這位袁大爺，究竟有什麼交情？我得見見他，請教請教他，我們往後可怎麼過？」

子母神梭之妻謝娘子，也是綠林世家。她父是有名巨盜，她的胞弟謝同亮跟武勝文同夥。她雖然沒有什麼武功，卻也吃過綠林飯，嘗過綠林風險。如今偌大一份家業，被一個生朋友飛豹子只用一月工夫，害得片瓦無存。她自然心疼。她並不深知子母神梭欠過豹子的情，她只覺得為友傾家，過於捨己殉人了，她免不了嘮叨。

子母神梭一肚子怒氣，聽了妻子的怨言；把眼一瞪道：「你老娘兒們家，要寒磣我是不是？我靠朋友掙來的家當，我為朋友把它揚淨了，我不心疼；你鬧什麼？」內弟謝同亮把謝娘子說好說歹勸住。

飛豹子袁振武是飽經世故的人，早已想到此節；對武勝文說：「我太對不住賢弟了。教弟妹涉險，我真難過。我簡直沒臉見弟妹，你替我說好著點。至於火雲莊，搭救失陷的人，你全交給我。」

飛豹子躲著謝娘子，真個不敢見面。卻與武勝文、凌雲燕，三方聚在一處，第一步先安插武勝文的家眷。武勝文很講面子，倒安慰飛豹子，不必介意：「我們交情過的多，咱們弟兄是一碼事。」

凌雲燕道：「諸位一時找不著合適的落腳處，請先到我們那裡去吧。」於是，在洪澤湖北岸只停得一停，他們趕緊分批改裝，繞道趨奔到凌雲燕的伏巢。

飛豹子更與手下三熊二老等人密議：「這事已然驚動官府，官軍已然出剿清鄉。我們鬥私不鬥官，俞劍平和鏢行是我們的死對頭，我們不能輕饒他，我們下一步該當怎麼樣？」

遼東二老提出高招：「應該把二十萬鏢銀獻給官軍，教鏢行栽死跟斗；我們索性反打一耙，就告發鏢行跟我們原本通氣。官方若信，教鏢行打誤官司去，我們可以出氣了。官方就是不信，我們把鏢銀一獻，官軍自然要起贓慶功。就是不收隊，也得緩一步；他們無論如何，得把鏢銀運回海州。緩過一步，把官軍誘回去，我們再從別一方面起孤丁，再掀風波。咱們跟江北鏢行這一輩子沒完！」

凌雲燕姊弟嘻嘻地笑了，說道：「這招真歹毒，袁老前輩、武莊主以為如何？」

飛豹子虎目連翻，也覺得此計不甚光明，轉眼看武勝文。武勝文懷著傾家之恨，對鏢行怨毒已深，但求泄忿，什麼都不顧；切齒道：「他既不信，我就不仁。」

飛豹子便一拍案說道：「對！管他呢！」又看大家。大家都恨鏢客賣底勾兵，一齊說：「他們不顧江湖信義，我們又怎麼樣呢？眼睜睜武莊主教他們害得無家可歸！」

武勝文不願聽「無家可歸」四字，說道：「我還不至於無家可歸，我有三個巢穴呢。我明天就教我內弟把內人送到江西去。」

飛豹子忙道：「武賢弟是有辦法的人，我們現在就這樣辦下去。」

飛豹子教大熊代筆，寫下三封信，請大家傳觀。然後交手下人重抄一遍，立刻發出去。一封信給淮安府，一封信給鏢行俞劍平、胡孟剛等，一封信通知守贓的人。

飛豹子埋贓之所，很為隱蔽，果然沒有運到遠處，只在劫鏢場所范公堤的東北七十里外，埋在射陽湖中。

三方協商，計策已定，飛豹子立刻撤退。一方設計搭救武勝文手下失陷的那兩個要緊人，一方和手下二老三熊一齊出動。凌雲燕姊弟和子母神梭武勝文郎舅（內弟謝同亮），也都負怒銜仇，誓與鏢行作對。官軍這一剿匪，無形中給鏢行增加了成倍的仇敵。

這是飛豹子那一方面的情形。

第七七章　助師摸底

那另一方面，黑砂掌陸錦標自在漣水驛，誘走俞門兩弟子楊玉虎和江紹傑，連夜騎馬飛奔，往東撲下去。他自信朋友如此多，眼界如此寬，憑自己的能力，要訪盜贓，有何難事？況且鏢行訪盜，綠林同道難免不顧慮。自己目下是一個事外人，從前又是個中人，附近有的是朋友。總可以假裝沒事人，於無意閒談中，套弄出真情實底。綠林人關照著自己舊日的交情，必不會把自己看成奸細。心想：「他們有什麼話，不肯告訴鏢行，總肯告訴我。」

陸錦標打算得倒好，哪知一訪，滿不是這回事。二十萬鹽鏢突然被劫，到今日已然哄動江北江南。綠林中人都知事關國帑，風波甚險。個個也都派下採盤子小夥計，極力刺探這劫鏢的，到底是道裡哪一家？怎麼惹這大禍害？就是外路綠林，新上跳板的合字，似乎也不至於如此犯渾。況且這又不像遠路同道幹的，因為路遠了，這些現銀必運不出去。這些附近的綠林道，更刺探鏢行的行止和官府的動靜。同時他們江北綠林也各起戒心：「人家劫鏢的冒險吞了這口肥肉，一定要從此洗手改行，再不會接著往下幹了。我們本是局外人，須要留神六扇門（指官府）抓不著茄子，倒找葫蘆出氣。我們犯不上替人頂缸，趁早避避風聲吧。」「城門失火，殃及池魚」。當黑砂掌出頭獨訪鏢銀之時，正是江北綠林談虎變色，力行斂跡之時。這一個軟釘子，教他碰上了。

黑砂掌陸錦標記得落馬湖、鐵牛台、沙屯、楊柳行、土壩、松林圍，這些地方全是綠林朋友出沒之區。他就帶著這俞門弟子，假裝師徒訪藝，按部就班，去拜山投帖。把楊玉虎、江紹傑都囑咐好了，還備辦了一些刀槍棍棒，丸散膏丹，令外行人一看，是爺兒三個賣野藥的把式匠；讓行家一看，也可以猜出他們是化裝遊學。再不然，就是闖江湖的，各人提一個小行囊，又有三匹馬，倒真像跑馬戲的江湖人物。只可惜一樣，短一兩個女子。

黑砂掌對楊玉虎、江紹傑說：「咱們三個光棍漢，未免差些。最好是我裝一個老江湖，你倆一個裝男的，一個裝女的，像小倆口。咱們那麼一打扮，打聽什麼事，就容易多了。」

俞門弟子全都臉一紅，道：「四叔，難為你怎麼想來。」江紹傑更詭，對楊玉虎說：「四哥，你長得俊，你裝女人吧！你裝張耀英，我裝張耀宗，咱們算是姊弟二人。」

楊玉虎笑罵道：「胡說，你歲數小，長得更漂亮，你裝女的吧，咱們算是兄妹。……四叔，你看我們六師弟，人家都說他男人女相。我說，回頭咱們就買胭脂粉去，再買兩件女人衣服，管保江師弟打扮出來，比女孩子還標緻，可惜一樣，兩隻大腳，四叔有主意沒有？」

黑砂掌哈哈一笑道：「有主意。你哥倆只要商量好了，回頭我管保把你們打扮成一個大姑娘，外帶還是兩隻小腳。你們可得先學女人走路，還要學女人說話。」

江紹傑道：「四叔就給四師哥買吧，他會學女人走路。可是他不會裝女人說話。四叔，您一定會，您裝一個樣子，我們四哥好學您呀。」

黑砂掌哈哈大笑，說道：「你們別忙，現在還用不著。等到了時候，該裝扮女人，你倆可不許推讓。你們小哥倆全夠俊的，到了時候，你們二人抽籤抓鬮，誰抓著，誰就裝女人，不許推託。」

楊玉虎道：「就算我們裝女人，四叔您也得裝一個老婆婆呀。」

黑砂掌一捫下頦道：「我呀，……你們只不嫌寒磣，我就裝。可有一樣，我臉上這些毛毛，可怎麼辦呢？」

江紹傑把頭一晃道：「有招，我這裡有拔毛膏。」

黑砂掌滿臉的絡腮鬍，他居然說：「你們別瞧我這樣，我若裝起女人來，我準會扭。若是有人叫咱們賣藝，我還真會登大皮缸。」

爺三個胡扯一頓，照樣去辦正事，頭一步先投沙屯。沙屯地方有旱路綠林韓德利在那裡盤踞。黑砂掌引著俞門二徒潛尋了去。俞門兩弟子，向在俞劍平手下都很嚴肅規矩。如今和黑砂掌搭伴，黑砂掌人雖半老，興味不老，好開玩笑，好說當年舊話，好說自己丟臉洩氣的事，把兩個少年勾引得興高采烈。一路上說到尋鏢之事，黑砂掌又大包大攬，兩少年越發欣喜，自以為一舉定可成功，跟著這位陸四叔，更可以增廣見聞。黑砂掌把武林道的詭秘忌戒都說出來，二弟子很覺得聞所未聞。卻不知俞門設教之法，藝不成，決不告訴外面的事情。

但是陸錦標儘管說得天花亂墜，走了一程子，在路上按理說，應該有把風的嘍羅；可是林邊地隅，竟沒有什麼眼生的人。黑砂掌索性引領兩個少年，直進沙屯韓德利的密窯。入窯內，渾如空城，不想韓德利已然遷場，窯中只剩下幾個看攤的小夥計。這幾個看攤的一見黑砂掌來訪，沒等他問，反而迎著頭說道：「呵，陸四爺，老沒出來，怎麼今日這麼閑在？您這是怎麼了，您沒聽見外面風聲麼？」

黑砂掌陸錦標道：「外面有什麼風聲，我倒沒聽說。」

看攤的人拍著屁股說：「呵，近來風聲緊急了。你老洗手多年，如今大概是又想玩票，可是現在玩不得了。」

又一人說：「也不知是哪位新上跳板的，惹了個大禍，把二十萬鹽鏢劫了。有人說是鐵牌手胡孟剛保的，有人說內中也有十二金錢俞三勝的旗子，如今府裡縣裡連省裡都派出查緝的人來了。咱們江北的綠林道，凡是人多的，窯老的，聲勢稍大的，全都怕吃掛落，躲的躲，搬的搬，連我們瓢把子，也怕惹火燒身，最近也挪了挪窩。駱馬湖七達子，更來得小心，他把他那一竿子人全送到魯南去了。陸四爺是老江湖了，您的耳目一定比我們靈，可知這個劫鏢的主兒到底是哪一位？怎麼這麼膽大？還有失鏢的主，到底是胡孟剛，還是俞劍平？昨天我們聽說十二金錢俞劍平已然出來了。……」

這傢伙還想嘮叨，黑砂掌已然聽不下去，衝著俞門兩個徒弟啞然失笑道：「好，如今說來，我們爺三個出來得不巧了。我本打算帶著我這兩個徒弟，出來歷練歷練，倒是真不想拾掇買賣；不過有一搭無一搭，撞撞彩罷了。若照諸位這麼說，還是先避一避好。」

看攤的道：「對！您怎麼也得躲過這半年。官面上的事向來有前勁，沒後勁。你聽著哪一天發下海捕文書了，也就快擱起來了。現在不成，正在勁頭上呢，咱們何必找麻煩。」又問黑砂掌：「可知道鏢行近來的動靜不？」又問：「可知道這劫鏢的從哪裡冒出來的不？」

黑砂掌本為訪查，反被查問，肚子裡忍不住暗笑，用話敷衍了一陣，又盤桓了半天，立刻告辭。出得窯外，衝著二弟子大笑，跟著搔搔頭，又轉奔到鐵牛台。

到了鐵牛台，照方吃炒肉。偌大的一竿子人，只剩下幾個老弟兄。那位大寨主申老道和他的壓寨夫人白眼觀音，已將部下暗搬到海濱，跟鼓浪嶼的海盜臨時合夥。他們兩口子留在老窯，居然做起隱士，閉門不出，已有十幾天了。可是他們的耳目，比韓德利那一夥還靈，已然訪出十二金錢俞劍平出山尋鏢。劫鏢的人留下插翅豹子的外號，他也曉得了。並且也曉得這夥劫鏢的人物，全不是伏地綠林，全都是塞外口音。大概劫鏢非為圖財，實為修怨。因此申老道心中有了準根，倒不怕鏢行來登門，只提防官人來找秧子。

申老道見了黑砂掌，就說道：「呵，陸四哥，好久沒見了，您這是夜貓子進宅，沒事不來。你是受誰之托吧？我先告訴你實話，那二十萬鹽鏢是外碼頭幹的，可給咱們落地戶添了麻煩了。我小弟眼下是閉門思過，正提防禍從天降哩。」

黑砂掌道：「你別胡扯！你說了半天，我一點也不摸頭。我如今是帶著我這兩個徒弟，打算尋找金士釗老人，給他小哥倆帶帶路，見見世面。你鬧了半天，劈頭就給我這一串話，到底怎麼講？」

申老道笑道：「我是賊人膽虛。不過，這不能，你住在鷹遊嶺，跟十二金錢正搭街坊。他丟了鏢，出來找鏢，你不能不知道。」

黑砂掌道：「嘿嘿，我就真不知道麼。我的老窩倒是在鷹遊嶺，可是這六七年，我沒在家，淨在江西混了。這裡的事一點不摸頭。剛才你說的，到底是什麼事？」

申老道說：「你真不知道麼？好，聽我仔細道來。」申老道正在一字一板地講拔旗劫鏢的話，楊玉虎和江紹傑聽得不耐煩，便伸頭探腦。

忽見窗外人影一晃，一個身材高大的女人推門進來，後面還跟著一人。這女人正是白眼觀音，進了門，也不管客人，就衝申老道叫道：「你還在家裡瞎扯，你知道李起隆他們出錯了麼？不教你跟他們合夥，你偏要合夥，上了人家的當！」那一個男子也匆匆向黑砂掌打一招呼，便對申老道說：「當家的，你出來，我跟你說幾句話。」

申老道先向黑砂掌道歉，旋即出去，對妻子說：「這是鷹遊嶺的陸四爺，不是外人。你來陪著說話。」白眼觀音還是那麼帶答不理的。

黑砂掌扯開喉嚨叫道：「呵，大嫂子，您發了福，不認得小弟了吧？想當年大嫂跟我們前頭那位大哥，在漕子營受困，一連四天沒吃飯，又在樹上趴了兩天；那時候若不是小弟趕到，替你們打一個岔，把官兵引走……」

當面揭起根子來，白眼觀音一張銀盆大臉登時通紅，眼皮一動，改嗔為喜道：「哎呀，我當是誰呢，原來是你。您不是黑砂掌陸四爺麼？我真真認不得您了。您那時候黑敦敦的，光嘴巴沒有鬍子，怎麼現在成了刺蝟了？」

白眼觀音一屁股坐在下首椅子上和黑砂掌大笑大談起來，又張羅吃的，張羅喝的，前倨後恭，比申老道還親熱。又問俞門二弟子，「這是哪位？是您的兒子麼？」

黑砂掌道：「不是，是我的兩個徒弟。」

這女人敞笑道：「我說又白又俊的不像呢。哎呀，……」說時白眼觀音目視黑砂掌，良久道：「我說陸四爺，您有幾個兒子？」
黑砂掌道：「你哎呀什麼，我有兩個兒子，全在家呢！」
白眼觀音道：「此外，您沒有饒頭麼？」
黑砂掌道：「這怎麼講？大嫂子拖油瓶改嫁老道，我沒有啊。」
這女人臉紅一笑，搔著頭道：「我在淮安府遇見一個人，約莫二十多歲，跟你年輕時一模一樣。我當時幾乎叫出聲來，後來一想，才覺著年紀不對。可是那年輕人也偏巧姓陸，也吃綠林飯，你說怪不怪？你的大兒子今年多大了？」
黑砂掌道：「他大概二十……二十七八歲吧。」
白眼觀音說這話，黑砂掌也沒介意，只認為她是沒話找話，閑取笑打岔罷了。他再也想不到，白眼觀音的這一句話倒是真話。
黑砂掌心中有事，便繞著彎子，來套問白眼觀音。白眼觀音這女人也是老江湖，問了半晌，問不出一點什麼來。白眼觀音一面陪陸錦標瞎扯，一面拿眼睛打量楊、江二弟子。楊、江二弟子坐在下首聽著，也摸不清這女人前倨後恭，害的什麼病。
黑砂掌心眼多，閱歷富，卻已料到他們此刻必是出了什麼岔，正在焦心，所以不顧搭理人。想到這裡，事不干己，在此又打聽不出什麼。黑砂掌胡扯一陣，便要告辭。

白眼觀音和申老道一體款留，可是虛聲假笑，神色不屬。黑砂掌賭氣站起來，說道：「你們兩口子蹶蹶螫螫的，怕我吃了你，是不是？」叫著二弟子道：「咱爺們走，別教人家拿咱們當漢奸！」正是天上不知哪塊雲彩有雨，黑砂掌若能多坐一會，便可獲得意外的奇逢。他哪裡夢想得到呢！

飛豹子劫鏢之後，急渡射陽湖，把鏢銀埋在湖中，留人潛守。留守贓銀的人，力斂形跡，終不能瞞過行家的眼。首先，留守人的模樣、口音，就顯得眼生。這些留守人，被申老道的部下小夥計窺出可疑來，兩下裡誤會，都把對方當了鷹爪眼線。如今申老道已得到部下的密報，正在派人暗綴暗窺；並且他的大部人馬已經下海，與海盜暫行合夥。他怕航海的部下，不知情況貿然歸來，被鷹爪咬上。當黑砂掌來訪之時，正當申老道一面設法暗綴守贓的賊黨，一面派人追趕部下送信。

黑砂掌陸錦標萬想不到會有這等事。只認為申老道的部下本是旱盜，今與海盜合夥，想必吃了虧，所以發急。既與訪鏢不相干，他就引著俞門兩弟子，離開申老道，徑去尋找金士釗。鐵牛台的金士釗，與他盜不同，是坐地分贓的土豪，專結交綠林，替他們銷贓。他銷贓的手法很妙，手下用著一些巧匠和造假銀子、造假古董的高手。巨贓到手，必保留半年以上；準看出沒有風險，再交巧匠改裝改造，運到遠處去賣。他表面上在外埠開著當鋪，其實全是專銷巨贓之所。金士釗是個穿長袍的大盜，外表一點也看不出。因為他談吐風雅，很像個博古鑑賞家、古董鋪的大掌櫃。

十數年前，淮陽大盜飛白鼠盜取了鹽商的一尊金佛，高如七歲孩童，雕鑄得栩栩欲活，也是送到金士釗處，給銷改的。不想鹽商憑勢力，花錢重聘，把江南名捕快鮑老舍請出來。鮑老舍不知用何手段，把飛白鼠制伏，一定要原贓圓回。飛白鼠無計可施，重找金士釗，可是那尊金佛早變成金首飾了。飛白鼠說：「原贓不能圓回，我只可原犯去投首了。」

實逼處此，金士釗這才說：「你別急，你給我七天限。」七天限太長，改為五天。剛剛到四天，金士釗就把那尊金佛繳出來了；款式與前一樣，色澤分量也同，就是放在水裡，測驗比重，也和真金無異。飛白鼠拿著交給鮑老舍，鮑老舍交給鹽商，會集古董家、收藏家、金店、首飾樓，一同勘驗，確是原物。這件案子就銷案了。

飛白鼠很義氣，原贓既已退回，那麼自己從金士釗手裡所得的錢，應該退還。飛白鼠便將五百兩銀子交給金士釗道：「金二哥多抱委屈吧。我現在手頭只有這幾兩銀子，其餘不足之數，容我著後補付。」

金士釗笑道：「老弟，你傻了！我只拿五十兩銀子，做他們孩子們的工夫錢吧。」只從銀包取了兩錠，把那四百五十兩全退給飛白鼠。飛白鼠眼珠一轉道：「哦，這個……！但是，鮑老舍是個人物。咱們不能教人家栽呀！」

金士釗笑道：「你放心，誰也栽不了。你是不曉得，那個行貨子是空心的，我臨銷毀時，早套下蠟模子來，我就防備這一著。全靠著空心變成實心，才能不走樣。他們若想知道真假，非得熔化了，不然，不會知道的。」在金士釗手下合作的假造匠，頗懂得比重的道理。他知道真金與銅的重量和外面體積不同。但這金佛當中有塊空心，把空心變成實心，外包金皮，內換赤銅，居然用贗鼎瞞過了鹽商。

這金士釗就是這樣一個人物。他不但與竊盜勾結，又與吏胥交通，耳目既靈，手腕很高，穩吃穩拿，故此在鐵牛台隱居多年，沒有犯案。他有兩個盟弟，分在省會地方，替他開著當鋪、古玩鋪，鐵牛台就像是古玩鋪的作坊。他不但替賊銷贓，更兼造假古董。他為人敢做敢當，交遊很廣，所以黑砂掌登門來找他。到了鐵牛台金宅，門口四棵大槐樹，石階石台，峻宇高牆。黑漆大門，綠屏門寫著：「齋中正」，儼然是紳董之家。

黑砂掌拍門而叫，出來了管家，通名索帖，很有官樣。黑砂掌說：「我沒有片子，你告訴金二爺，就說鷹遊嶺的黑砂掌陸錦標，帶著兩個徒弟，登門來拜。你快去，不要拿眼珠子翻人。」管家其實是金士釗手下的小夥計，急忙進去通報。旋即奔出來，說一聲：「您請！」就前頭引路，進大門，走二門，開客廳門，黑砂掌從鼻孔哼了一口氣。

剛到客廳門口，主人從上房走出來，四十七八歲，綢衫雲履，眉目清秀，頷下一縷微髯，遠遠抱拳道：「呵，真是陸四爺，陸四哥，失迎，失迎。您不是隱遁了麼？這二位是誰？」

相偕到客廳落座，黑砂掌一對大眼，骨碌碌東張西望，鼻孔也亂嗅。金士釗笑道：「四哥喝茶，你看什麼？小地方，破房子，簡陋得很。」

黑砂掌笑道：「房子很講究！就是有點氣味。」

金士釗笑道：「沒有氣味呀，我是個俗人，就是不喜歡養花草。這膽瓶的花是他們給插的，許是朽了吧。喂，我說，你把它拔下來。」管家斟完茶，把瓶花端了出去。

四顧無人，黑砂掌笑道：「不是花味，我聞著這屋裡別看很講究，可惜有點賊味。」

金士釗一指黑砂掌的嘴，說道：「喂！」黑砂掌會意，眼望窗外，不言語了。

金士釗忙湊過來，搖著灑金扇笑道：「四爺的嘴，還是那麼吊兒朗當的，你可不曉得現在是什麼年頭？」

黑砂掌道：「現在年頭不壞呀，彼此大發財源，還算賴麼？……」

金士釗目露懇求之意道：「別說了，四爺，您不知道，這個月風聲緊得很。你沒聽說麼，海州的鐵牌手，江寧的十二金錢，兩位名鏢頭，合保一筆鹽鏢，一共這個數。」

黑砂掌道：「兩萬？」

金士釗低聲道：「什麼兩萬，二十萬哩，全是現銀。在范公堤，竟教外江人物給剪了去。前幾天我聽說，十二金錢邀出許多人來，向各處托情打探。我們櫃上雖然也收些小道貨，可是現銀子整個無寶，又不是貨品，又不是首飾，我怎會知道？俞大爺、胡二爺托了一位姓白的向我掃問，最近有沒有來熔化大堆元寶的？我們櫃上據實答覆了，自然是說沒有。」

金士釗接著道：「回頭我聽見信，連忙趕去，跟他們敘談了一會，答應下替他們幫忙，他們就走了。這是六七天前的話。數目太大，又是鹽帑，外面鬧騰得很緊，陸四爺今天突然光臨，不知有何貴幹？要是沒有要緊事，我勸你避一避，先聽一聽風聲。聽說我們縣裡，也見著清鄉緝匪、查拿宵小的密札了。咱們幹的固然是買賣，可也不能不算是宵小。現在官廳上正在查拿宵小。」說罷笑了。

黑砂掌到此不禁搔頭吐舌，各處全都這樣談虎變色，要訪賊蹤，可怎麼下手？反後悔自己不該單人獨出，隨著大幫，也可以無榮無辱。如今若沒有出手的成效，拿什麼臉回去見俞、胡二位？

黑砂掌臉上露出一點窘色。金士釗登時看出，忙將身子又往前一湊，附耳說道：「怎麼。四爺知道這事麼？您要是覺得不好下台，小弟還可以幫忙。俞鏢頭跟我也有數面之緣，胡鏢頭更是熟人，我小弟可以出頭打合，給你們兩家一了。」

黑砂掌依然搔頭道：「您等等，讓我想想。我這也是替朋友幫忙，不過托我探風色罷了；這麼大的責任，我還是有點擔不起來。這不是咱哥倆的事，你想我能那麼愣麼？得了，您聽我的信吧。」

黑砂掌站起來告辭。金士釗抓住不放，硬要留飯留榻。黑砂掌堅決不應。金士釗還想攔住他，要向他打聽這二十萬鹽鏢的下落，「到底是誰幹的呢？四哥，你只管告訴我，我決不洩露，我對你起誓。」

黑砂掌掙脫了手，大笑著出來了。俞門兩弟子也忍俊不禁，嘴不敢敞笑，鼻孔嗤嗤地直響。金士釗弄得迷迷糊糊，臨送到門口，還說：「到底這件事……」黑砂掌早已邁開大步走遠了。帶著二徒，直走出半里地，回顧無人，黑砂掌放聲大笑道：「這小子，他還想從我嘴裡釣魚！他倒夠乖的。可惜陸四爺也不比他傻。」

黑砂掌與二徒扳鞍上了馬，算計著還有數處可去，可是未免有點氣餒了。黑砂掌臉上漸漸透露窘容。俞門二弟子楊玉虎和江紹傑全是小精豆子，如何看不出來？兩個人以目示意，齊向黑砂掌發言：「四叔，怎麼樣？您要訪不出來，咱們爺三個莫如回去吧，省得我們挨師父的罵。」

兩個青年拿話擠黑砂掌。黑砂掌陸錦標瞪著兩眼，咧嘴笑道：「好小子，剛剛幾天，你們就膩煩了。你們別灰心，你等著，大爺有的是招。」

當天不另訪友，策馬趲行，來到沙塢，徑帶二徒投店。黑砂掌和俞劍平不同，俞鏢頭越遇難題，越發鎮靜；陸錦標卻是沉不住氣，他沉不住氣，卻不是低頭發呆，反倒大唱大嘯。你只聽他高唱昆腔，他必是有為難的事窩在心裡了。

這一天晚上，黑砂掌不但唱了一段醉打山門，還扭了半齣小放牛；臨睡時，他又來了一段老梆子腔。照前日的例，與兩徒胡扯了一頓，說道：「小子們，睡吧。明天我們要出遠門，我領你們找一個朋友。」

二徒道：「又去拜客麼？」

黑砂掌笑道：「不是拜客，你倆聽我說，早早地睡，早早地起！」

兩個青年本打算私同陸四叔出來，可以見見世面，試試武功。訪著劫鏢的賊，他倆還預備著小試身手，把插翅豹子打服。正是初生犢兒不怕虎，可惜現在白跑了好幾天，見不著虎或豹，僅僅碰了幾個軟釘子。兩個少年大失所望，咕噥著吹熄燈也睡了。

睡到三更以後，楊玉虎突然覺得耳朵眼冒涼氣，迷夢中漫不自覺，掄手掌「啪」地打了一下，立刻覺得手腕被人抓住。忙翻身一看，客窗明燈煌煌，黑砂掌一身短打，背插短刀，把手指比在唇上。楊玉虎受過武林訓練，立刻一聲不言語，從床上起來。低聲訊問：「四叔，要上哪裡去？」

黑砂掌答道：「你別問，跟我走。留著紹傑，給咱們看攤。」因為店中還有他們的三匹馬，所以把江紹傑留下；也嫌他年紀太小，恐其武功不夠。

楊玉虎收拾俐落，帶了兵刃，又問陸錦標：「我們怎麼走？」

陸錦標一指後窗格，楊玉虎過去一推，黑砂掌微微一笑；這窗戶早經黑砂掌鼓搗好了，不但早已啟開，還有一根筷子半支著。兩人收拾要走，陸錦標低聲道：「且慢，得給他留一句話。」楊玉虎低顧江紹傑，江紹傑倚包代枕，側身閉目，睡得正香。陸錦標從百寶囊裡取出筆墨紙札，草草寫了兩句話：「我們片刻即回，你千萬不要走開。」

楊玉虎問道：「這是做什麼？」黑砂掌笑而不答，拿這紙條，走到床前，用小刀釘在木柱上極易見到的地方。低頭來親自驗看江紹傑，江紹傑一隻胳膊蒙著臉，看不見眼。聽了聽呼吸，陸錦標有些遲疑。終於不管他，輕輕啟窗，令楊玉虎跳出去，自己隨後也跳出去。

兩人一直馳奔沙塢，楊玉虎忍不住且跑且問：「四叔，到底咱們上哪裡去？」

陸錦標道：「你不用管，到了地方，你看我的眼色行事。」

楊玉虎笑道：「我可不是夜貓眼，漆黑的天，您的眼色我看不出來呀。」

黑砂掌道：「糊塗蟲，你當是大爺衝你飛眼麼？到了地方，你只注意我的舉動，看我的手勢。」
楊玉虎不肯含糊，笑道：「不行，四叔，您得告訴明白我，我才好跟您打下手。若不然，弄擰了，弄砸了，可是笑話。」
黑砂掌道：「好小子，打破沙鍋問到底。其實也沒別的，咱們明訪數次，一點眉目沒有，白落得打草驚蛇。如今我要改計而行，咱們來個暗探。離這裡不遠，有一個武林同道，我打算偷偷去淌他，帶著你，不過教你巡風。」
楊玉虎點頭道：「這麼著倒也好，您一聲不言語，低頭直跑，我當您訪出下落，前去討鏢呢。」
黑砂掌道：「好小子，你倒會挖苦我！」楊玉虎不由也笑了。
展眼跑出數里，黑砂掌放緩腳步，楊玉虎看前面黑忽忽一片，問道：「快到地方了麼？」
黑砂掌道：「早著呢。」
楊玉虎又道：「我們臨出來的時候，真沒想到這麼難訪。不知我老師他們大撥的人，如今是否已有所獲？」
黑砂掌陸錦標道：「保管他們比我們還難。他們是當事人，明面出頭，不用他張嘴，人家就知道來意了。預備瞞他們的，一定先把詞編好了。你瞧吧，小子，準是咱爺們先成功。」

楊玉虎笑道：「就憑四叔您一個人，那當然了。」

黑砂掌笑罵道：「你這小子說話帶刺。」

楊玉虎道：「我可不敢奚落您，這十來天把我溜怕了。家師出頭明訪，您說不容易得真情；可是跟家師是朋友幫忙的，也就開誠布公答應幫忙了。像您這樣，只探探人家的口氣，不吐真意，我看倒不好辦。」

黑砂掌道：「你狗大年紀，懂得什麼？我們現在不是要暗訪麼？別說了，快到了。」

黑砂掌帶楊玉虎加緊趲行，夜走荒徑，穿林拂木，奔馳十數里，到了地頭。前有一道小河擋路，走到河邊一尋，糟了，沒有橋樑，沒有擺渡。循河而行，黑影中倒有一隻小船，恰停在對岸，在這邊也不能利用。黑砂掌退回來重尋，且尋且說：「他們一定是把橋拆了。」殊不知此處有一座小橋，白天搭上，夜晚撤去。

黑砂掌找著了設橋之處，又看了看說：「還好，還有橋柱子，小子，你渡得過去麼？」

楊玉虎說道：「四叔，您背我過去吧，我哪裡會登萍渡水？」

黑砂掌道：「別裝傻了，這麼粗的柱子，這麼窄的空子，你還走不過去。」

楊玉虎道：「我還沒有出師，我哪會這一套本事。」

黑砂掌道：「好小子，你跟我玩這一套！我不管你了，愛過來，不過來！」遂一聳身，腳踏橋柱，騰越過去，連頭也不回，往前就走。楊玉虎急得口發「噓噓」之聲，請黑砂掌稍待，也就一聳身，渡過了小河。

楊玉虎追上黑砂掌，抱怨道：「四叔真行，半路上竟要甩我。若遇上點子，您許把我賣了呢。」

黑砂掌罵道：「你跟你師父是一個傳授，真滑就是了。走吧，將入虎窟，不要嘮叨了。」

他們又往前行，黑壓壓一片濃影，黑砂掌陸錦標命楊玉虎緊隨在自己肩後，一左一右，雁行斜進。忽然若有所見，回身一扯楊玉虎，兩人分往旁邊一竄，退到路旁樹後。停了一會，沒有聽出異響來，也沒有看出異樣來，可是兩人竟不敢再在大路上走。俯著腰，從田禾壟中，慢慢前進。只走了一里多路，楊玉虎覺得比剛才那十六七里地還累。前行一段路，地勢忽然開展，遙望前面似有屋宇莊院之狀，只是昏暗無有火光。黑砂掌暗扯楊玉虎一把，意思是教他留神，現在已到地方了。黑砂掌預備要進探這一所田莊。

黑砂掌命楊玉虎學著自己的樣，像狗似的穿旁路，匍匐前進。大寬轉，讓開正面，漸挪漸近，到了莊院一望之外，停住了腳。陸錦標縱目四尋，擇一棵大樹，他命楊玉虎在樹下巡視，專防正路。自己立刻攀樹而上，往莊院內望。目光所及，還是黑忽忽一片。但在行家眼中，暗中辨光識形，居然窺出堡院的格局，中有院落數層，當有民房幾家。看罷下來，已認明自己要進窺的院落所在之處；揣摩形勢，該從莊後繞奔西邊，由西邊入探莊院，比較著出入便利。

黑砂掌立刻引領楊玉虎，繞道往前走。

楊玉虎低聲問道：「您要去的地方，就是這裡麼？」

黑砂掌低聲道：「別言語，跟我走，你自己可別亂鑽。」一步一探，行行且行，逐漸迫近了莊院。轉過北面，直迫近西牆，小心在意。借物掩形，不留一點動靜，也不留一點形跡。找到合適的地方，恰是院落的一隅。黑砂掌向楊玉虎一指牆，自己立刻聳身躍上去。楊玉虎立刻往旁退閃，一俯腰，也竄上牆。兩人相隔兩三丈。

黑砂掌貼伏在牆上，只露出頭，急急往下看。楊玉虎到底不在行，把上半身全都露出，還要在牆上站起來直腰。黑砂掌側臉看見，急急向他揮手。楊玉虎忙又俯下腰去。

楊玉虎以為黑砂掌要往院內跳，哪知不是。黑砂掌看了又看，忽又蹭到偏北面，似乎默默中對於下地落腳處有所選擇。楊玉虎不很明白，只覺院內統統漆黑，像是富農的後場院。既然無人，何處不可下跳。

本來預定的是楊玉虎巡風，現在他竟不願爬牆裝狗，一歪身，頭一個搶下去了；黑砂掌攔阻，已然無及，只得跟蹤也輕飄飄地跳下去，口發低嘘，命楊止步。

楊玉虎一步一探，直往前走；聞聲回頭，方要問話。就在這時，突然聽見破空之聲。黑砂掌道：「不好！」裡面人已經覺察。

楊玉虎頓知己誤，回身竄到黑砂掌旁邊，張惶低問：「怎麼回事？」黑砂掌道：「你這小子，假機靈壞了！」

第七八章　暗潛露跡

跟著這破空之聲，又發出一聲，院中高處突然有了燈光。就在黑砂掌繞著前進，時時躲避的地方，出現了兩條人影。楊玉虎到此心中發慌，忙回手要抽劍，又低叫：「四叔，您瞧這邊！」

黑砂掌笑道：「小子，你再看那邊，你再看那面。小子，你知道咱們落入重圍了麼？」

楊玉虎後悔不迭，心想：「這該應敵，否則就該撤步。」

再看黑砂掌陸錦標滿不介意，反倒摘下小包袱，找出長衫來；把兵刃也解下，交給楊玉虎；並催楊玉虎斂劍入鞘。兩人在平地上鼓搗，但聞院中破空之聲，連發響箭。跟著挑出燈竿，從角落裡前後走出十幾個，遠遠把二人圍住，可是這些人全不出聲。

轉眼間，聽見一片關門開門聲，又有三四人出來，奔到黑砂掌面前，相隔數丈。黑砂掌急急遞話。來人也喝問了幾句話。楊玉虎聽不懂。那三四個人互相說了幾句話，便出來一人，奔回直通內院的門口，仍把門掩上。黑砂掌居然跟那包圍他的三人閒扯，問這個，問那個。三個人態度傲兀，不愛答理。

旋聽見開門聲，從門中透出明煌煌的燈光，數人持提燈，一人空手走出來，叫道：「是鷹遊嶺的陸四爺麼？」

黑砂掌向對面三人說：「您聽，準沒錯，這不是蒙人的事。……來的可是潘青山潘大哥麼？」

燈光先到，陸、楊二人全形畢現。出來的那人趕行數步，與黑砂掌拉手，大笑道：「我想準是你，不料果然，咱們哥們老沒見了，請裡面坐吧。這一位青年是您什麼人？穿短打，帶兵刃，很精神哪。」

黑砂掌道：「是小徒，喂，過來見過你潘大叔。」楊玉虎不摸頭腦，只得上前作了個揖。

這個潘青山對手下人說：「這是老朋友，你們哥幾個照應著點。」語中意味似乎不好，楊玉虎也聽出來了。潘青山竟把黑砂掌二人讓到內堂。內堂明燈輝煌，不似偷窺時那麼黑了，院子內外也都掛著燈。

賓主坐定，獻茶寒暄，楊玉虎也被讓坐在側首。這時候在燈光下，相形之間，眾人全是長衫，獨他一身短打。黑砂掌盯他一眼，衝他一笑，又一摸下巴；楊玉虎自知鑄了大錯，搭訕著也笑了。

潘青山笑道：「好麼，陸四爺，哥們多年沒見，一見就來這個。你們師徒二人擠眼歪嘴，這玩什麼把戲？要算計我麼？我這裡近幾年一不犯法，二不做案。任憑什麼人，白天黑夜都可以來。」

潘青山說著站起身，走到外面，向手下人吩咐了幾句話。未容黑砂掌自行辯解，外面就蜂擁進十幾個人。

黑砂掌很乖覺，立刻知道潘青山的用意，忙站起來，向眾人一揖到地，連連說道：「小弟我該打該罰，實在對不住眾位。眾位想必是今晚上值夜班的。我本無意偷來訪友，只因我這小徒不知天多高，地多厚，是我要警誡警誡他。教他在前頭走，我在後面跟，好讓他明白明白世面的艱難；別自覺不錯似的，來到外面，一步也走不開。可是這一來，我把小徒警誡了，未免教眾位面子上下不去。我再給眾老哥賠個禮！」作了一揖，又作了一個羅圈揖。

潘青山立刻大笑道：「好個陸四爺，真夠老辣的。我的意思跟您正好一樣，他們十幾個人也是自覺不錯似的。晚上值班，大大咧咧，總以為就是一隻鳥、一條狗，也鑽不進來。現在，哪知陸四爺帶著徒弟，直走進院裡，他們還不知道。我也是教他們認識認識，教他們從此以後，別自以為了不得。」說罷，潘青山命眾人向黑砂掌謝謝「指教」之德，這才揮手命眾退去。黑砂掌又一捫臉，說道：「我這臉是橡皮的，倒不怕相好的暗損我。」說著縱聲大笑。

兩個老朋友全都軒然大笑，其實鉤心鬥角，暗挑起節骨眼。亂過一陣，黑砂掌命楊玉虎上前拜見主人，說道：「徒弟過來，這是你潘叔父。」

楊玉虎連忙施禮，被主人攔住。他暗端詳此人，身材高大，滿腮虬髯，臉比黑砂掌還黑，腮比黑砂掌還多毛。這人是潛伏的江湖魁首，名叫潘青山。這小村儼如他的城堡一樣。

潘青山對楊玉虎道：「你是陸四爺的高足，真真好極了。你們老師真會教學生，肯下這大苦心。老弟，你將來一定能夠出人頭地，請坐下吧。」

潘青山又轉向黑砂掌道：「四哥，你我弟兄不說假話。你黑夜臨門，必非無故，你還有別的事沒有？」

黑砂掌笑道：「你還是當年那樣，砸沙鍋要砸到底。我自然有點事和你商量。第一句話我先問你，你們這裡消停不消停？合字和六扇門有什麼動靜沒有？附近的合字都還有誰？第二句我再問你，你耳朵夠長夠靈，聽見什麼稀罕事沒有？咱們江北一帶，可有眼生的人物竄進來沒有？咱們是老爺們了，你不要裝蒜，老老實實告訴我。」

潘青山道：「這個……你打聽這個，有什麼意思？」

黑砂掌道：「自然有點意思，要不然，我還不會半夜砸你的門來呢。」

潘青山笑道：「那就請你把來意明說出來。我就一是一，二是二，有問必答。」

黑砂掌把大指一挑道：「老兄弟，有你這麼一說，我索性全告訴你。你可聽見二十萬鹽鏢在范公堤被劫的話麼？不幸我有一個朋友，吃了掛落。我不能不替他想一個偷樑換柱的法子，好出脫他，所以我才麻煩你來。你在本地，人傑地靈，你告訴我實信。我還得求你搬人幫忙。」

潘青山還沒聽完，把頭搖成撥浪鼓似的道：「不知道，不知道，我當是什麼事，原來是范公堤劫鏢那一案哪。按說這一案現在都鬧翻了天，可是我也正在納悶。因為劫鏢的是外路人，平空給咱們江北找了麻煩。我也正要掃聽這劫鏢的主兒的實底，只是摸不著一點稜角。」說到這裡，又笑道：「四爺別瞪眼，我不是推心淨，我真不摸頭；不過看在老朋友份上，我可以指示給你一條明路。」

黑砂掌放下面孔，忙道：「潘二爺費心吧。」潘青山把椅子挪了挪，附耳低聲，向黑砂掌說了一番話，然後囑道：「我告訴你了，你可別說是我說的。」

黑砂掌眼睛一轉道：「那可不一定，他們要盤問我，我就說潘青山主使我來的。」

潘青山道：「好，你沒過橋，就要賣道。說笑是說笑，你陸四爺千萬別給我玩皮子。」

黑砂掌大笑道：「你的話只要可靠，我就不露出你來。你騙了我，回頭再算帳。」隨即站起，外窺夜色道：「我這就告辭。我們再見！」

潘青山立刻吩咐手下人，挑燈引路，仍有人跑出去，現搭木橋。黑砂掌攜楊玉虎，走出村外。潘青山直送到橋邊，這才告別。

黑砂掌和楊玉虎急急趨至大路，然後回望小村，似乎無人跟綴，這才吁了一口氣，數說楊玉虎：「你這小子，害得我弄巧成拙，本想暗探，弄成明訪。完了，我們快回去吧。」

楊玉虎含愧支吾說：「這都怨四叔不先明白告訴我。」

兩人且說且走，穿入叢林。黑砂掌還是抱怨楊玉虎。楊玉虎陪笑認錯，道：「好在沒耽誤事，您跟這位潘爺又是老朋友，也沒得罪人。」

黑砂掌咄道：「怎麼沒耽誤事？」

楊玉虎道：「剛才潘爺跟您咬了回耳朵，您連連說好，您不是得著好消息了。咱們沒白來，您還瞞著我做什麼？」

黑砂掌失笑道：「他那是裝模作樣，跟我瞎扯；他什麼也沒告訴我，送空頭人情罷了。你這孩子簡直假機靈！」

且說且行，將次穿出林外，突然聽見隔林那邊，遠遠有奔逐毆鬥之聲，又聽一人喊道：「看鏢！」黑砂掌和楊玉虎不禁愕然，一齊止步。

黑砂掌和楊玉虎倚林側耳，確是隔林出了爭鬥。時當午夜，非盜案，即兇殺，忙繞過林去，尋看究竟。林那邊竟是四五個人影，追趕一個孤行客。這孤行客也似行家，且鬥且奪路狂奔，正向林這邊逃來。背後那四個人分散開急追。有兩個人斜趨叢林，要剪斷逃人的去路；其餘兩個人仍在背後。這斜堵的兩人，內中有一個腳程很快，居然斜趨疾馳，先一步趕到林路。

那奔逃的孤行客形勢危急，在背後的追者也已趕到，似乎一揚手，發出一支暗器。黑影中，只見那逃人側身一閃，還想旁竄，卻已來不及，頓時被後邊的人趕上。那後來人往前一探，金刃劈風，照身後便砍。孤行客又急急一閃身，亮出兵刃來，前堵的第二人又到，登時又把孤行客圍在核心。刀兵亂響，人影亂竄，又苦鬥起來。

追兵似乎定要捉拿孤行客，只抽出三人來包圍；那先奔到林邊的追兵竟不過去截鬥，依然橫刃當林，看意思是唯恐逃者穿林而走。逃者依然且戰且走，可是迤邐而鬥；好像力盡技拙，已然走不脫了。

當此時，楊玉虎在暗影中看了個大概，忙低問黑砂掌：「這是怎麼回事？可是剪徑的賊，竟拿孤行客麼？」

黑砂掌道：「別言語，你等我調侃問問他們。」

黑砂掌往前湊，正要調侃，楊玉虎看出逃者勢力孤危，恨不得立即奔出去相救。黑砂掌往前湊，他也慌不迭地往前湊。頓時弄得路邊草「簌簌」地一響，那持刀阻林的追兵立即覺察，突然一回身，沒看見楊玉虎，恰與黑砂掌，面面相對。

黑砂掌把手一舉，剛叫了一聲：「合字。」這追兵陡然一揚手，打出暗器。黑砂掌猝出意外，急急閃身，登時大怒，罵了一聲：「混蛋！」忙也掏出暗器，照這追兵打去。哪知這時候，楊玉虎的金錢鏢也正出手；這追兵腹背受敵，又當昏夜，剛剛閃過這邊，竟躲不開那邊，登時負傷倒地。雖然倒地，掙身欲起，便立刻口發呼哨，向同伴告警。

黑砂掌大怒，趕過去一看，重將那人踢倒，先解除兵刃，次喝令楊玉虎：「快捆上他！」匆匆提入林中，顧不得審問，叔侄二人搶著出戰。黑砂掌一擺兵刃，大聲喊喝道：「好一群狗黨，你們都是幹什麼的？怎麼回事，你們全給我住手！」

黑砂掌一喊，那邊圍攻的情形早已轉變。圍攻的人已經聞警，知道林中有埋伏，忙分出兩人，奔來迎敵黑砂掌，搭救自己人。那被圍的孤行客，登時手腳鬆動，面前只剩一人和他對敵。同時也聽出黑砂掌的喊聲，忙即回答：「四叔，是我，這是一夥路劫。您快把他們拿住。」

楊玉虎哎呀了一聲，忙道：「四叔，這是我們六弟。」

黑砂掌道：「少說話，打傢伙！」遂不再問，一齊動手。這被圍的孤行客正是留在店中的江紹傑。三下夾攻，三個夜行人漸漸不支。

黑砂掌一口刀就對付兩個，楊、江二人合力對付一個；三個夜行人連忙調侃：

「相好的，是合字，是鷹爪？」

黑砂掌道：「是管閒事的祖宗。」一路猛攻。三個夜行人且抵抗且問：「朋友，別罵街，你留個萬兒！」

黑砂掌道：「你留個萬兒！」

夜行人已知遇見勁敵，不得不認輸，遂叫了一聲：「好，我們那一位可是交給你們了。相好的，咱們後會有期！」說罷，三人呼哨一聲，立刻撥頭狂奔。

黑砂掌罵道：「你們不是勾兵，就是暗中綴我。爺爺不上你們的當。小子，追東西，一個也別留！」

黑砂掌催同楊、江二弟子，川字形緊綴下去，唯江紹傑累得呼呼直喘。直趕出半里路，夜行人照樣要鑽樹林。

黑砂掌冷笑道：「朋友，你先等等！」向楊、江示意，嗖地發出一陣暗器雨。三個夜行人中又有一個倒地，其餘二人投入林中不見了。

楊玉虎、江紹傑過去，把受傷之賊活擒捆好。江紹傑此時幾乎酥軟了，竟要坐下歇歇。黑砂掌衝他直笑，警告他：「好小子，教你看家，你不在店裡睡覺，偏出來現眼！喘得這個樣。大爺再不搭救你，小命準完。起來吧，這個地方歇不得，我們得走出一段路去。」

江紹傑勉強起來說：「走就走，好麼，四師哥，四叔甩我，我沒法子，怎麼四哥也想甩我？」

他還有一番抱怨話，黑砂掌道：「別嘮叨了，快離開這地方。」

楊玉虎道：「可是咱們捉住這一個，還有樹林裡捆著的那一個，該怎麼辦呢？」

黑砂掌又狠又壞，他打算只從現在這個人取口供，那一個被捆在林中的，是死是活他全不管了。當下命楊、江二弟子，牽著這個夜行人，自己用刀尖在後督著，把夜行人直帶出半里外。找一個隱僻地方停住，命楊玉虎巡風，略問了江紹傑幾句，便來詰問這個夜行人。

江紹傑果然在店中半夜醒轉，發現黑砂掌和楊師兄不見，立刻穿衣追出來。一路亂尋，誤走歧途，在一股岔路上，緊挨水邊，遇見這幾個夜行人，鬼鬼祟祟，似有所為。黑影中望不清楚，江紹傑還疑心是黑砂掌遇上熟人，貿然往上一湊，剛打一聲呼哨，被人發現了。這幾人毫不客氣，要扣留江紹傑。江紹傑初出犢兒，抽刀便砍，登時打起來。眾寡不敵，人家要包圍他。他很乖覺，奪路急跑。這幾人窮追不捨，江紹傑且戰且走，逃到林邊，方才遇救。江紹傑說罷，轉向被擒的人：

「你們在那小河溝子旁邊，鼓搗什麼？我喊了一聲，也不犯歹，你們為什麼定要追殺我？」

那夜行人冷笑不答，對黑砂掌說：「朋友，聽你的口氣，你是老江湖了，要殺要剮，要釋放，要送官，一聽尊便。你們又不是鷹爪，問我做什麼？又有什麼用？」

黑砂掌道：「你怎麼看我不是辦案的？」那人冷笑不語。黑砂掌端詳此人的身量，倒是個壯漢，聽話聲也正在少年。便問：「朋友，你貴姓？你是哪條線上的？你別拿我當六扇門，咱們就算是同道。你把實話告訴我，我好放了你。」

夜行人道：「放不放在你，至於實話，對不住，你逼我說出來的實話，你肯信，我還不肯說呢。再說朋友你要是栽了，你願意留名麼？」

黑砂掌道：「好傢伙，你這小子口氣倒夠味，不用說，你也是名門之徒了。」

江紹傑道：「四叔，您別這麼問，這麼越問越問不出來。」掄起刀把，狠狠打了幾下。這一打，那夜行人嘻嘻地冷笑，往地上一躺道：「朋友，你們這舉動，滿不是江湖道。你給我來個痛快的吧。」再問就連聲也不出了。

這夜行人的派頭，引起黑砂掌的高興來，連說：「夠朋友，夠朋友！」可是這夜行人這股勁，更引起江紹傑的反感，因為剛才他不過一探頭，便被他們窮追亂砍。幹鏢行的和做綠林的，天然是兩個作派。江紹傑還是要苦打取供。黑砂掌陸錦標把他攔住，說道：「你先別打他，等我來問吧。」

黑砂掌在黑影中，衝那人問了幾句，那人躺在地上，依然不答。黑砂掌笑了起來，忙摸索身上，取出火摺子，用手一晃，可惜隔時太久，火摺子晃不著了。便問楊、江二徒，身上可有？

楊、江說：「我師父不教我們帶這個。您要火摺子做什麼？」

黑砂掌搖頭不答，忽然說道：「有了！」忙扶起夜行人，細搜身畔，果然從這人的百寶囊中取出一支竹筒，內有火折。用手連晃，發出火光來。黑砂掌就拿火折，照看這夜行人的面貌。這夜行人還在地下坐著，見火光立刻低下頭。黑砂掌看了又看，忽然疑訝道：「唔？」

楊玉虎、江紹傑，借這火光，看出這夜行人年約二十多歲，非常精壯，圓臉大眼，穿一身短裝，此刻也抬頭掃了三人一眼，仍舊垂頭不語。

黑砂掌遲疑道：「朋友，我好好地請教你，你貴姓？你是哪裡人？你到底是不是合字？」

江紹傑道：「你們剛才聚著好些人，那是做什麼？」

那人半晌才說：「對不住，我若是落在仇人手裡，就痛痛快快，把我殺了。若是落在六扇門手裡，咱們公堂上再畫供，這時候問也白問。我若是落在合字手上呢，你們這舉動，全不對勁，我還是不答。」

楊玉虎笑道：「好硬的一棵菜，你就當我們是合字。」

那人道：「是合字，就不該這樣問我。」

江紹傑罵道：「這樣問你，還是好的呢。」調轉劍背，又要動手。黑砂掌忙又攔住道：「別打，別打，我再細細瞧問。」

黑砂掌又把火摺子晃亮，直送到那人面前，左看右看，遠瞥近盯，活像相新媳婦，招得那人恚怒。

忽然，黑砂掌說道：「我說喂，你到底姓什麼？你可是姓陸麼？」那人似乎一震，抬頭望了一眼，復又低頭不答。

黑砂掌再忍不住，把一個火摺子舉著看，眼看全點完，又把自己的火折點著，歪著頭死盯那夜行人，夜行人越發低下頭去。但是楊、江也起了詫異，也跟著細看，看完又看黑砂掌。黑砂掌與這夜行人年紀懸殊，卻全是圓臉，圓眼。黑砂掌有一臉絡腮鬍，這人下頦也是青漆漆的。楊玉虎首先大驚道：「四叔，你看見麼？這人跟你可是一個模樣！」

黑砂掌立刻叫道：「你不是小福子麼？你是我的兒子！」

那人罵道：「我是你的祖宗！」可是罵出這一句，不由睜開了眼，這才借火摺子，細看對方。

這一看，夜行人哎呀一聲，不覺得站起身來，問道：「您您您貴姓？」

黑砂掌失聲道：「好小子，你連你爹也認不得了。」

楊、江二弟子驚詫萬狀，一齊代說道：「這位是鷹遊嶺的黑砂掌陸老英雄。朋友，你到底貴姓？」

那人不等聽完，「撲登」地跪下，叫道：「爹爹，爹爹，我就是小福子！」

黑砂掌大聲道：「好小子，你會罵我，你不是我祖宗了？」那人羞慚無地，楊、江二徒於驚疑中忙替夜行人解了縛。這個人正是十餘年前，因為父娶後母，一怒離家的陸嗣源，也就是黑砂掌陸錦標的長子，乃是黑砂掌前妻蔡白桃所生。

黑砂掌本是綠林之豪，他與蔡白桃當年活躍在江湖上，偷盜搶掠，無所不為。蔡白桃更比他厲害，故此多結怨仇。不久，蔡白桃生了陸嗣源。陸嗣源剛剛六歲，蔡白桃又懷了孕。正值黑砂掌遠出，仇人尋上門來，蔡白桃束腰提刀，與仇人苦鬥，結果兩敗俱傷，雖得手誅敵人，自己也傷胎而死。遺下陸嗣源，黑砂掌把他送到一個同門師妹家中，代為撫養。

黑砂掌自己獨身一人，去搜尋仇人的黨羽，報仇之後，悼亡灰心，洗手退出綠林之後，回轉故鄉，又遷到別處，做起良民來。隨後鰥居無聊，就續娶了繼室張氏。

這張氏乃是良家女子，她的叔叔是個做買賣的。有一年販貨，行在中途遇盜，被黑砂掌無意中遇見；用幾句話，把圍上來的強盜說走。張某為此感激，結成朋友。那時黑砂掌自稱是鏢客，恰巧張某家中有個年逾花信的侄女，既訂婚就死了未過門的女婿，在叔叔家寄居。後來便許配給黑砂掌，作為繼室。

這時，黑砂掌的長子陸嗣源，已經還家；他不贊成父親續娶。後母在前門下轎，他竟從後門溜走。從此父子生離，一晃多年，黑砂掌也多方尋找，迄無下落。後來繼室給陸錦標生了一個次子，取名陸嗣清，就是十二金錢俞劍平新收的末一個徒弟。這張氏嫁後不久，始發覺其夫出身綠林，但因木已成舟，心中懊喪，也無可奈何；只是哭鬧著，逼黑砂掌洗手。但黑砂掌早已洗手了，張氏又逼他移居，和綠林朋友脫離。

這是以往的事了，現在黑砂掌代友尋鏢，竟在意外，和失蹤已久的兒子骨肉重逢。

黑砂掌十分驚喜，把跪在地上的陸嗣源扯起來。兩人對面，看了又看。十多年的久別，父子面貌全改。這青年已沒有當年的孩子氣了；黑砂掌滿臉鬍鬚，不似當年。可是父子面貌的輪廓，大致還看得出來。尤其是圓頭頂，圓眼睛，南人偏生北相，乍看便覺父子酷肖。

這青年夜行人陸嗣源悲喜交集道：「爹爹，你老這些年上哪裡去了？我曾到老家找您，都說你老攜家遠走了。你老現在何處？」

黑砂掌道：「好小子，自從你這個娘剛一進門，你就一溜走了。你只顧想念你的死娘，你連你的活爹也不要了！這十多年，你往哪裡闖蕩去了？」

骨肉闊別十多年，一言難盡，父子全說此地非講話之所，黑砂掌要率子同回店房。陸嗣源道：「且慢，還有你老人家剛才捉住的我那一位同伴，你老把他捆在哪裡了？您得把他先放了，我好同您走。若不然，我去把他邀來吧？那人並不是外人，乃是我的盟弟高麟章。」

黑砂掌骨肉重聚，年老戀子，把兒子拍拍摸摸，不忍暫離。陸嗣源要翻回去，親釋盟弟；黑砂掌說：「那又得折回一里地，何必費這事？可以教這師弟，把他放走。玉虎，你和紹傑辛苦一趟。你別對那人說實話，只說彼此是熟人。你把他解開一放，你二人再趕緊回來。」

黑砂掌又對陸嗣源說：「小子，你這盟弟八成是你的同行吧？不用說，你現在又幹起咱們的老事業了？你是和人結夥，還是單人獨闖？你們的瓢把子是哪位？」

陸嗣源道：「你老容我到下處細講吧。」

當下，黑砂掌與失蹤又重逢的愛子先一步走。楊玉虎和江紹傑二人自去林中，釋縛放人，略述數語，然後匆匆折回。四個人先後腳回轉店房，時已黎明。

在店房中燈光下父子對面，看老的更老，小的不小。爺倆都很動情，悲喜交集。黑砂掌先看了看陸嗣源剛才受的傷，不過是浮傷，稍一包紮便得。跟著便問陸嗣源，這十幾年的情況，和目下所作所為。

陸嗣源這才細訴以往，果然他已身入綠林了。他手下也率領著十幾個人，乃是一處大寨的小竿子頭。大寨主身死之後，全夥分裂，他新近竟和蛇頭塢的夏永南兩幫合成了一幫。夏永南是大舵主，陸嗣源是二舵主。他們現在正在秘有所為。

父子二人各訴近情，追說往跡，旋又折到眼前的事。陸嗣源便問家中現在的人口。黑砂掌告訴他：「你現在的這個繼母，人很不錯。多虧她規矩著我，我如今早已脫開綠林了，積了些錢，我在鷹遊嶺，買了一些山田。你想咱們爺們哪會拿鋤把子？全是你這繼母替我操持。我在家裡享起清福來了。你這繼母還給你生了一個弟弟，今年也十四了。我新近把他送到十二金錢俞三勝那裡學藝去了。你這繼母樣樣都好，也夠賢慧，就是不喜歡咱爺們幹綠林。想不到你這孩子也走了你爹的舊轍了。你現在成了家沒有？」

陸嗣源聽他父盛誇繼母之德，他是不肯讚一詞的；聽說有了弟弟，倒也喜歡。他父追問他娶親沒有，他就搖頭說道：「沒有，還沒有呢。」

黑砂掌笑道：「沒有才好。你若成了家，你現在幹的是這個營生，你的妻子自然也是這裡頭的人了，將來他們婆媳實在不好共處。你也不小了，你今年二十幾了。今天你我父子重逢，你就洗了手吧。跟著我回家，我先給你娶個媳婦，回頭你願在家中照應田地，你就在家裡一待。你若是耐不了鄉農生活，現在我有的是鏢行朋友，我把你薦到鏢局。你別再吃綠林飯了。」

黑砂掌陸錦標說了許多話，卻不問他兒子是否同意。但是陸嗣源和他的夥幫，刻下正著手做一件大事。他父親的意思，立刻要帶著他走，他實不能拔腿。他在江湖上也有小小地位，就算洗手，也得有個交代；況且現在他正是欲罷不能。他又素知他父親的脾氣，對兒女很溺愛，卻不喜小孩子違背他的話。這本是做父母的常情。

黑砂掌陳芝麻爛穀子地講了許多話，又告訴陸嗣源：「我現在正忙，正缺少一個合字上領道的。如今有了你，好極了。你把近處的綠林道全告訴我，我要挨著找他們去。」

陸嗣源聽他父親的意思，現在就要帶著自己走，不由心中著急。黑砂掌好像不理會兒子的心情和面上神色，便要由店中動身，教陸嗣源跟著走。陸嗣源忙道：「你老人家找綠林做什麼？你老不是洗手了麼？您此刻打算上哪裡去？」

黑砂掌道：「現在我還沒有準地方。我正要問你，近處綠林道最有勢力的，都還有誰？」

陸嗣源隨便舉出幾個綠林人物來，內中就有黑砂掌去過的。黑砂掌道：「這些地方，我全去過了。你的垛子窯在哪裡？莫如我到你們窯上看看。你們的大當家夏永南，我還沒有見過呢。」

黑砂掌還是火炭似的脾氣，說走就走。陸嗣源遲疑不肯就去，反問黑砂掌道：

「你老到底有什麼事，要歷訪綠林？」

黑砂掌看了他一眼，不悅道：「你倒審問我麼？我倒要問問你，你這孩子這麼直打倒退，你有什麼心思？可是的，你們剛才鼓搗什麼了？莫非你們是正在做案麼？」

陸嗣源起始不肯直說。黑砂掌越盯越緊，末後面帶怒容道：「我看你人大心大，你不是我的兒子了。你肚裡有事，你瞞著我！看你這意思，把我拋開才好，是不是？」

陸嗣源惶恐道：「你老別著急，兒子情實是正有事。你老教我跟您走，我不是不願意，您總得容我把事情撕羅開了啊。」

黑砂掌道：「到底是什麼寃魂纏著你的腿，連你爹都不要了？」

陸嗣源窘得臉通紅，萬分無奈道：「我是正同著夥伴，幫助朋友做一件事。因為這件事做成了，有幾萬油水可以分到我們手裡。兒子的意思，我們已然佈置了好幾天，眼前就水到渠成。我恨不得發了這筆外財再走。也可以拿著這錢孝順你老。」

黑砂掌立刻動容道：「幾萬？」

陸嗣源道：「有五六萬。」

黑砂掌忙道：「是一共五六萬，還是你一個人分得五六萬？」

陸嗣源道：「一共有二十萬呢，我們這一股，可以獨分五六萬。……」

黑砂掌不等聽完，立刻跳起來，抓住他兒子的手，一疊聲動問：「是二十萬麼？是怎麼個來路，你快說！」

陸嗣源吃了一驚，把頭一低，立刻支吾道：「詳情我也說不清。這是我們大當家經手的。」

黑砂掌大怒，斥道：「好小子，你不知道你是賊羔子麼？你不知你爹是個老賊麼？你還跟我搗鬼？你小子把招子放亮了，老老實實告訴我，若不然，我把你送官，當臭賊辦！你這東西跟你爹還玩花招！」

黑砂掌越說越怒，瞪著圓眼，要動手打人似的。楊玉虎、江紹傑連忙過來勸解。陸嗣源無可奈何，只得吐實。

果然不出所料，這外財二十萬，正是那二十萬鏢銀！

第七九章　盤湖搜秘

陸嗣源等輾轉從綠林道，探知新有外來綠林，叫做什麼插翅豹子，因為報仇找場，特來跟鏢行作對，把二十萬鹽鏢擄數劫走。事情鬧大，這插翅豹子已與當地綠林勾結，把這筆巨贓隱埋起來了。

夏永南、陸嗣源他們這一夥，正惱這外路綠林，膽大妄為，做如此重案，以致影響了他們伏地戶的生意。他們也和鏢行一樣，合字相逢，互相刺探：「這做案的豹子到底是哪裡來的？現在奔哪裡去了？二十萬鏢銀，他們都弄到什麼地方去了？」這時候，官捕、鏢行四出尋緝。群賊人人斂跡；人人遷怒到豹子身上。

不想豹子獨力難支，即與當地綠林勾結，頭一個便是子母神梭武勝文，第二個又有凌雲燕姊弟二人。那子母神梭武勝文秘密地傳下綠林箭，給豹子做了窩主，又給豹子轉邀朋友。這一來，逗上筍了；子母神梭暗遣手下，遊說牛角灣的蔡九。蔡九大概是不願跟人瞎跑，也不願替人頂缸，聽說是當時一口謝絕了。

但是這消息過了些日子，無意中，竟漏給夏永南。夏永南這才曉得劫鏢的豹子，是子母神梭的朋友，但還不知道真姓實名。

夏永南又對陸嗣源說起。陸嗣源立時靈機一動，對夏永南說：「大哥認識武四爺麼？」

夏永南說：「慕名，沒見過面。」

陸嗣源道：「那麼，你跟這豹子更不認識了？」

夏永南笑道：「我前幾天不是還問你了麼？」

陸嗣源立刻眼光閃閃地說：「好了！大哥，你想發財不想？」

夏永南忙問：「這話怎麼講？」陸嗣源摒退部下，把趁火打劫的主意說出來；要窺機挖包，轉劫飛豹。

夏永南道：「這個，就是狼叼來，狗銜去。主意真好，只是，這不犯了江湖大忌了麼？」

陸嗣源道：「不然，您並沒有受誰的託付，您也不認識劫鏢的豹。再說，這隻豹子是外來的和尚。他這一舉，是找江南鏢行算帳，可也是把咱們江北綠林沒放在眼裡。水大漫不過橋，他把咱弟兄越過去了。大哥，我們可以動動他！」
夏永南眼珠亂轉，二十萬鏢銀非同小可，如果弄到手，與夥伴一分，從此後半輩子不憂衣食了。可以遠走高飛，退出江湖，改行做一個好百姓。
夏永南又轉念一想，連連搖頭道：「他們埋贓的地點，你可知道麼？」
陸嗣源道：「我們可以推算，可以刺探。反正他們沒有運贓遠出。我們可以由今天起，秘密地盯住他們這兩處：一處是武勝文，一處是凌雲燕。」
夏永南點點頭，又搖頭。他總以為這是沒影的事，人家藏銀之所，局外人萬難探出。況且武勝文有家，凌雲燕有窯，贓銀必有機密地方。就是探出來，也偷摸不著。難道還能硬搶硬奪，尋著了燕子巢，豹子窯，真格的硬打進去不成？夏永南左思右想，以為太難。
殊不知陸嗣源早已胸有成竹，他從另一人口中，訪得射陽湖附近，忽來生人。又聽說凌雲燕的三舵主飛鈴王玲，無緣無故曾在射陽湖兩次露面，全都化裝改扮，力避人知，更不斷訪問當地的合字，鬼鬼祟祟，豈能無故？
當下，陸嗣源把自己的所聞所見，告訴給夏永南，並且說：「他們是在范公堤做案，由范公堤奔武勝文的火雲莊，恰好得走射陽湖。我想，這劫鏢的豹子，現在一定就在射陽湖一帶潛跡。我們先搜搜他，如果見著他，就拿出江湖的規矩來，見一面，分一半。這地方是咱們的地界。他上咱們地界做案，不打招呼，就是他不對。」

陸嗣源拿出尋豹奔贓的主意，把夏永南說動。正是初生犢兒不怕虎，他竟不管這豹子好惹不好惹。在夏永南想：「反正現在沒事，你願意趁渾水撈魚，你就撈去。可有一樣，千萬別弄一身腥。」

陸嗣源說：「大哥放心，或硬或軟，我是看勢做事。我如果尋著豹子，一定先拿話點他。我就算是江北綠林道公推出來的人，找他要落地錢。他若不給，……大哥你想，他不敢不給，他總得怕咱們賣了他。」

夏永南這才放心道：「你不打算硬奪，只要硬討，這還罷了；不過硬討不如軟拍。你只要真得著豹蹤，嘿，這二十萬，就分不到一半，也可以要個八萬六萬的。咱弟兄發個小財。」

夏永南這才遣兵調將，交陸嗣源率領，要在射陽湖、寶應湖，直通火雲莊的這一帶，搜尋劫鏢大盜飛豹子的潛蹤。凡事從外面摸，自然不易；若從裡面翻，就事半功倍了。陸嗣源等正是近水樓台。但是結局卻出意外，本為尋飛豹，敲竹槓，向他討落地稅。他們竟無意中發現了飛豹子的埋贓之所。

飛豹子本人沒在射陽湖。他的黨羽和武勝文、凌雲燕的黨羽，全都聚精會神在對付那名震江南的十二金錢俞三勝；只留下少數副手在射陽湖看守贓銀，竟被陸嗣源的夥伴發現了。陸嗣源本不知豹黨埋贓何處，更不認得這飛豹子本人。他連日率部下好手，暗中潛綴，第一步是要先認出豹黨的頭腦人物來，並且找出他們的確實落腳地點，然後就挑選硬手，徑去登門投刺，以地主之權，向外來客明討好處。

但替飛豹子守贓的人，也非庸庸之輩，他們的形蹤極其飄忽。陸嗣源和手下的夥伴，費了全副精力，晝伏夜搜，夜伏晝訪，僅僅獲得他們潛身之所的大略方向，好像是隱居在射陽湖畔；可是只見生人入，不見生人出。

陸嗣源心中暴躁，有一次好容易遇見一個形跡可疑的人，他連忙潛綴下去。哪知此人竟是附近江湖道金士釗的盟弟。金士釗的盟弟飛白鼠，獨自一人也在近處鬼鬼祟祟。兩人剛一對盤，全都掩藏不迭。

陸嗣源還當是金士釗跟豹子有勾結，殊不料金士釗的心思，正跟他一樣。兩下裡各不打招呼，全想找這外路合字，討取落地錢，全怕同行知道。兩邊的人竟弄得互相躲避起來。也互相猜疑起來。你猜他是豹黨，他猜你是豹黨。

陸嗣源此時正是一方避著金士釗的盟弟，一方又潛綴金士釗的盟弟，另一方還在加緊尋豹。

當這時，黑砂掌陸錦標可就親率俞門二弟子，從當腰橫插上來了。陸嗣源費了很大的事，剛捉著一條線索，正自黑夜率黨，暗加摸索。恰在此時，父子動手，黑砂掌把自己失蹤已久的兒子活擒住。父子就在店中敘舊述往，到底黑砂掌把陸嗣源的實話擠出來了。

楊玉虎、江紹傑二少年一齊大喜，聽陸嗣源略略說罷他眼前的所作所為，二人立刻說：「好了，四叔，您瞧這不是有頭緒了！……」

黑砂掌忙攔道：「少說話，我們爺們的事，你別打岔。」

陸錦標雖然這樣說，滿面露出得意，向楊、江二人暗遞過眼色。楊、江二人登時會意；知道陸四叔要耍手腕，對待自己的兒子，要軋杠子似地擠出實話來。

陸嗣源轉向黑砂掌：「你老人家這麼忙，到底想做什麼？您那事要是能緩，您只容我幾天空，我就交代俐落了。那時我跟您上哪裡去都行。」

黑砂掌笑道：「好小子，我的事比你的事更要緊，更吃重。我再告訴你一句實話吧，咱們父子別看十多年沒見面，現在骨肉重逢，居然走到一條路上來了。你不用作難了，你辦的事，就是我辦的事，咱們爺倆合夥吧。」

黑砂掌陸錦標扣住陸嗣源不放，就在店房，從頭套問他們大當家夏永南同子母神梭武勝文、凌雲燕等人的交情，究竟如何？到底子母神梭和凌雲燕，與劫鏢的豹子有何等深交？金士釗和飛白鼠意欲何為？都細細問了一遍。

據陸嗣源說，夏永南和子母神梭武勝文只是慕名；跟凌雲燕是素不相識，還有些瞧不起，因為那江湖傳言，凌雲燕乃是新出手的綠林，慣好裝男做女。至於劫鏢的豹子，究竟跟凌雲燕、子母神梭有何交情，陸嗣源也是局外人，當然也說不明白。至於金士釗，志在半腰撈魚，已然顯而易見。

黑砂掌問罷，默想一會兒，現在已知夏永南和豹黨渺不相涉。夏永南既想算計豹黨，那麼試著找了他去，兩下裡也許可以合手一辦。黑砂掌抬頭看了陸嗣源一眼，見他很拘束地坐在下首，臉上露出為難之象。遂湊過去，一拍兒子的肩膀道：「小子，你別犯心思，你聽我說。」

黑砂掌仔細斟酌之後，這才把自己的密謀告訴自己的兒子，說道：「小子，我勸你趁今天也改邪歸正吧。你爹在綠林混了這些年，很經過大風大險。這個營生實在不是人幹的。你想想你的親娘吧，功夫夠多好，又有她的父兄照應，又嫁的是我，可是臨了還是死在仇人暗箭之下。現在你既然尋出這麼一個發財的路數來，你卻不知這一筆財很有險難。告訴你，小子，我也是衝著這二十萬出來的。不過你們打的是轉手挖包、落地討稅的法子，你爹做的卻是尋鏢索贓、給朋友幫忙的事情。我看你還是跟著爹爹混吧。……」

陸嗣源聽了，說道：「你老是奉了官面的告諭，才出來的麼？」

黑砂掌笑道：「那倒不是。我若那麼一來，豈不成了狗腿子的眼線了？我這回出山，乃是受好朋友所托，為了咱們江北整個武林道的體面，才肯出頭的。小子，你來幫爹爹辦一辦吧。」

陸嗣源還是面有疑難，黑砂掌道：「大概你還是怕對不住你們夥伴，對麼？」

陸嗣源點了點頭道：「你老請想，我在窯裡算是二當家的，我帶著十幾個人出來尋生意，竟一去不歸。他們再想不到我是父子重逢。他們只看見我動手被擒，一定當我是落在六扇門手裡，半途失腳了。他們必然設法打救我，尋訪我的下落。日後我忽然平安出面，我又隨著您，沒有離開此處，我們的夥伴豈不怪我破壞行規？怎麼出了險，不給窯裡送個信呢？」

黑砂掌道：「你慮的也對。我看此事不跟你們大當家的說開了，也不好辦。索性咱爺倆商量好了。一塊兒見你們夏當家的去吧。」

父子在店內，商量好了話頭。陸錦標久歷江湖，心眼很多，竟預備了虛實兩種措詞。父子二人便去尋找夏永南，那裡果然鬧翻了天。那敗回的夥計報告了陸嗣源中暗箭遭擒。夏永南登時大怒，疑心他是受了豹黨的暗算。跟著在林中被釋的那個副手，也逃了回去，把楊、江二少年的話，照樣學說了。說二當家遇上熟人了，天亮準回來。

夏永南半信半疑，久候不見陸嗣源回來。他越發生氣道：「你們上了人家的當了！好個豹子，捉住我們的人，扣下一個，還放回一個，他這是對我示威！不行，我們得把陸賢弟討回來。」

夏永南很有義氣，立刻整隊出尋，要找豹黨要人要贓。陸嗣源引領他父，剛到界內，便被巡邏的小夥計看見，叫道：「二當家，你遇見什麼了？真是遇見朋友了麼？可把大家急煞了！」

陸嗣源走進窯內，內中只剩下幾個人，全夥都已出去。陸嗣源目視他父道：「你老看，我們這裡是反了不是？」急忙派人，把夏永南尋回。楊、江二少年看了，心中暗服，果然盜亦有道，竟如此義氣。

夏永南拉住陸嗣源的手道：「二弟，你多辛苦了，他們說你遇見朋友，我只不信，當是你……得了，幸喜平安無事，給我引見引見吧。」

夏永南一端詳黑砂掌，陸嗣源這才說：「這是家父，這是我的兩位師弟。」夏永南忙深深一揖道：「老前輩，老伯！小子我叫夏永南，我和陸嗣源是盟兄弟，和親骨肉一樣。你老請上！」夏永南要行大禮。陸錦標連忙攔住道：「夏大哥，快別這樣！小孩子多承領導，我得謝謝！」

一陣寒暄，夏寨主吩咐在窯內擺酒。又要引見部下，與黑砂掌相見。黑砂掌心慌，他不願拿真面目示人，當下極力辭謝，也不肯飲酒，連聲說：「夏大哥，你我一見如故，我這回是專心出來尋找小兒的，我已經給他訂了一頭親，人家催娶多次。他這孩子貪戀著和諸位大哥一塊湊熱鬧，連爹娘也不顧，連媳婦也不要，真不像話。夏大哥，我這回來，是給他告假。女家那邊催我們秋後娶，夏大哥，您賞臉，准他回去一趟吧。」

夏永南詫然，因為陸嗣源從來沒說過身世，更不知他至今未婚，也不知他是名父之子，私逃出來的。忙道：「既然二弟要成家，我們大家該賀賀。」假是當然准了，還要歡宴送別。陸嗣源忙和夏永南說了一些私話，略提家有繼母，少時私逃的事。

夏永南看了黑砂掌一眼，這才說道：「我們備一點薄禮吧，我想老伯也不能不收的。」

夏永南備了一些金銀禮物，到底留黑砂掌在窯中小酌一回。宴間，歡飲酣暢，黑砂掌把真話略為提示出來一點。夏永南一聽，卻不願跟鏢行合夥，恐落綠林道的閑言；更怕和官面聯手，教同行疑心他賣底。言談之間，略露難色。黑砂掌見話不投機，就此把話咽住。敷衍了一陣，款留了一天。陸嗣源又背人向大當家說了許多解釋的話，夏永南這才放行。陸嗣源也將自己經手之事，一一交出來。父子二人起身告辭，這才永離大寨，父子同歸了。

黑砂掌父子這一合手，事情頓見開展。陸嗣源是當地戶，門路熟；陸錦標卻是資格老，經驗富。父子二人又加上楊、江二青年，就在射陽湖地方，潛伏密搜，漸有眉目。也就在這時，十二金錢俞劍平在鬼門關和飛豹子交了手，跟著在北三河又比了劍；加上官兵聞耗，大舉緝匪，連累得武勝文傾巢喪家。飛豹子這才一怒變臉，要把這筆贓銀暗獻給官府，更借此消弭官軍的窮追；同時要另掀大案，專跟鏢行作對。

黑砂掌父子重逢不久，這飛豹子便敗退下來。與凌雲燕、子母神梭密議之後，決計繪圖獻書，把二十萬鏢銀埋贓的地址，送給淮安府；同時通知官軍，並關照射陽湖看贓的同夥，教他們一見官軍前來掘贓，全撥撤退。倘萬一被鏢行探知機密，飛豹子另備下苛毒的辦法；只要埋贜之處被搜獲，便教守贜同夥把整鞘的鏢銀打開了，拆散了，一塊塊掃數投入湖底！這就是飛豹子的毒計！

不料這毒計的底細，竟被黑砂掌父子不費吹灰之力，一舉手撈來。黑砂掌父子，潛藏在蛇子塢附近，命陸嗣源喬裝匿形，仍去暗盯飛白鼠。他自己仍在暗搜豹跡。

鋼杵磨繡針。盤旋數日，黑砂掌居然把豹黨守贜的夥計，認準了兩個。這生客穿著老百姓的衣服，外表土頭土腦，毫無可疑，其實他們是子母神梭、凌雲燕的部下，撥來給豹黨做下手的。這兩人白天不露面，一到傍晚，就出來沽酒買肉，樣子是佃戶，花錢很大方，買的吃食足夠平常十幾位吃用的。無意中被黑砂掌看見，覺得離奇，遂唆使楊玉虎、江紹傑上前搭逗。俞門兩個弟子立刻假裝玩鬧，一個前跑，一個後追，從兩個生客身旁跑過，故意把他們的盛酒肉的籃子撞掉在地上。楊玉虎哎呀一聲，撥頭又跑。

果然這兩個生客大怒，罵了一句，立刻追擒楊玉虎。兩人身法很快，楊玉虎幾乎跑不開。黑砂掌這才挨身上前，把兩個生客攔住，假裝給他們勸架。兩人無心中罵了一句江湖黑話，黑砂掌已斷定二人必是江湖道了。黑砂掌裝什麼像什麼，此刻扮成鄉下佬，土頭土腦，侉聲侉氣，勸解二人；結果教楊玉虎掏出錢來，賠償了事。兩個生客悻悻而去。黑砂掌忙打手勢，江紹傑立刻溜在前面，假裝閒逛，暗暗跟綴。只走出不多遠，便見二客進了路旁小村。黑砂掌忙繞道綴進小村，隨後楊玉虎也遠遠地盯上來。此時正在黃昏時候，幾個人挨到天色大黑，留江紹傑盯住村口，由黑砂掌率楊玉虎，追探村內。

黑砂掌登房，從高處往裡窺看；由楊玉虎進村口，徑走平地。兩人剛剛到村口一半，村中忽吹起一種江湖上的低哨聲，跟著起了犬吠。黑砂掌看此情形，唯恐打草驚蛇，同時心中有了一二分把握，知道自己沒有走眼。忙在屋上伏下身來，招呼楊玉虎留神，一面由房脊後探出半個頭，往裡面望去。這小村只有三五十戶人家，村後臨河，像是小小漁村。就在臨河前面一所茅舍中，忽瞥見三間草房燈光照窗，此刻突然熄滅了燈。又恍惚看見有一人從房內出來，仰面觀天，似乎把手一揚，要發暗號。

黑砂掌陸錦標忙回頭四顧，誠恐暗中有人埋伏。過了半晌，竟沒有動靜，草房中人又進去了。那楊玉虎不管不顧，依直道往前走。黑砂掌情知村中潛藏著行家，不敢再用彈指嘘唇的法子，來阻止楊玉虎。索性一溜房簷落到平地，和楊玉虎一前一後，明目張膽地走過去。

直到那草舍門前，看出是六七間小房子，房後正是那條小河。黑砂掌緩緩走過去，時時提防著四面。直繞到房後河岸，又轉回來，再端詳草舍門口。就在此時，從鄰巷房上，突然探出一個人頭似的，一晃又不見了。

黑砂掌暗覺風色不對，把暗器握在手中，以防不測。在村口繞了一圈半，僅僅認準了草舍的門戶，便帶楊玉虎出來。會同江紹傑走出村外，到田野無人處，找一棵大樹，蹲在下面商量。

黑砂掌認為這小村實在可疑：「剛才往裡面探看，人家竟在暗中安下巡風的人了。我們剛一進村，人家已經知道。並且他們還是老手，若是個初出茅廬的少年，我們一進去，他們必然出來答話，或者要跟綴我們。哪知我們繞村子轉了一圈，他們防備得似鬆實嚴，竟不答理我們。那臨河小村準有毛病，現在所疑問的，是這一夥潛伏在小村的合字，是不是與鏢銀豹黨有關。剛才我們已算打草驚蛇了，我看我們等到白天，把他們打圈看住了，破出兩天工夫，看看他們到底是幹什麼的，小房中到底有多少人？」

黑砂掌這樣說了，楊、江二弟子全都聽命。三人站起來，商量回店。江紹傑道：「四叔，我們要回店，這裡我們得留一兩個人盯著不？」黑砂掌皺眉道：「要盯，咱們爺三個就得全在這裡盯，只留你們一兩個，我真不放心。」想了想，又道：「不要緊，紹傑，你只藏在這土阜後面，遠遠瞟著，不到四更，我再來替換你。」江紹傑不肯幹，笑道：「把我盯在這裡，當這份苦差，回頭四叔又帶師哥走了。這一回您該帶著我。」黑砂掌道：「你倒怪詭的，這早晚還能上哪裡去？不過是回店房，睡大炕。玉虎，你就在這裡蹲一更天吧。」玉虎依言，黑砂掌攜江紹傑回店。

過了一時，陸嗣源也回來了，父子交換情報。陸嗣源還是在前日那小堤附近琢磨。陸嗣源窺見飛白鼠喬裝漁夫，連日在堤上垂釣，夜間又見他駕小船馳入湖塘，在蘆葦紛披中，看似夜漁設置，分明是暗有所尋，暗有所伺。陸嗣源偷盯了半晌，把這情形告訴了黑砂掌。

黑砂掌陸錦標問道：「湖堤附近有沙洲沒有？」陸嗣源回答說：「有，對面就有。」黑砂掌又問：「可看見他們洲上堤上船上，拿燈亮傳遞暗號沒有？」陸嗣源道：「這個……有，有！」

黑砂掌哂然道：「好小子，你別自能，看看咱爺們誰在行，誰不在行？我沒有去，我準知道。這裡頭既有飛白鼠從旁窺伺，我們可不能漏了招，讓人家揀了便宜柴禾去。」

黑砂掌認為，沙堤、漁村兩邊都不能放鬆。可是他手下就只有一子二徒共四人，不夠分派。一隻手掩不過天，好生為難。陸嗣源意欲轉邀他那盟兄加入。黑砂掌拒絕不要：「多一人，多一個枝節，多一個洩底的漏洞。」

斟酌一回，黑砂掌吩咐江紹傑趕緊睡覺，挨到四更、五更之交，再去替換楊玉虎，仍要盯住漁村，看那一出一入的人蹤。卻不要迫近了，不要露出監視的形跡來。黑砂掌對江紹傑說：「你千萬別弄詭聰明，教豹子黨捉了去，我可沒工夫救你，我也沒有那麼大的本領。」

江紹傑笑道：「您別把我太看傻了。」

黑砂掌道：「我只要你謹遵將令，你多加小心，管保沒錯。你要明白，那小村的人可是知道咱們窺探他了。」

黑砂掌又道：「換回玉虎之後，你也告訴他，不要滿處亂鑽，老實在店房睡大覺，等我回來再說。這裡的店家，我已經跟他扯了一頓謊，說咱們是尋找拐帶婦女的拐子的。你們可要跟我的話對了碴。」

叮嚀而又叮嚀，這才不違休歇，隨同兒子，奔往沙堤，查看飛白鼠的詭秘形蹤，但卻是撲空了，去遲了，湖塘的小漁船已然駛走，沙洲上的燈火已滅。黑砂掌不由搔頭漫罵，叫著陸嗣源繞渡沙洲打圈搜尋。

第八十章　計換密信

這時候，小村中潛藏的人果然已經警覺，知道黑砂掌是來踩探什麼的。不過他們為首的人，自信身上任什麼犯歹的東西都沒有，埋贓之處又距此尚遠，因此並沒把黑砂掌看在眼裡。同時也是因為接到了飛豹子的信，知道十二金錢俞劍平大集鏢行群雄，在北三河與豹子比鬥。當此時，他們還沒有比武，更沒有官兵剿火雲莊，情勢並不那麼緊張。這幾個看贓人，料想黑砂掌四個人，不過是當地道兒上的朋友罷了，再不然就是鷹爪、吃葷飯的；沒想到他們竟是俞劍平的朋友，所以忽略了。

那為首的人說：「教他們來偷看吧！就讓俞劍平本人進來搜搜，我們這裡，連個屁也沒有；他反正不能找咱們要鏢。」

說這話、做這樣看法的，正是一豹三熊第三熊，沙河顧夢熊，和凌雲燕手下一個副頭目，名叫霍元桐的。他兩人率領六個同黨，在此地守贓，內中還有子母神梭的盟弟，名叫羅宜朋，新近才派過來的。他們八九人中，真正知道贓銀埋藏之處的，僅僅顧夢熊和豹黨一人。其餘的人全是凌雲燕、子母神梭撥來幫忙的，只曉得埋贓的大概方向罷了。外面還有幾個人，專管傳消息，凡火雲莊和燕巢、豹窟，以及鏢行的動靜，隨時報給顧夢熊知道。

黑砂掌父子潛綴他們，他們已然警覺。他們這些人沒把黑砂掌等看在眼內。黑砂掌陸錦標遇見的那兩個生客，就是他們派出來就近沽酒買肉、採辦糧台的夥伴。他們在此地借房覓寓，全由飛豹子轉煩子母神梭托情設法；本來早給他們備足食糧，諄囑他們埋頭潛蹤，無事少在街上逛。他們江湖人物久居無事，口饞意懶，不禁要喝酒遣興，賭錢消閒。他們的飯量又大，吃吃喝喝，嫌起不足來。又見形蹤隱秘，似無人注意他們。他們便推舉了本地口音的兩個同伴，出來添辦糧台。濱湖多魚，他們都不喜吃魚，把鮮肉、果藕、紹酒買得很多。殊不知在此僻靜漁村，多是漁戶小農，誰也捨不得如此肉食豪飲。他們的外表沒有惹人打眼，他們的大吃大賭，先招得行家側目了。

伏地豪客金士釗，頭一個得到採盤夥計密報，近幾天蛇頭塢地方，似有合字腿子潛伏。緊跟著陸嗣源父子，也從肉鋪酒館，掏得這一條線索。豹黨三熊顧夢熊縱然小心、戒備，縱然晝伏夜不出，可也弄得「唯口興戎」、「禍從口出」了！

好吃好喝好耍，正是豹黨、燕群、子母神梭三撥人的通病公好。委因潛藏一個來月，一無事事，未免得歷久疏忽，膽子越弄越大。起初還到遠處沽酒買肉，後來索性在近處也買起來；他們仍存戒心，今天在這家買，明天準改別家。這法子用來哄瞞不留心的人，未嘗不可。偏偏金士釗、夏永南之流，正在擔心官府清鄉緝盜；今見小小漁村忽寓豪客，他們怎能不動駭疑？既然駭疑，就要試摸。飛白鼠便來調線，陸嗣源也來撈合，不先不後，黑砂掌陸錦標也趕來了！

街頭一碰，雙方就此對盯上。沽酒的二客急忙報告了豹黨，到晚上黑砂掌夜探漁村，已然認準了他們潛伏的民房。黑砂掌做得很小心，潛躡豹黨，略辨方向，並不留然來搜，只在外邊打圈暗摸稜角；因為他還斷不定這潛伏的豪客，是否豹黨？豹黨卻也趁機觀望，不再出門，要看看這個絡腮鬍子到底是不是鏢行？

這天豹黨守贓的九個人，全隱在草舍內，連那採辦酒肉的人也沒露面。如此對峙，到了次日夜間，豹黨這才有人提議：「我們靜等人家刺探，太不是事，我們也該搜搜他們去。第一，我們總先探探他們的來路。到底是尋鏢的密捕，還是鏢行的走狗，還是不相干的官面，要吃外快。我們把他們的來意認準，該擺迷魂陣，就照這樣擺下去。若看情形不對，還是一面給頭兒送信，一面想法把他們收拾了。」霍元桐也說：「昨夜他們的確是進了村，只是一走而過，沒敢亂探頭罷了。究竟他們是衝我們來的不是，至今還是料不透。他們究竟有多少人，這也得看明。」

遼東三熊顧夢熊道：「我是不願意輕舉妄動，我們這事沉重太大，不能浮躁。我臨來時，我們家師再三告誡我，說是膽要大，氣要沉得住，千萬不可自起毛骨。我們王師叔還告訴我一個訣竅，看守窖藏的人最容易犯嘀咕，看見生人多瞧他一眼，就起疑心。」

他說：「就是真有鷹爪和托線尋上門來，你只敞著門睡大覺！他不會來敲門的。可是點子還沒來，你嚇得撥頭就跑，回窯就忙，那時準壞。王師叔的主意，就是以靜制動。現在真有人摸來了，小弟打算就照家師的主意，盡讓他們進村，只要不敲門，咱就別答理他；只要他們不上房入院，你就別跟他挑簾動手。我們要守如伏兔，呆若木雞，不知諸位意思怎麼樣？」

燕黨霍元桐、武黨羅宜朋，處在幫忙的地位，聽三熊如此說，便道：「大主意還是顧三哥琢磨。不過，若據小弟看，來人什九是摸咱們來的。」

那採買糧台的兩個夥計也說：「昨天露面的，他們是兩三個人。一舉一動全像武林道，決不是打野食的官面，這一點我哥倆敢保。顧三哥你要仔細揣摩揣摩，他們露面的是兩三個，敢保暗中就沒有人了麼？那十二金錢俞劍平和鐵牌手胡孟剛，就許此刻全都來到，潛藏在近處呢。」

旁邊傳信的武黨插言道：「這倒不然，俞、胡二人現在正跟我們武莊主訂約，就在這幾天，要在北三河比武，與袁老英雄見面呢。」

旁邊又有一人發話道：「咱們可得防備人家聲東擊西呀。他們大撥人明著在火雲莊、北三河，或許主事的人暗搜到此處哩。」

巡風的人忙說：「這決不能，小弟巡得很嚴，近幾天沒有大批人上蛇頭塢來的。」

商量的結果，還是再看一兩天，大家暫且不必聲張。只煩子母神梭的盟弟羅宜朋，化裝飾貌，乘夜溜出，去踩探這突然而來的生客。仍煩巡風的人，小心戒備。有人主張，先給飛豹子送個信去，顧夢熊等全不以為然；一點影子沒有，就喧騰起來，恐怕無益有害。顧夢熊的主意倒很持重，但不料大局就壞在持重上了！

羅宜朋化裝出探，居然找到黑砂掌落宿的客店。向店家繞彎子詢問。店家說：「不錯，有兩個客人，一老一少是一撥，今天早晨走了。聽說他們是替鄉親尋找媳婦。他們老鄉的女人，教人拐走了，托他們出來找。他們一落店，就很問了我們一會子：看見一個細高挑、大眼睛、三十多歲的男人沒有？看見一個小腳、大盤頭、二十多歲的女人沒有？現在知道這裡沒有，就全走了。」

店家說著笑起來，道：「他們說是替鄉親找老婆，據我們猜，準是那個絡腮鬍子自己的老婆丟了；老夫少妻，不跑等什麼？那傢伙瞪大眼睛打聽，急頭暴臉，唉聲歎氣。您看吧，十成十是他自己丟了媳婦。」

羅宜朋覺得稀奇，忙又到沿路詢問。真是湊巧，一個開小鋪的，也說有這麼一老一少，是追尋拐帶的。說著也笑起來：「丟了老婆，滿街上問人；沒等人問，自己就說可不是我的老婆，我是給旁人找老婆。那樣子顢頇極了，天生是個王八頭像。」

羅宜朋連問兩三處，異口同音，都說有這麼一個絡腮鬍子，圓眼黑臉，四十多歲的人，逢人打聽小腳、大盤頭女人，順口掃聽近處的路徑和孤廟荒園、堤津野店。看模樣，聽口氣，分明是追躡逃妻。羅宜朋聽了，不由相信，忙回去報告三熊。三熊等半疑。

過了半天，巡風的人也回來報告，蛇頭塢地方不大，遍搜更無眼生之人。只有這一老一少，還有兩個學生模樣的少年，大概是兩碼事。那一老一少懸賞緝逃：「如果仁人君子知其下落，願意謝犒五十串錢。那是鄉親的老婆，我們替他尋人。」

這就對碴了。遍搜漁村，既不再見面生之人，並且有人眼見那虬髯半老漢子和黑面長身少年，追尋拐帶，已然離開此地。異口同聲，有眉有眼，顯見是不相干的人了。豹黨群豪漸漸又放了心。

哪曉得上了黑砂掌一個老當，故意地杜撰這一段「呆漢尋妻」令人發笑的故事。引誘得人人競傳，灌入豹黨之耳；豹黨果然一笑置之了。黑砂掌潛引二徒一子，驟離此地，然後入夜重翻回來。不辭辛苦，不敢宿店，竟在荒林廢宇、竹叢敗棚下，好好歹歹潛伏過晝。一到昏夜，便分頭出來潛搜冥索，手臉上被蚊蟲叮起老大疙疸，到底認準了三熊的潛伏之穴、常去之處。

可是還有一樣為難，黑砂掌確已勘知這小小漁村隱伏著道上朋友八九人之多，整日玩錢飲酒，無所事事，當然有別的勾當。卻還保不定必與鏢銀有關，也不敢說飛豹子就在此處。黑砂掌又把一子二徒調開，分頭勾稽；同時還要提防著飛白鼠、夏永南攔腰打岔。人少不夠用，久留無所得，欲走心不甘，黑砂掌急得暴發火眼。

忽然這一天，雲破月來，真相大白。江紹傑眼見一個夜行人，由打火雲莊那條路上，繞奔蛇頭塢而來。臨近漁村，忽發暗號，漁村小舍內驀地走出一人。兩方接頭，低聲密語；一霎時，兩人並肩沿溪而行；一霎時又分開，一個回村舍，一個北上，奔向徐北大道。徐北大道正近燕巢。黑砂掌見狀，忙命兒子陸嗣源，專力盯綴下去，要勘明他的去向。

到次日，漁村內外風聲轉緊。楊、江二徒奉命望小村的動靜，在白晝瞥見村中走出數人，散開來往四面道。兩人的行蹤險被撞破；一個嚇得遠遠躲開，一個忙藏入青紗帳，不敢動彈。

直耗到天黑，餓得肚皮叫，村中巡風人撤回去用飯。楊玉虎方得趁此機會，溜回送信，把這情形告訴黑砂掌。黑砂掌道：「他們為什麼掛起緊來？莫非我們把他弄驚了！」陸錦標忙提早接班，親往漁村窺勘。上半夜沒動靜，只聽見一聲聲狗叫；下半夜村舍中忽遣出數人，繞著全村布卡。隨後便有兩個夜行人奔往西北，折向西南。

黑砂掌到此恍然，他們這是往來傳信。但他們潛伏多日，何故今天才傳信？那就因為近日風聲忽緊。近日風聲何故一天比一天緊？那就因為俞劍平、飛豹子已然見了面，北三河決鬥已然定了期。這一來，火雲莊一帶登時劍拔弩張，小小漁村當然受波及。這一來，袁、俞的決鬥，子母神梭的幫場，凌雲雙燕的助拳，倒間接地助成了黑砂掌的訪鏢！他們各不相謀，彼此並不曉得異途同歸，「相濟相成」。

黑砂掌目送奔影，當時心中很作難。陸嗣源跟綴北行之人，尚未返轉，依然是人少調度不開。陸錦標想了想，沒辦法，留二徒小心監視漁村；他自己騰身而起，箭似地親去追逐這二人。這二人緊裝短褲，果走上火雲莊的大道，卻非直抵火雲莊地界。他們曲折而行，穿湖渡水，忽舟忽陸，緊貼射陽湖、寶應湖，又到達一處小村。這兩人健步飛奔，將到地頭，回身一望，這才投入村口。

黑砂掌望塵卻步，欲要綴入，怕弄驚了；欲要遠瞟，又怕對方繞影壁，弄丟了線索。仰面看天，驕陽當午，黑砂掌臉上冒汗；忙投入青紗帳。解下小包袱；急急地改裝。他本是鄉下做短工的打扮，只這一改，變成了搖串鈴、走百戶的賣野藥郎中。他備有兩件長衫，一新一舊，一綢一布，如今披上褪了色的布長衫，一步一晃，假裝斯文，走入村邊。

兩個夜行人也都是喬裝，先一步進了村，黑砂掌不敢逼綴。當他鑽禾田、改行裝之時，這兩人早已投入民舍。

黑砂掌遲一步趕到，繞村巡視，寥寥三五十戶人家，到底他倆投奔誰家，這就該用江湖上的機智了。挨門審視，揣度形勢，暗暗認定有兩家可疑。陸錦標便在這兩家附近吆喝起來：「頭疼，牙疼，肚子疼，紅白痢疾，小腸疝氣！」怪聲怪調，賣野藥沒有串鈴，話頭裡帶著調侃。這一誘，果然在這兩戶民家中，有一家突然門開門響。

門閂微響，可是門扇沒開；半推門縫。有人探頭往外偷瞧。黑砂掌眼角一眨，早已看明，更不逗留，抽身便走。出了村口，仍不回頭；道裡人就像背後有眼，已然覺出脊背後有人盯著。黑砂掌故意一鬆手，小包袱墜地；他彎身來拾，借著低頭折腰之勢，眼往後。這正是自己跟綴的一個。黑砂掌罵道：「娘個蛋，爺們晚上見！」飄然走開了。其實沒有走遠，擇青紗帳外高崗地方，倚樹潛蹲，遠遠瞄住小村的出入路口。

黑砂掌要等到轉瞬天黑，天黑才好辦事。但竟沒到天黑，約莫著只隔過一頓飯時，自己所綴的那兩人，竟從村中徜徉出來。往四下裡一望，也鑽入青紗帳；眨眼間，從田地那邊鑽出，已然換了行頭，掩變短裝，也穿上長衫了。兩人並肩而行，再上征途；路程所指，恰和火雲莊相反，也不是往回走，也不是往前奔，走的是歧路。

黑砂掌猶豫起來，忙脫長衫，起身跟綴。綴出不遠，回眸一望，從小村悄悄溜出來另外兩個人，急裝緊褲，提短棒背小包，繞穿青紗帳，從斜刺裡趨向火雲莊大路。

黑砂掌道：「唔！娘個蛋，飛豹子好詭的舉動！」登時恍然，飛豹子公然貫串著射陽、寶應、洪澤三湖，潛設著臨時的驛站。這兩人到，那兩人走，一站一倒換，來往傳遞急報。黑砂掌搔頭吐舌，多虧仔細，才沒上當。立刻抽身回轉，放棄了首碼的二人，一心跟綴這接班的兩個人。

黑砂掌腳下加快，先找到附近小鎮小鋪，買些乾糧；又到人家井邊，尋喝涼水。療饑止渴，立刻斜兜大路，繼續跟綴不捨。這兩人似比前兩人更在行，更擅飛縱功夫，腳程也很可以，只是比較疏忽。先前兩人一面走，一面東張西望，閉口不說話。這兩人一味緊走，毫不顧瞻，有時還喁喁講究。這就因為前兩人中有豹黨，眼下這兩人全是凌雲燕撥來的同夥，一個叫李郁文，一個叫宋田有。態度也就截然不同；那是當事人，這是幫忙跑道的；再加上「藝高人膽大」。黑砂掌自然揣測不出，只覺得古怪罷了。

此行彼綴，一口氣跑出一百多里。這一站比那一站長，而且這二人不走大道，不穿行市鎮，落荒而走，專擇捷徑。當午不打火，入夜不宿店，一味趲程。把黑砂掌遛了個滴嘀咕咕，惟恐上了當，人家故意往遠處遛他。直到第二天太陽銜山，這才到達了他們私設的站頭，兩人投入另一小村莊。黑砂掌這才說：「罷了！」大概還沒有上當。

這小村莊不是蠶桑之鄉，不是漁村，是田莊，地名叫小舒家園，旁有小樹林。黑砂掌來到村前，恰當飯口，農婦們就場院上，潑水去塵，鋪破席，設矮桌，端飯共吃；東一堆，西一堆，散聚著男男女女。生客遠來，他拿眼珠子盯瞧。黑砂掌深知此情，不願趕在這時候入村。他略一逡巡，又退回去，只遠遠瞟著。

直耗到天黑，未見那兩人出村；自己尋食已飽，這才蹓蹓躂躂，蹭進村巷。樹下還有納涼的人，正議論闖入村中的生客。側耳聽去，正講的是自己所綴的那兩人，並非說自己。便摸黑挨過去，要聽個所以然；忽然背後「噓」的一聲響，回身急尋，「巴達」一響，又落下一塊問路石。

黑砂掌道：「不好！」人家警覺了。閃目四望，人影杳然。暗下決心道：「就是漏了餡，我也再啃口！」陸錦標抽身退開，負隅觀望，不想這一石子只是一個疑問記號，投石之人只覺得有生人氣，似乎可疑，還未能斷定準有綴頭。這一下是打草驚蛇，不是尋蛇撥草。

這一來黑砂掌陸錦標有點沉不住氣了，在黑影裡蹲了半個更次，直耗過二更，村民睡覺關門，他這才擁身而出。把小村前街後巷，略略淌了一陣，「嗖」的竄上民舍。在後巷人家，發現了閃爍的燈光透出紙窗竹籬；這地方似乎可疑，趕緊湊過去。

時近三更，像這樣飛簷起壁，私窺民宅，在夜行上最為險難。除了做賊，實無大用。黑砂掌只為單身一人，不得已才出此策。黑砂掌腳下換穿剔邊毛布底鞋，蛇行鹿伏，從人家草舍上慢慢挪動，漸次傍到燈影當窗的這人家。他想溜下平地，尋了過去；卻又持重，在房上藏好身形，傾耳先聽。突然間，遠在村北大道上，隨風吹來一陣蹄聲，由遠而近，似正由西向東疾馳。

黑砂掌大疑，忙直起腰，遙打一望。一片片青紗帳，一片片濃影，看是看不清，聽卻越聽越真，蹄聲越來越近。黑砂掌道：「唔？」趕忙挪地方，攀伏在房脊後，借房掩形，只露出半個頭，定睛凝視。眨眼間蹄聲忽緩，騎影顯現在村前路邊。此地並非通行要道，單騎夜馳，不能無故。當下，出乎意外，入乎意中，蹄聲「得得」，居然投向舒家園田徑小道來了。

黑砂掌暗暗點頭，心說：「有譜！」猜想這匹馬必然投奔有燈亮的村舍。哪知不然，反馳到前巷，距他伏身處還有十七八丈，在一曠院草舍前，騎馬人翻身離鞍；走近門口，舉鞭輕輕叩門。

黑砂掌慌忙地滾向房後簷，伏腰急行，攀牆過垣，也翻到前巷。在鄰舍照樣隱好身形，攏住目光俯察。這草舍沒有燈光，疏疏七八間房，騎馬人行急匆遽，叩門數下，不見應聲，立刻從身上取出石子。「啪」的一聲，投進院內，打入窗中，又「吱」地吹了一聲口哨。

石子穿窗，如投駭浪，草舍正房驀地火光一閃，倏然又滅，「吱」的一聲窗開，「嗖」地竄出一人來，繞院一晃，就要從前面翻牆。院外叩門的人急急地隔門縫，遞過幾句暗號。同時屋門也開了，出來兩個人，急遽動問：「來的是誰？」穿窗出來的人正是那個宋田有，倉促不暇置答，忙著開街門；那騎馬之客牽著馬韁，進了庭院。屋中燈火也驀然重明。

這騎馬客似帶來驚耗，草舍中人紛紛圍攏，詰問聲、回答聲，嗡成一片。黑砂掌居高臨下，居暗窺明，從側面窺看，騎馬客將到屋門，回手褪解背後的一隻小包。舍中人代為拴馬解鞍，邀入舍內。隔窗而望，人影幢幢，語聲喁喁，一字也聽不出。忽又奔出一人，給馬上料，跟著又上槽，另備上一馬，便急急回身進了屋。人全進舍，看不見了。黑砂掌決計冒險一試；從鄰舍後簷騰身而下，身落平地，急趨後房，躡足來到草舍房根下。這裡瓦房全有後窗，窗小如斗，懸在後簷下。黑砂掌不敢施倒捲簾，忙從百寶囊中，取出雙釘，慢慢用力，插入牆縫。先展眼四望，用壁虎遊牆功夫提一口氣，貼牆一拔，腳躡雙釘，手攀窗坎，伸一指微沾唾津，戳穿窗紙，側一目往屋裡張看。

正趕上機會，舍中人十分忙亂，沒人覺察。這騎客帶來了驚人一報：北三河比鬥無結果，官軍來剿，連累了武莊主，害得火雲莊焚宅傾巢。舍中人把一盞燈放在方桌上，四五個男子圍著這燈，騎客渾身塵土，滿臉熱汗；黑砂掌只一打眼，便已斷定，對面兩人便是自己跟綴的李郁文、宋田有。還有兩人，一個像是屋主，形容很瘦；一個是豹黨這段驛站的頭目曹五。聽動靜，屋內像有許多人，其實寥寥五個，也沒有女眷村婦。

屋主人忙著找撣子，打面水，泡茶。騎客似是要緊人物，揮一揮手，拭去臉上汗；眾人圍著他，盯著他的嘴。他唇吻開闔，低聲講說；眾人都瞪直了眼，發出叱吒之聲，帶出震駭之容。騎客把小包放在桌上打開，取出四封信，一個黃布卷。

這騎客指點吩咐道：「宋大哥、李大哥，你帶回這一封，轉告三熊，打點著獻贓抽身。這兩封可教人搔頭，曹五哥，你辛苦一趟，把它轉到前站。務必囑咐前站，妥派膽大心細的夥計，小心在意一遞，可別露出馬腳。這不是鬧玩的，最好得三兩位合辦，一人巡風，二人投遞，遞出去，趕緊翻回，給頭兒覆一個信，好教他們幾位放心。」又對屋主人說：「勞你駕，飲飲我的馬，我還得連夜翻回去。」

騎客手中共有四封信，一封自己留下，一封教宋田有、李郁文帶轉蛇頭塢。最要緊的兩封，竟沒人專送到地頭。這小舒家園的驛站頭目忙道：「四爺，這兩封信，我只送到前站麼？」

騎客答道：「正是，你可以交給葛大麻子。葛大麻子一來膽大心細，二來懂得六扇門的規矩派頭。做這虎口裡探頭的把戲，非他不可。」

這樣一講，驛站頭目曹五怫然不悅，隨說道：「葛麻爺前天剛派出去，他至早也得明天過午才能回來。前站沒有人了。我們就死等他麼？」

騎客皺眉道：「沒法子，王、魏二老是這麼再三囑咐的。」

曹五奮然道：「事情緩不得吧，與其一勁兒專等他，我看還不如由我一直投送了去。」

宋田有也說：「您要是因為一個人，不放心，我可以跟隨曹五爺，一同專辦這件事。回蛇頭塢，有我們李爺足夠了。我們決不生事，決不和六扇門照面。何必非等葛大麻子呢？差半天，其實就差對頭六個時辰哩。」

騎客低頭沉吟，敲桌子核計道：「這麼辦，明天過午還不算晚，你們二位姑且候他一候。葛麻子若是過午還不回來，你二位就替他去。」

曹、李二人哼了一聲。騎客忙道：「我可不是瞧不起二位。你二位擔當的事更要緊。宋大哥，你得折回蛇頭塢；你要曉得獻贓更是險事。你的武功很好，何必捨其所長，做這鬥心路、玩眼色的把戲？還有曹五哥，你也有更沉重的擔子。現在咱們頭兒都已退往淮北，咱們這裡的伏線全沒用了；你得給各處卡子送信，教他們預備收。我這裡有一張圖，畫著應退應送的線路地名，你可以看看記下來。現在官軍雲集，鏢行在各處排搜。咱們的人得躲著他們走。曹五哥，這得看你的。」

曹五點了點頭道：「不過這個還可以緩。」

騎客道：「那自然，還是送信告密獻地圖緊要。」

騎客把四路投書，大致派定，又將那黃布卷拿在手中，指告眾人道：「這東西是隨著北路這封信的，二位記住了，千萬別弄錯。」

曹五道：「這是什麼？」

騎客隨手打開，就燈光一展。黑砂掌一看，不由瞪了眼；這分明是一杆鏢旗；黑漆杆、紅綢底、青色飛火焰、金錢刺繡，環列金錢，分明是十二金錢鏢旗。

騎客指這金錢鏢旗道：「這旗跟這一封信同遞，別弄擰了。」

眾人忙道：「信裡說的是什麼，我們看看行不？」

騎客道：「這個，……諸位看了，得跟沒看一樣才行。我們必得照計行事，誰也不要獨出心裁。誰要是掉花招，另要露一手，大轍一錯，咱們可就對不起人了。我們受人之托，忠人之事，教咱們怎麼辦，就得怎麼辦。他們老哥五個認定此時非獻贓不可，咱們就得隨著大流走。」言外的意思，是怕眾人見財起意，不肯獻贓，倘或發書見圖，挖包抵盜，就不夠江湖道了。

眾人對燈起誓，決遵公意。立刻燈影一晃，騎客向屋主要了一根簪，把已封的四封信，輕輕拆開，把那可以傳觀的，與眾傳觀了。至於埋贓密圖，仍扣在信筒內，請大家不必索看。誰看了，誰倒多擔一份責任。

舍中四個人齊看這封告密信，喃喃地罵鏢客：「這群鏢行真不是東西，是怎的明訂決鬥，暗結官兵，把武莊主傾在裡頭，太不夠格了。對，對，這麼獻贓嫁禍，不算咱們狠毒。他既不信，我就不仁，到哪裡也說得過！」

傳觀已畢，騎客對屋主說：「勞駕，有糨糊沒有？」

屋主道：「沒有。」

宋田有道：「有白麵沒有？可以現打點。」

屋主道：「白麵倒有。」

屋主開麵缸，取小勺，就火打漿糊。騎客把已拆開的四封信，重新用糨糊封固。又叮嚀道：「諸位可記住了，千萬別投錯了地方。」

原來這四封信全有副封，外面多包著一層，沒標上款地名，所以怕投錯。這時茶已泡好，夜肴也做熟，騎客匆匆吃了些，立即告辭。重囑同伴，多加小心；飛身上馬，投奔他要去的地方。

過了一會兒，李郁文打點小包，也頓時步行上路，折回蛇頭塢。五個人走了兩位，屋主一位，還剩二位，把密信、鏢旗打包包好，關門上閂，熄燈上床。曹五和宋田有決計挾書自投，一獻身手，何必苦等葛大麻子？葛大麻子有何本領？兩人商商量量，不很服氣。又罵了一回俞劍平和鏢行，漸漸瞌睡蟲來到，兩個人呼天扯地，枕包而睡，不覺東方已白。

等到次早辰牌已過，兩人起床，打呵欠，揉眼睛，渾身酸懶似的。催屋主做早飯，吃飽改裝，立刻提包上道投書。卻不知上了大當，包中書信已被人調換了！他二人仍不信葛大麻子比他兩個加在一處還強。他二人上了當，誤了事，到了還不曉得。他們為警報所震撼，他們沒留神隔垣有耳，附窗有黑砂掌一隻眼睛。

他們走的走了，睡的睡了，窗外窺視的黑砂掌不客氣，抽出火摺子，點著薰香，把薰香吹入草舍。然後現身，撥窗入舍，公然點亮了燈。由宋田有枕下抽出那個小包，掣出那兩封信。就燈影下，公然坐在椅子上，拆封疾讀。讀畢吐舌：「好厲害的豹子！他竟倒打一耙，獻贓給官府，反咬鏢行一口，告發同謀！」

黑砂掌眼光四射，心思像旋風一樣，盜書而走是不妥的，豹子還可以再寫。黑砂掌要竄改書辭，而又時有不暇。他頓時決計：「這兩封信，爺爺應該給他調換一個過！」

這兩封信，一封投給淮安府，是獻贓嫁禍的告密書；一封投給胡孟剛，是示威泄忿的公開信。按次第，告密書先發，公開信後投。上款不同，內容迥異。黑砂掌呵呵一笑，偷樑換柱。告密書更附地圖，黑砂掌抽出來，草草過目，疊好、揣在自己身上。從草舍尋取一方白紙，裁得一般大，先納入原信封。信上說到埋贓的地名，匆遽中也用指甲給挖下來。

桌上有現成的糨糊，黑砂掌罵道：「娘個蛋，小子們給爺爺預備得倒齊全！」遂把兩封信辭重讀了一遍，照樣納入封筒。卻將告密書裝入公開信封中，將公開信裝入告密信封中。這一來陰差陽錯，豹黨陰謀頓成虛牝！

黑砂掌軒眉一笑，照樣用現成糨糊封好。又提起那杆十二金錢鏢旗，想扣留，轉想不妙；大件易被察覺，恐泄機謀，仍用黃布裹好，和信件打入原包。收拾完畢，直一直腰，閃眼往床頭一掠，盯了三個睡漢一眼。三個睡漢如同死狗，中了薰香，鼻息咻咻。

黑砂掌做了一個鬼臉，挨過去輕輕給宋田有一個耳光；一搬脖頸，把原包仍塞在睡漢枕下。又作了一個揖，嘲道：「對不起，爺爺走了！」

陸錦標躡足回身，滿屋搜尋了一回，探驪已然得珠，無物值得回顧；熄滅了燈，輕輕溜出。穿窗進來的，照樣穿窗出去。出了屋，出了院，出了村，立刻一伏腰，如箭脫弦，奔向蛇頭塢，要先一步趕到李郁文前頭。

黑砂掌精神百倍，如肋下生翅，如足底生雲，一點不勞累，果然趕過李郁文，先一步到達射陽湖蛇頭塢。

一到蛇頭塢，黑砂掌急命俞氏二徒楊玉虎、江紹傑，分兩路尋找俞、胡，說是：「豹子埋贓之地已得。」催俞、胡趕快率眾來，「何須逐豹，起贓最直截。」

第八一章　鏢銀復得

再說黑砂掌陸錦標打發走楊玉虎之後，潛伏在埋贓之地附近，觀察豹黨動靜。這時他發現豹黨守贓之人突然增多，來來往往之人日益頻繁。卻探不清豹黨究竟是什麼意圖。

楊玉虎剛走了一天，陸錦標就罵起街來：「楊玉虎這小子慢騰騰的，怎麼還不帶人來？俞劍平這老小子辦事也不痛快！」黑砂掌心如火燎，唯恐事久生變。他們只有三個人，要晝夜暗暗監視動向，要嚴防豹黨，又要防備當地綠林插手，更怕官兵前來搗亂。人手實在太少，的確分派不過來。

陸嗣源、江紹傑勸他：「玉虎才走一天，最快也得三天才能帶領人馬趕回來，您別著急。」黑砂掌心急氣惱，蠻不講理，又罵起兒子和紹傑：「你們兩個小子不頂用，處處讓老子操心！」捎帶著罵楊玉虎廢物，罵俞劍平辦事拖泥帶水。總之，陸錦標擔心功虧一簣，內心煩躁，卻還怨於他人。

黑砂掌連著幾個晚上沒有睡覺，白天也睡不安穩。他心中擱不住事，實在不放心兩個青年，實在不放心鏢銀。自從楊玉虎走後，陸錦標每天晚上總是親自徹夜潛盯埋贓之處，防備發生意外。白天也要藉故遠遠望上幾眼。

真是怕什麼，有什麼。在第三天夜晚，黑砂掌就發現十幾個人駕駛兩葉小舟，來到埋贓之處，先用長繩測量，量了半晌，竟有四五個人從船上跳下了水。這一下子，驚得陸錦標頭上立刻出了冷汗。原來那幾個人下水之處，正是贓銀潛藏之所在。黑砂掌獲得賊人埋贓之圖，便按捺不住驚喜，立刻率二青年攜帶長繩，按圖索驥，悄悄摸準了埋贓的地點。

此時黑砂掌睡意頓時全消，仗他輕功高超，急忙悄悄溜到湖邊大樹之後，仔細觀看。這時天空微有星光，船上又有燈火，黑砂掌攏目光細看，竟然認出幾人，其中就有當地綠林申老道和飛白鼠。黑砂掌心中暗罵：「這兩夥賊羔子真可恨，明面上跟我弄傻裝怕，原來他們也是劫鏢的同夥。」

黑砂掌陸錦標卻不知道，當地綠林本來確實未參與劫鏢、埋贓之事。但在官軍剿火雲莊之後，豹黨怨仇極深，次夜即由遼東二老親臨埋贓之所，指揮黨羽下水拆散鹽課銀鞘，隨後才議定：一方面向官府告密，另一方面也向當地綠林暗暗洩底。豹黨想讓官府、當地綠林都來起贓，又都不能獲取全贓。總之，他們想把事情攪得越大越亂越好。申老道和金士釗也是剛剛分別得知埋贓地點，兩股盜徒立刻奔赴現場，經過商討，竟然合起夥來，連夜前來勘探。只是遼東二老指揮黨羽拆散銀鞘之時，做得十分機密。彼時黑砂掌正跟綴豹黨送信告密之人，陸嗣源和楊、江二弟子雖潛藏窺探，竟被瞞過不知。

此時，黑砂掌陸錦標在樹後窺視，看不清楚，便輕輕縱上樹梢，登高俯望，把眼珠子都瞪圓了。只見船上那幾個下水的人，下水之後浮出水面喘一口氣，又下水去了。黑砂掌見那夥賊人上上下下多次，仔細觀看，見那些賊人浮上水面時，似乎沒撈著什麼東西。陸錦標心想：「鹽課鞘銀是個大物件，自己不會看不見。」那兩夥賊人整整折騰了一夜，直到天色微明，才悄悄離去。黑砂掌極目眺望，賊人似乎沒帶走什麼東西。

等到眾賊走遠了，黑砂掌才敢動一動，略一活動，這時覺著手腳都麻木了。他在樹上喘息片刻，活動一下手腳，又用目光往四周搜查了一遍，便輕輕跳下樹來。黑砂掌且走且環顧四周，走出不遠，一眼瞥見陸嗣源已經提前走來接班。陸錦標裝作生人，躲開兒子往回走，不料陸嗣源竟迎面過來，走到跟前，對父親悄悄說道：「俞鏢頭來了。……」

陸錦標不讓兒子再說下去，只囑咐了一句：「小心盯著，申老道他們也前來起贓了。別大意！」說罷，立刻施展飛縱術趕回潛伏之處。此時，他是不管不顧，竟在凌晨時刻飛奔起來。

黑砂掌趕到住處，見門口站著黑鷹程岳迎候。程岳連忙向前施禮，問安。陸錦標一把抓住程岳，問道：「少來這套虛禮，你師父呢？」俞劍平聞聲出了屋門。黑砂掌甩開程岳，一拉俞劍平，把他拽進了屋。

黑砂掌進屋一瞥，屋中只有六個人：俞劍平、胡孟剛、姜羽沖、楊玉虎、江紹傑，以及另外一個生人。俞劍平未遑開口，陸錦標急問：「怎麼只來這幾個人？」俞劍平忙答道：「大批人馬也來了，在半里以外埋伏著哩！你捎信，也不說清楚。我不知道你葫蘆裡賣的什麼藥？我沒敢把人馬都拉進村，怕驚擾了敵人。」

黑砂掌這才鬆了一口氣，說道：「你這老小子急死我啦！你再晚來一天，雞也飛了，蛋也打了，我也得上吊了！」胡孟剛更急，忙問：「鏢銀在哪裡？現在能去看看麼？陸四爺，你怎麼掏著的？可靠不可靠？……」胡孟剛直到此時還是半信半疑。他是硬被俞劍平、姜羽沖拉來的。

黑砂掌說道：「飛豹子這小子真詭，可是比我陸四爺還差半截，我略施小計……」

俞劍平知道黑砂掌要吹牛賣乖，一伸手緊緊抓住陸錦標道：「老陸，你先別表功，也別賣乖，有給你慶功揚名的時候，……如今你說說鏢銀埋藏地點，豹黨守贓的情況，現在沒工夫聽你說廢話。」

陸錦標「哎呀」一聲：「你先鬆手，我受不了你的硬爪子。……飛豹子把二十萬鏢銀都扔在射陽湖裡了。」

胡孟剛立刻發急道：「那麼大的射陽湖，那怎麼撈呀？」

這時智囊姜羽沖才顧得上插言：「胡二哥，不要著急，等陸四爺說完。」

俞劍平也說：「老陸，你快把埋贓圖拿出來，咱們邊看邊說。」

黑砂掌得意洋洋地從內衣裡掏出兩張紙，把一張圖紙交給俞劍平。忽然想起一事，他對俞、胡、姜等人又說：「不好，飛豹子把埋贓的底也泄給當地綠林了，剛才我還看見申老道、金士釗兩夥賊羔子，圍著埋贓的地方駕舟打撈，咱們得吃快，不然要讓那群野狗叼走了。」

俞劍平急忙接過埋贓地圖，放在小桌上，六個腦袋立刻都圍了上來。只見這張圖上有幾個村名，還特意畫著幾棵大樹。除此之外，再沒有別的。從這地圖上，實在看不出埋贓地點。胡孟剛急了，怔了半晌，叫道：「這有什麼用？……」

姜羽沖微微一笑，剛要說話。俞劍平手更快，二指往陸錦標面門點來。陸錦標急閃，跳起來道：「怎麼又動手動腳？」

俞劍平笑罵道：「陸老四，什麼時候了，你還開玩笑。拿出來！」陸錦標說：「老兄弟，別動手，有話好好說，拿什麼呀？」姜羽沖道：「陸四爺，別藏一手啦，胡二哥都快急死了。把那另一張紙也拿出來吧，我知道，還有一張埋贓說明哩！」

陸錦標笑道：「姜老兄弟，你不愧被人稱作智囊，真有你的！」這才掏出另外一張紙。在這張紙上卻標明了埋贓的準確地點。前一張圖紙上畫著三棵大樹，鏢銀正埋在三棵樹的交叉點上。這張說明，還標寫了鏢銀跟這三棵樹的具體尺寸。胡孟剛急道：「趕快去挖吧！」

姜羽沖略一思忖，說道：「胡二哥，別著急。你看，按照這埋贓地圖，鏢銀正在射陽湖一個湖叉子的水中央。這飛豹子真狠毒，我們得到湖底去撈。」

胡孟剛又道：「那麼我們先去看看，量準地點，……哎呀，在水裡怎麼量呀？」

姜羽沖道：「胡二哥，請放心吧，陸四爺早量過啦。」他用手一指屋中床底下的一堆繩子，接著說：「陸四爺還是有辦法的，他早用長繩子量準了。」轉臉對黑砂掌笑道：「對吧？」陸錦標到此時也不由得佩服智囊的機智、靈敏，點頭稱是。

（宮注：白羽「原作」細寫了俞、姜等人尋埋贓準地點；因為「埋贓說明」是用暗語寫的，以湖邊三棵樹為標誌，寫了幾句數字的順口溜。眾人反覆猜測，才弄清含意；到湖邊湖裡又實地測量，才認準確處。我記不清「暗語」原話，更記不清距三棵樹的具體尺寸，只得略寫。）

姜羽沖又對俞劍平道：「俞大哥，撈鏢銀可是麻煩事。咱們得趕快親自面求薛兆薛老舵主幫忙，向他借人、借船，撈取鏢銀至少需用一二十位水性好的能人。咱們的人還得全力以赴，在鏢銀埋藏處附近保護，防備豹黨前來搗亂。」

俞劍平點頭稱是，對姜羽沖道：「還得請你點兵派將！」

姜羽沖先對那面生的人說道：「葉三哥，麻煩你再辛苦一趟，陪俞、胡二位立刻趕回去，面求薛老舵主派兩隻大船，多帶一些水手，最快在晌午飯前趕到埋贓處。」原來這面生的人，正是紅鬍子薛兆的三弟子葉天樞。薛兆很講義氣，特派這個得意弟子一直跟隨鏢行，幫助訪鏢。

智囊轉臉對俞、胡說道：「最好敦請薛老舵主親臨坐鎮，應付官私兩面的麻煩事。」

姜羽沖又吩咐程岳：「你也得趕回去，務必請你蕭九叔也趕來，越快越好。」

胡孟剛道：「請蕭老爺幹什麼？」

俞劍平苦笑一聲，說道：「我這次算把袁師兄得罪苦了。我還怕袁師兄再挑動官府來搗亂。這就用得著借蕭九爺的官勢了。」

姜羽沖暗暗點頭歎息，接著他派楊玉虎、江紹傑往各處送信，把各路強手迅速集攏到這裡，並先告訴沈明誼鏢師一聲，請他安排諸人的食宿。請蘇、童諸老速來小屋議事。

紅鬍子薛兆在午飯前，便親率兩隻大船、二十多名水手趕來了，還帶來十幾桌酒席，請眾人用餐。黑砂掌、胡孟剛連飯也不想吃，便要帶領陸嗣源、楊玉虎、江紹傑幾個青年，攜帶長繩，再去測量埋贓準確之處。別人勸他們先吃點東西，陸、胡二人各自抓了兩個饅頭，不顧他人，還是不肯入席。俞劍平託付蘇建明、童冠英代為招呼眾鏢師，也只得與姜羽沖跟隨胡、陸前去。

其他鏢客也吃不安穩，匆匆吃了一些，也都奔赴船頭。此時，黑砂掌等已測好地點，戴永清、宋海鵬、孟震洋眾鏢客早已換好衣裳，不等別人說話，跳入水中。紅鬍子薛兆竟帶來二十名水性好的水手，也隨著下水。

最能沉住氣的俞劍平、姜羽沖，此時一言不發，雙眸凝注水面，一動不動。胡孟剛和陸錦標卻是把眼珠子都快瞪破了，在船頭東張西望。忽然見一人浮出水面，船上眾人還沒看清此人面貌，這人在水面上深呼一口氣，又沉下水去。

胡孟剛急問俞劍平道：「怎麼回事？這人又沉下去了，是不是水底下有敵人？」俞劍平道：「你再等等看，……這是上來換口氣。」

下水的人有二十多，這個上來，那個下去，竟沒有一人奔向大船，看來誰也沒有摸著鏢銀。約莫過了半個多時辰，胡孟剛急了，抓住黑砂掌的手，一疊聲地問道：「陸，陸四爺，你摸準了麼？別再上了當！」

陸錦標剛才指手畫腳，得意之色洋洋，他滿以為馬到成功，戴永清等人一下水，他坐在船頭又輕輕哼起京劇來了；待見到幾個下水的人空著手上來喘氣，他的嘴閉上了，頭上的汗漸漸冒出來了。胡孟剛一問他，他張口結舌，答非所問：「不能啊，不能啊！」

此時俞劍平悄聲問姜羽沖道：「你看怎麼樣？」智囊姜羽沖一直在船頭凝思，

聽見俞劍平詢問，忙答道：「再往上游摸摸看。」胡孟剛道：「那是為什麼？」

智囊姜羽沖道：「我估量陸四爺探的消息，不會有誤。我只怕飛豹子把銀鞘子拆開，銀錠子散落在湖底，這裡水流湍急，銀錠被水流一沖，沖到上游去了。」胡孟剛道：「水沖，也是沖到下游，怎麼往上游走？銀子又沒有長腿！」

智囊姜羽沖道：「不然。輕的物件，自然被水一沖，會順流而下。重的物件，像五十兩銀錠，水流沖不動，只能在銀錠前面沖出一個小坑，銀錠滾下小坑，這樣，銀錠一點一點地往上游走。我猜疑飛豹子在火雲莊被剿之後，怒恨已極，決心破壞到底，匆匆派人把銀鞘全部打開。……時間長了，銀錠慢慢往上游去了。」

胡孟剛還是不信，又惱又悲，又想到自盡。俞劍平仔細聽了智囊講的這一番道理，忙道：「有道理！軍師爺，是不是先下令，請各位下水的人先上船歇息一會，吃點東西。咱們把船往上游先駛出半里地。」

俞鏢頭又勸胡孟剛道：「別灰心！我是信得過陸四爺的，他是老江湖了，決看不走眼。很可能他跟綴那幾個傳信盜徒的時候，豹黨拆散了銀鞘；也許他們逃走的當天，就下決心扔掉鏢銀，拆開銀鞘，跟咱們作對到底。」

薛兆也說：「姜五爺說的有道理，對這事我有經驗。胡二爺別著急。」

胡孟剛垂頭喪氣，一言不發，他完全沒有信心了，心想：「再等一個時辰吧！再撈不出鏢銀，我就一頭扎下湖去，了卻一生，倒也乾淨。」

眾水手上船歇息、吃飯，大船啟錨前行半里。水手重新下水撈銀。船上眾人越發心焦，胡孟剛更是雙眼緊盯水面，胸中越加絕望，輕生之念復萌。此刻真是度時如年。

約莫只過了半頓飯的工夫，距大船約有十數丈遠的水面上，忽有一人浮上水面，只見他出了水面，深深換了一口氣。胡孟剛更是失望已極，料想這一番換地撈銀，恐怕又成泡影。上水這人卻沒再下水，卻揚起一手，遠遠招呼，似在大叫。船上諸人卻辨不出語意來。

胡孟剛精神猛然一振，似絕地逢生，急忙大呼：「開船。」可是大船早已拋錨，大船仍在原地搖盪。俞、姜、薛眾老英雄也為此情景所動，極目遙望水面。但見水中人竟往大船游來。俞劍平人雖老，眼不花，視力最強，他已看清，游來之人是振通鏢客戴永清。他心中驚喜異常。俞鏢頭忙對胡孟剛道：「胡二弟，別著急，來人是戴永清鏢師，他既然游來，大概總有點眉目。」二人說話時，又見水中浮上幾人，也往大船游來。

片刻間，戴永清已然靠近大船，船上眾人已經看清，他時而高舉一物，時而高呼：「胡鏢頭，鏢銀！」

此時聲、形均已十分清晰。胡孟剛伏身扒在船頭上，要拉戴永清。此時二人相距還有數丈，戴永清似乎越急越游不快。智囊姜羽沖忙命人從船上拋出長繩。薛兆部下水手拋繩很有準頭。戴永清一把抓住長繩，船上兩人一用力，很快把他拉到船邊。幾個青年鏢客立刻七手八腳把戴永清拉上船來。

戴永清一邊登船一邊氣喘吁吁地呼叫：「胡鏢頭，胡鏢頭！鏢銀！」他一眼瞥見胡孟剛，一登船奮身一躍，把一隻五十兩的銀錠，遞給胡孟剛。

胡孟剛捧雙手接過銀錠，反覆觀看，口中念道：「鏢銀！鏢銀啊！」熱淚不由簌簌地流了下來。

胡孟剛轉臉尋找俞、姜，連聲問道：「你們看看，這是不是鹽課鏢銀？」

胡鏢頭一眼瞥見黑砂掌，突然撲過去，一把抱住陸錦標，大聲叫道：「陸四爺，我的陸四爺啊！……」他對黑砂掌感恩莫盡，此刻卻說不出一句感謝的話來了。陸錦標也是激動得失去常態，口中只念：「老天爺，阿彌陀佛！」

俞、姜和薛兆諸人見此光景，也都驚喜、感慨不已。俞、姜二人此刻目光還注視湖面，只見一二十位下水的人，紛紛都往大船游來。轉瞬間，眾人游近船邊，姜羽沖、薛兆忙命人接應，拉上船來。上船的人個個手中都拿著一隻銀錠。贓銀埋藏地點勘探無誤，眾鏢客皆大歡喜。只有俞、姜、薛諸老，心中蒙上一層暗影，銀鞘已被拆散，打撈不易，更不可能撈盡。

姜羽沖顧不得與狂歡的胡、陸敘談，忙悄悄招呼俞、薛二人，說道：「二位老哥，飛豹子太惡毒，把銀鞘拆散，銀錠散落在湖底，像這樣一個一個地打撈，絕對是不行的。薛老舵主有經驗，還得請你不吝賜教。」

紅鬍子薛兆道：「我也想到這一點了。我立刻派人趕製幾十個布兜，每個下水的人用兜子裝上銀錠，每下一次水至少可以撈取十幾塊銀錠。」說罷，立刻叫來葉天樞，教他派人立刻做這件事，限定一個時辰送來。

俞劍平說道：「薛二哥確有辦法，我看請諸位下水的人先上船歇息一下。人的精力總是有限的，現在下水一次最多撈上兩塊，不如先歇歇精神，等布兜做好再下手。這樣給下水的諸位留點精神。」

紅鬍子薛兆確實有些神通，也就是半個時辰，三十個布兜送來了。薛兆立刻招集所屬水手，對眾人說道：「這次承蒙江南武林名家看得起咱們，請咱們幫忙撈取銀錠。你們可得給我做臉，別幹那對不起朋友的事情來。現在我請幾位鏢行朋友驗收，從湖中撈上銀錠，當即交給鏢行驗收的朋友；這麼做，咱們也落得個清白。俞、胡幾位老前輩，都是外場朋友。虧待不了咱們；我也還要另外表示一點小意思，決不讓大家白忙！」

眾水手齊呼：「這樣辦最好，老舵主放心，我們一定給你老人家掙個整臉！」這一番話，倒說得俞劍平有點不好意思，連忙勸阻。

薛兆悄悄對俞、姜、童三人說：「這話我只對三位講，銀鞘一拆，銀錠散落湖底，無論如何是撈取不出原數了。從俞、姜二位臉色上也能看出，預計到這一點了。我這樣做，一來為了防止個把人貪小便宜，敗壞我的名聲；二來，將來撈出的銀子不夠數，我也落個清白，免得背黑鍋。」

俞、姜二人點頭稱是，不由歎息一陣。童冠英跟薛兆最熟，童老開玩笑地說：「老薛呀！你是又精幹，又滑頭！」說得薛兆哈哈大笑起來。

姜羽沖連忙分派振通鏢局兩位鏢師帶領幾個夥計驗收銀錠。

他一眼瞥見胡孟剛和黑砂掌守著銀堆發怔。

一切安排妥當，眾人紛紛下水。每人帶著布兜撈銀，果然快得多。下水一次總能帶上十幾錠。頭一天到天色昏黑時，已撈出約有萬兩銀錠。俞、姜深通人情，再三催促水手們上船休息，並備下豐盛酒宴，熱情款待。並一再致謝，囑咐大家早些休息，以便次日繼續撈取。振通鏢師戴永清、宋海鵬因是自家鏢行之事，想要夜戰，也被俞、姜、蘇諸老英雄勸阻。眾水手一直堅持三四個時辰，確實也疲勞不堪。酒足飯飽之後，忙去休息。

俞、姜、薛眾人在飯後忙邀集各重要人物，商議明日怎樣加速打撈。當事人胡孟剛這時喜中帶呆，卻很少說話。黑砂掌陸錦標樂得又有點發起瘋來，淨開玩笑打岔。俞、姜、薛三人卻成了真正的主人。紅鬍子薛兆慨然答應，明晨再派二十名水手參與打撈。俞劍平托蘇建明、紀晉光、童冠英三位老英雄負責，指派眾人保護已撈出的鏢銀。俞、姜、薛三人專司打撈事宜，並請蕭國英留在大船上，以備應付官兵干擾。胡孟剛是勞累、急躁過度，又突逢喜變，俞、姜婉言安慰他，讓他看守鏢銀。又請黑砂掌陸錦標率領幾個青年登岸巡哨，因為他認識豹黨和當地綠林一些人物的面目。

黑砂掌這時是無可無不可，一聽分派，立刻領命，只說：「多備些好酒佳餚按時送來，我多日勞累，沒喝半口酒，現在該先犒賞犒賞我。正好，我不愛聽你們這些囉嗦的議論。」他叫了幾個青年，哼著京戲，立刻登岸去了。

次日黎明，眾鏢客已吃過早飯，薛兆調來的水手也來了。薛兆並準備下大量好酒，以備水手下湖驅寒。現值夏日，凌晨時刻，天氣仍有涼意。一切安排妥當，眾鏢客、水手紛紛下湖。人多勢眾，又有頭一天的經驗，撈取鏢銀進展更快。

晨曦甫升，在船頭桅杆巡風的黑鷹程岳忽然遙望遠處開來兩艘大船，好像兵船。程岳急忙竄下，報告師父。俞劍平聞言大驚，他深知官軍剿匪無能，欺壓良民卻是威風得很。俞劍平早料到飛豹子不敢公開騷擾，當地綠林也不敢再插手自找麻煩；卻只怕官兵干擾。

這時蕭國英守備連忙勸慰師兄：「俞三哥，不要著急，我迎頭過去看看。」紅鬍子薛兆也說：「如果是水師營，我跟他們管帶還有點來往，我陪蕭老爺一同去。」

蕭守備忙換上官服，薛兆也穿上長袍，二人帶著幾個隨從，登上薛兆早已備下的小船，迎著兩艘兵船駛去。

來船果然是水師營的兵船。蕭、薛二人遞上名帖拜見帶兵長官。這帶兵官是個管帶，恰巧與蕭守備是舊相識。他平時又早被薛兆餵肥了。

這管帶昨天半夜接到緊急命令，令他黎明前趕到射陽湖某地起贓，若貽誤時機，以軍令處置。這管帶當時睡得正濃，被馬弁叫起，一見此令，也嚇得一驚。他連夜傳令，集中官兵。那些官兵早已懶散成了習慣，儘管長官著急，待把船開到埋贓之地，已經天色大亮。

蕭、薛二人當面對這管帶說明來意，他也面露難色。這管帶道：「我是奉上差所遣，連夜趕來起贓。我不起贓，對上峰怎麼交代呀？蕭將軍，您在官場多年，應當諒解我的難處。蕭將軍，你我是多年同事，薛老舵主也是很熟的人，我也不能不給二位面子。你們二位得幫助我想出個兩全的辦法來。」這管帶倒不算是十分奸詐的人。他的難處，蕭、薛二人也懂得。

三人商議很久，才初步商妥，算是官兵和鏢行聯合起贓。還得由薛兆出面向水師營的上峰花錢疏通，由鏢行向州衙、大府委員托情，講清鏢行已早一日開始撈取鏢銀數萬，再由州、府向水師營諮文說明這一情況。這管帶看著蕭、薛的面子，算是做了很大讓步。薛兆當然悄悄向這管帶許了若干好處。

蕭守備、薛兆回來對俞、姜等人講了交涉經過。俞劍平心雖不願，但也無可奈何。他知道，幸有蕭、薛二位官私兩面出頭，才落得這一結果。官兵來得這麼快，不難預料，當然是飛豹子告了密，幸而官府辦事繁瑣拖拉，延遲了一天工夫，給鏢行留下了說詞的理由。

兩艘兵船陣列湖面，管帶只派出三人到鏢行船上督促、協助；其實鏢行這邊又得派出三人耐心陪客，酒肴招待。俞劍平又得親赴官船，當面致謝。官船光臨，白白地惹出這些麻煩來。

幸而湖底撈銀事宜，由姜羽沖指揮，抓得很緊。夏日晝長，日出到日落，足有七八個時辰，這一天四十多人竟已撈出六七萬兩銀錠。四十多人倒班歇息也十分勞累，俞、姜只得請他們夜間休息。俞、姜二人晚上還要忙著其他各項雜事，每晚只得和衣歇息一個多時辰。次日清晨又得早起，督促撈銀。

原來銀鞘雖然被拆，但還有成堆的銀錠在一起。大堆銀錠都先撈了上來，湖底銀錠越來越零星分散，有人下水一次，摸上半晌，只撈著一兩塊。花了三天半的工夫，總共才撈出十五六萬兩。可是水手們卻更加辛苦。俞、姜很覺得過意不去；紅鬍子反倒勸慰他們：「我已派人到遠處叫水手去了，現在也該到了。我沒有別的本事，多找幾個水手，還能辦得到。」果然從第五天頭上，薛兆又派來二十個水手。人雖多了，撈銀進展還是不快，又撈了兩天，總共還差一萬多兩。

俞劍平心知不可能全部撈出，便與姜、胡二人商議，想從此罷手。紅鬍子薛兆卻極力反對，他說：「怎麼也得超過十九萬兩，不夠這個數，從我這裡就不答應。」俞、胡二人十分感激，姜羽沖、蘇建明、童冠英等老英雄也真佩服紅鬍子薛兆的為人。又持續了兩天，才算闖過十九萬大關。

俞、胡二人一再主張收兵。胡孟剛直到這時，情態才算安定，他很知足，他自願掏腰包，賠上這一萬兩銀子。俞劍平卻認為，飛豹子劫鏢是衝自己來的，他應該包賠。二人又為這事爭論不休。最後還是姜羽沖等老一輩英雄說了話：「二位不要謙讓了，我們看二位來個二一添作五，一人賠一半。」經眾人再三勸解，俞、胡二人才勉強答應。

鏢行群雄取回鏢銀順便解往江寧，先交代了公事。然後俞、胡二人大謝諸路英雄，這些瑣事不再細說。

《十二金錢鏢》全書到此告一段落。

後記

俞、胡既獲鏢銀，飛豹忿極，又於淮安，重掀巨案。而豹之膩友紅錦女俠忽傳入關，豹妻韓昭第心燃妒火，亦遽攜女尋夫南下。俞之愛子俞瑾適自石頭城，轉道尋省父母。豹女俞兒，仇家子息，乃當貌相若，玉樹爭輝；冤家聚首，較技而目成心傾。兒女情事，深窘飛豹；豹子頓足大詈，夫妻勃谿。豹姑娘羞憤，險致香消玉殞。而丁雲秀、韓昭第、紅錦女俠，徐娘半老，三婦不能爭豔；顧猶然爭閒氣，掀起可笑之波瀾焉。

附錄一

白羽傳（節選）

宮以仁 宮捷

一

白羽，是落拓文人宮竹心，在淪陷區天津正式下海撰述武俠小說《十二金錢鏢》，第一次使用的筆名。他終生鄙視武俠小說，然而他的武俠小說近年卻印行千萬冊（含報刊連載和改編的連環畫），卻給了他「榮譽」。筆者撰述這部傳記，試圖從作者生長的主客觀環境，揭示這種異常現象，以及帶有共性的內涵；也揭示「社會武俠小說」流派形成的背景。

白羽出身於北洋軍閥營官家庭，少讀舊學；跨入青年，恰逢「五四」，又有緣親聆魯迅兄弟教誨，致力新文學創作、翻譯西方名著。正當奮上之際，遭父喪家道衰敗，在北京、天津做了二十年文丐。華北淪陷，走投無路，逼上武林。白羽有新舊文學基礎，又歷經人生艱險，他自覺或不自覺地採用中西文學結合，以反諷手法，衝破武俠小說的傳統觀念，編述一些耐人尋味的武俠故事。

如競競業業名利雙獲的俞三勝已然激流勇退而被迫重踏江湖幾乎困入絕境，貪生怕死的雞鳴狗盜之徒喬九煙卻捨命犯險建「奇功」，藝高貌美女俠柳研青以其天真無邪「三氣夫婿」使之逃婚出走，青年義士楊華奮身救烈女千里送行卻墜入情網，獅子林施仁義反遭斃命一掌，賣恩計誘獨行盜俠小白龍行不義，以及老劍客一塵道長中假採花計被「貞婦」暗算，女英雄擒淫盜被賊所姦等等。

這些略加扭曲的平凡故事，經白羽用細膩的文筆予以描繪，讀者閱後尚覺有餘味可品。這大概就是白羽武俠小說的重要特色。

白羽這樣寫武俠，無非是借題發揮對世道不公的不平和個人多年鬱鬱不得志的怨氣，不料竟贏得淪陷區讀者的欣賞。逐漸天津北京報刊也以邀得劉雲若的社會言情、白羽的武俠，為最佳小說專欄。（這裡順便提及，張恨水，還珠樓主二位名家，一位去了重慶，一位被上海書店老闆買斷版權，極少在北京報刊發表連載稿。）

白羽武俠小說在四十年代已有一定的讀者群，並深入到大中學生以及高級知識層中。卻也受到時代的束縛：發行範圍不廣、小說印數不大，每版僅印幾千冊，如

《十二金錢鏢》津滬東北印行五版，加上重慶香港盜印版，總數也不過數萬；流行時間不過十年略餘，社會觀念不承認其文學價值，作者本人也僅僅認真寫作五年。白羽武俠作品似若曇花，剛剛一現，到五十年代便衰落了。

白羽與張恨水參加了第一次全國文代會（與會者武俠和社會言情作家僅此二位）；回天津後，又參加天津市文學工作者協會（作家協會前身），當選為常務理事，參加天津市文代會當選為市文聯委員。此後，白羽作家身分已名正，便實亡，晚年只靠天津市文史研究館等單位發養老金，維持病軀十餘年。

八十年代，梁羽生、金庸武俠小說回歸大陸，掀起武俠熱，人們追根溯源，帶動了上一代南向北趙及北派四家武俠作的重版，白羽再加上有親受魯迅教誨的榮譽，他的書重版印行較早，趕上武俠餘熱，其中幾部印數分別在幾十萬乃至百萬冊以上（不包括盜版書），海內外多種大眾文學或武俠名著大系（或文選）均編入了白羽遺作，據其原作改編的京劇、電影、評書、連環畫，也紛紛問世，其影響超過了四十年代。更值得一提的，一些資深文學理論家作家也注意到了白羽武俠作，海峽兩岸的張贛生、葉洪生諸學者，東西南北呼應，共贈白羽以社會反諷武俠流派桂冠。

自八十年代以來，看過白羽武俠小說的已然算很不少了，回憶和評介白羽及其書的文章也屢見不鮮，現在吸收名家高見，將其書其人融為一體撰寫傳記的條件，似乎比較成熟了，筆者姑且試為之。

二

白羽這個筆名是什麼意思？他本人當年有過兩次解釋：一次是口頭對家人說：「白羽就是姓白名羽，寫武俠小說《十二金錢鏢》的，與我姓宮的沒有關係。」另一次是書面寫道：白羽，懦夫之號也。（見《十二金錢鏢》年初版自序。）

白羽出版自傳《話柄》，封面請天津名士王伯龍題句「彈鋏長歌氣倍豪，淋漓大筆寫荊高，爐邊沉睡無名姓，萬古雲霄一羽毛。」（其中「萬古……」句引自杜甫「詠懷古跡」）這種對白羽懷才不遇、揮筆寫武的褒貶，白羽顯然是默認的。

這三種解說，初步反映出白羽對寫武俠的自卑、自棄、自信、自豪的矛盾心情。自卑，白羽從少年時代直到臨歿，始終是鄙視武俠小說的。如白羽自撰的少年回憶，他用反諷的筆法，描繪少年白羽模仿黑旋風李逵大碗喝酒大塊吃肉的醜態，「口對酒瓶，只灌了一下子，便辣得吐舌流淚。幾分鐘過去，沒有封神，竟架起雲來，沒擺群英會，竟裝了周瑜，大吐特吐起來……」白羽還當過翻江鼠蔣平的弟子，「一個魚躍，撲入水中，嘴自己張開了，咕咚一口，喝了足有半桶水，幸而水不深……」白羽充當怒打不平的俠客，是一種另外的窘像，「一日夜遊，忽見十幾歲的姑娘，欺凌一個七、八歲的男孩，這位俠客刀交在左手，一個箭步……」結果人家是姐姐管教弟弟，白大俠挨頓臭罵，挾著竹刀，狼狽逃竄。白羽後來還把這段經歷，寫進《十二金錢鏢》第四章了，主人公當然也換成陸少俠了。白羽在年底已成武俠名家，還這樣嘲諷武俠故事呢！白羽在四五十年代雖寫過不少托體武俠甚卑的話（其中有若干客套空話），筆者認為，上述幾個反諷小故事，倒更能反映他終身自卑的心跡。

飛豹子袁振武用三十年歲月，在生死線上滾出一身驚人武藝，終於得報奪嫡之恨；鄧飛蛇忍辱負重，屢戰屢敗，十五載才完成報仇苦志。白羽塑造人物形象還是比較鮮明的。這是白羽本人具有的自信和韌性精神的反映。前文已講，白羽認認真真寫作五年，此際每次由報刊連載稿整理成單行本，他都重新分章、編目、撰寫前後記，甚至大量修訂文字。有時整段整章重寫；其中重寫最多的是《武林爭雄記》第十六至第十八章三、四萬字（全書一冊不過八九萬字）；當時已排好版，白羽硬要重寫重排，當時白羽的倩友鄭證因和白羽胞弟、弟媳都十分嘆惜毀掉這價值一、二百銀元的報酬。單用自卑是解釋不通這種行為的。

白羽精神世界還有強烈的自信：一方面他「自問於鋪設情節上，描摹人物上還行」（引自《話柄》）他靠鑽勁、韌勁、強勁，用笨功夫，認認真真寫作武俠五年，塑造了自己滿意的幾個人物，他用自己這種精神，精心去雕塑小說中的一些人物。

白羽自信描繪成功的故事和人物，要算是楊柳情緣中的楊華、柳葉青一對青年男女，男的品貌端正、好義勇為，女的藝高貌美、忠貞多情，兩人卻都欠通世情、嬌驕好勝，一雙美滿情侶卻經數年波折才成眷屬。對此故事，白羽曾函請老同學、劇作家翁偶虹，為著名刀馬旦毛世來（四十年代四小名旦之一）編劇、演出。（結果是翁老為唐韻笙、張雲溪、張春華等名角以《十二金錢鏢》京劇連台劇演出。）

白羽這種自信，時而潛在轉化為自豪。白羽很少正面直接表現自豪，卻時而在心情不暢時對家人感慨說：「我不幸生在戰亂的中國，要在歐美大國，我也能成為中國的大仲馬，也能發大財！」（關於此點，筆者甚欽佩台灣葉洪生的慧眼，他曾以此喻讚白羽，觸動了筆者的回憶。）白羽晚年也常酒後吐真言，感慨懷才不遇。

白羽的自卑和自豪的矛盾，到四十年代中期，逐漸產生了自暴自棄。大約年起厭寫武俠，每週週末像趕鴨子上架似地撰寫一篇《大澤龍蛇傳》字（立言畫刊預留版面和規定最遲截稿日期），並常斷稿；年底連最後一部小說也不寫了。年出版抗戰時期的最後一部小說單行本《牧野雄風》，此稿報刊連載時本是鄭證因代筆；編輯單行本時，白羽一改過去做法，在開頭胡亂加了個「緣起」，中間隨意插進幾個小故事（如「高紅錦潰圍喪儷」章等），連書中個別人物性別前後不一，也置之不動，就這樣出版了。據白羽文字自白，說是疾病纏身，筆者卻認為是從自卑到自棄了。

抗日勝利，白羽一度精神狀態轉佳，二度重操編輯舊業，不足半年，便被「地下」「飛來」的勝利者（指抗戰勝利後國民黨天津地下黨員和重慶飛來的接收人員）當頭一棒，再度淪陷生活，並一蹶不振，更加自棄。始而允長子以智代撰《雁翅鏢》，進而賣名了，書商拿來他人的書稿，請白羽修訂，白羽粗粗一閱，便允許以白羽之名印行，代價不過是兩三袋白麵而已。據筆者近年查實：白羽一生撰武俠十八部，而為他人作品署名者六部以上。能夠反映白羽寫作水準，僅有《錢鏢四部作》和《偷拳》五部而已。（年報刊連載稿《趁火打劫》等，未完，筆者未統計在內。）

三

筆者不諱是白羽後人為先人寫傳。其優勢是瞭解內情，通過日常瑣事，對待生活寫作的隻言片語，理會其細微心理變化，比較準確地把握其人際交往、寫作過程和內心世界。缺陷是唯恐摻雜個人情感，難於把握分寸。筆者經歷了中國近幾十年的重大歷史變遷，很想以白羽武俠小說為綱，反映從戊戌維新到「文化大革命」這個時代的部分百姓、知識界的客觀世界和主觀世界的演變；白羽一生思想比較活躍，也比較典型。筆者就大膽地作這一嘗試，力圖客觀、公正，並「心平靜氣些」（魯迅語）。客觀而言，白羽一生歷史相當清白，但他要在亂世生活、吃飯，接觸的人就不可能那麼「純潔」。筆者也想客觀地反映出來，如充當了漢奸的何海鳴介紹白羽刊出《十二金錢鏢》，《話柄》書名是周作人題寫，等等。筆者覺得客觀反映現實，現實意義就更大一些。筆者覺得用第一人稱寫回憶來，很受拘束，所以還是用第三人稱寫傳記。

為了行文方便，全書使用白羽這個名字。

筆者從職稱、學歷來說，勉強算個知識份子，但非中文專業科班出身；因整理白羽遺作被逼與文學結緣，現又涉及歷史、文學理論，寫起傳記來，真有點班門弄斧。好在筆者平日常高攀「文學」、「武林」同道，多有請教，有不當之處，諸位道友、前輩會樂於賜正的。

近代武俠經典復刻版
十二金錢鏢（八）雙雄鬥技【大結局】

作者：白羽
發行人：陳曉林
出版所：風雲時代出版股份有限公司
地址：10576台北市民生東路五段178號7樓之3
電話：(02) 2756-0949
傳真：(02) 2765-3799
執行主編：劉宇青
美術設計：吳宗潔
業務總監：張瑋鳳

出版日期：2024年1月
ISBN：978-626-7369-01-2
風雲書網：http://www.eastbooks.com.tw
官方部落格：http://eastbooks.pixnet.net/blog
Facebook：http://www.facebook.com/h7560949
E-mail：h7560949@ms15.hinet.net
劃撥帳號：12043291
戶名：風雲時代出版股份有限公司

風雲發行所：33373桃園市龜山區公西村2鄰復興街304巷96號
電話：(03) 318-1378
傳真：(03) 318-1378
法律顧問：永然法律事務所 李永然律師
北辰著作權事務所 蕭雄淋律師

行政院新聞局局版台業字第3595號 營利事業統一編號22759935

定價：320元

國家圖書館出版品預行編目資料

十二金錢鏢 / 白羽著. -- 臺北市：風雲時代出版股份有限公司, 2023.08 冊；公分

近代武俠經典復刻版
ISBN 978-626-7303-94-8(第1冊：平裝). -- ISBN 978-626-7303-95-5(第2冊：平裝). --
ISBN 978-626-7303-96-2(第3冊：平裝). -- ISBN 978-626-7303-97-9(第4冊：平裝). --
ISBN 978-626-7303-98-6(第5冊：平裝). -- ISBN 978-626-7303-99-3(第6冊：平裝). --
ISBN 978-626-7369-00-5(第7冊：平裝). -- ISBN 978-626-7369-01-2(第8冊：平裝). --

857.9 112012216